신의 괴물

국립중앙도서관 출판예정도서목록(CIP)

신의 괴물 / 지은이: 김영래. -- 서울 : 토담미디어, 2016
p. ; cm

ISBN 979-11-86129-53-1 03810 : ₩13000

한국 현대 소설[韓國現代小說]

813.7-KDC6
895.735-DDC23 CIP2016026212

신의 괴물

김영래 장편소설

토담미디어

악마들이 모두 지옥을 비우고 이곳에 왔구나!

— 셰익스피어 『템페스트』

주인님, 우리는 때를 기다리고 있습니다. 우리 악마들은 사람들이 행동하기 전에 먼저 행동을 취할 수 없습니다. 우리는 한 발 한 발 사람들의 발자국을 따라갑니다. 우리는 언제나 사람들보다 한 발짝 뒤에 있습니다.

—밀로라드 파비치 『하자르 사전』

차례

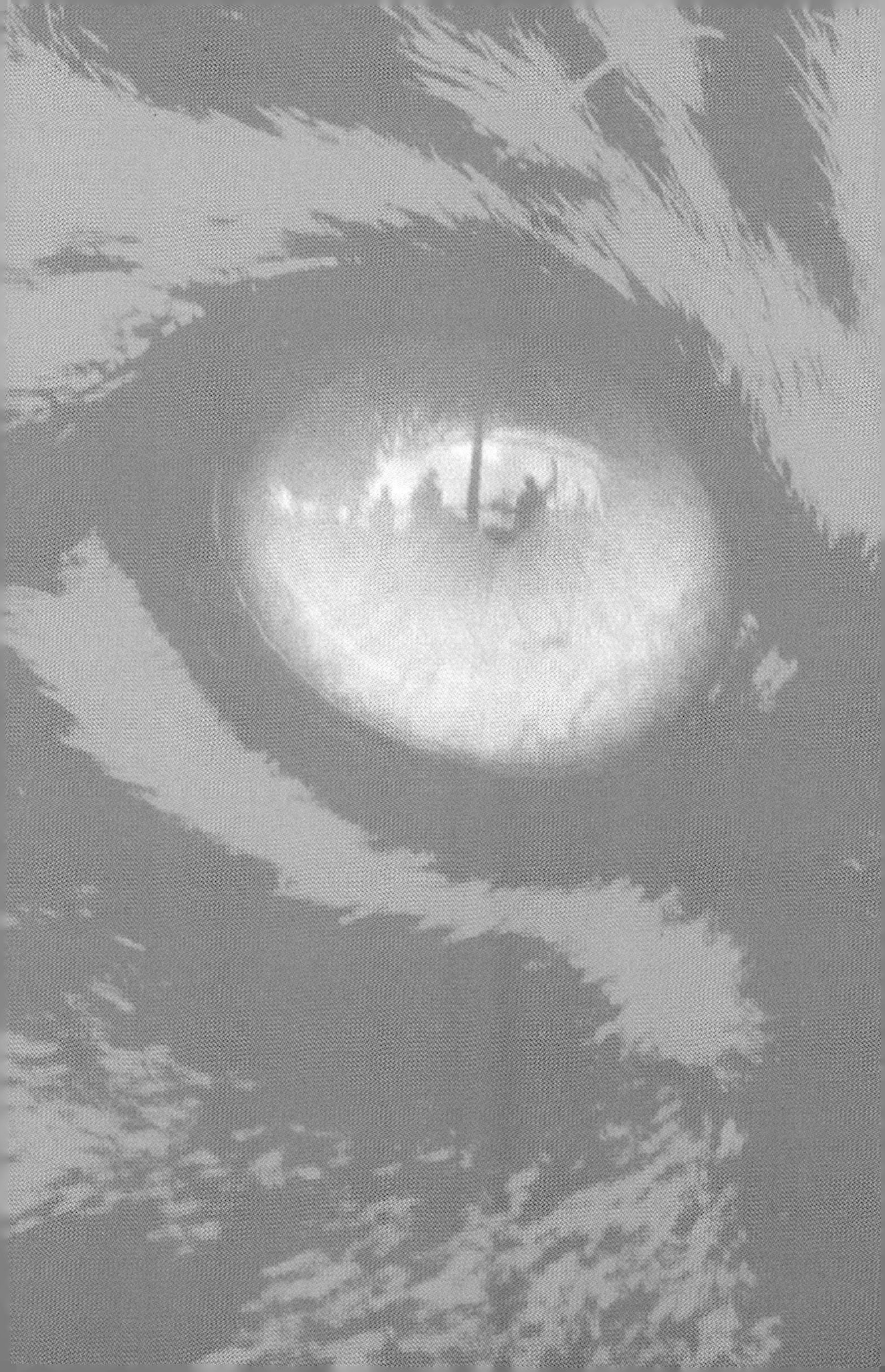

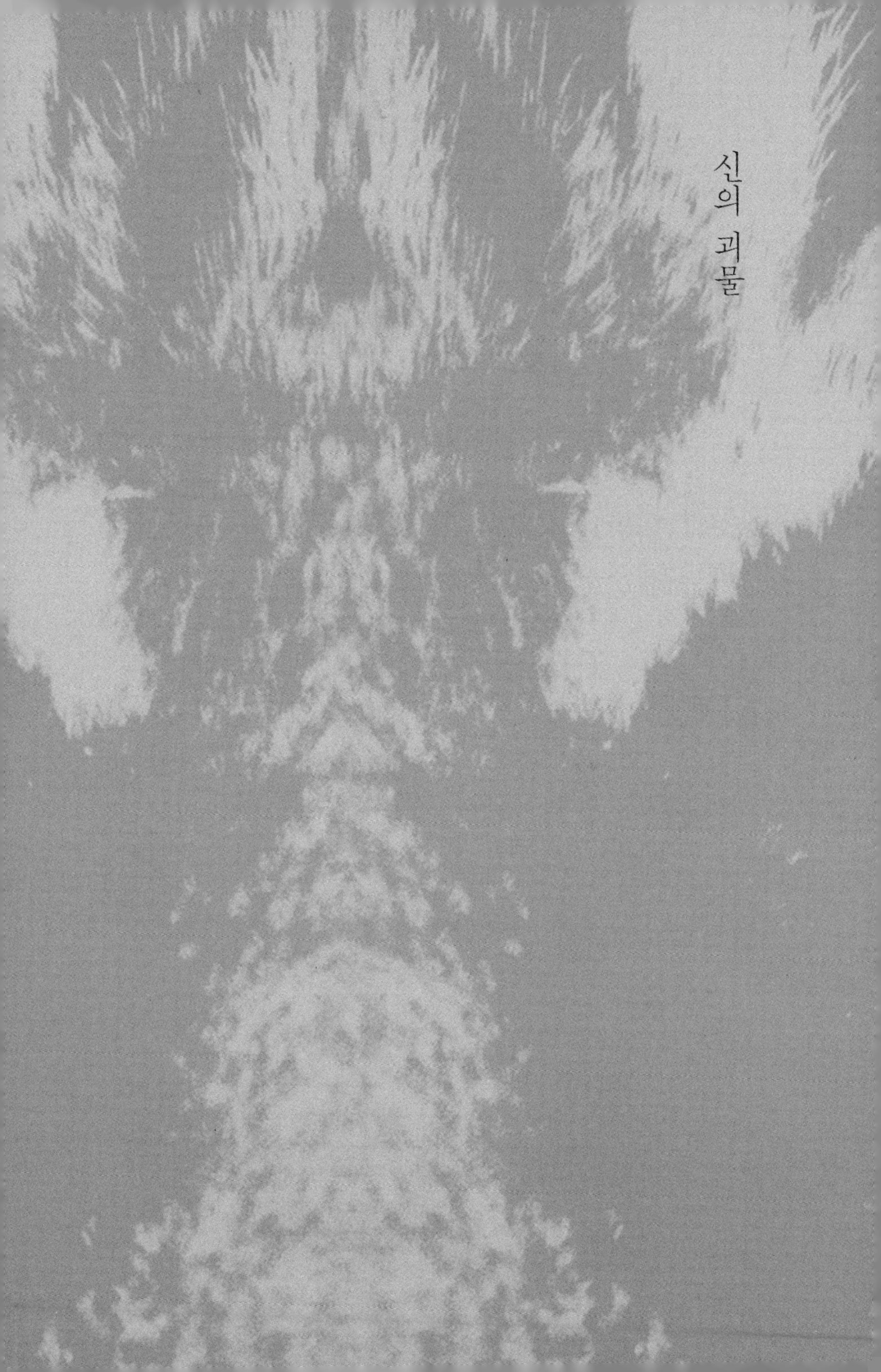

신의 괴물

소

소들은 뒤엉켜 있었다. 뿔과 뿔이 맞닿고 엉덩이와 엉덩이가 부딪는 소들이 혀를 빼물며 높게 울었다. 울음은 짧았고 깊지 않았다. 두 살 안팎의 건장한 소들은 희번덕거리는 눈을 치뜨며 온몸의 힘살을 불끈거려 보지만 소용없었다. 소들은 발이 뒤엉킬 만큼 좁은 공간에 밀집되어 있었고, 한 마리의 소가 쓰러져도 많은 소들이 연쇄적으로 쓰러질 정도로 서로가 서로에 기대어 몸을 지탱하고 있었다.

그렇게 소들은 긴 긴 시간 동안 밤의 현해탄을 건너왔을 것이다.

한눈에 봐도 소들이 극도로 지쳐 있음을 감지할 수 있었다. 어깻죽지 아래로 푹 처진 머리는 주위의 어떤 변화에도 아랑곳할 수 없는 무력함을 드러내고 있었고, 그나마 고개를 쳐들며 투레질하는 소의 입에서는 걸쭉한 침이 흘러내리다가 턱 언저리에 엉겨 붙곤 하였다. 곱이 잔뜩 낀 눈자위는 충혈되어 있었다.

아침 일곱 시. 시모노세키 항.

날이 밝아오면서 연무는 많이 엷어졌지만 바다는 보이지 않았다. 등대의 무적소리는 안개에 부딪치거나 스며들며 이명처럼 메아리쳤다.

부딪친 소리는 안개의 공간을 확장시켰고, 스며든 소리는 안개의 밀도를 상승시켰다. 밀도가 높아진 안개는 가라앉으면서 고립되었고, 그 사이사이로 크고 작은 선박들의 실루엣이 조금씩 드러나고 있었다.

타자부로는 내항의 바깥에 닻을 내린 관부연락선의 웅장한 자태를 어렴풋이 알아볼 수 있었다.

부두에 피워놓은 괄한 모닥불들이 빛을 잃었다. 하역 인부들의 움직임이 빨라졌다. 첫 햇살이 비치자, 그토록 요지부동하던 안개가 휘휘 저은 흙탕물처럼 헝클어졌다. 현문이 열렸다. 소떼를 실은 화물선과 부두 사이에 잔교가 설치되었다. 소들이 술렁거렸다. 짧고 얕은 울음소리들이 한꺼번에 터져 나왔다. 그 소리는 어느새 멎은 등대의 무적소리를 반추하는 듯이 느껴졌다. 소의 입김이 안개와 뒤섞였고, 사윈 모닥불의 연기가 낮게 깔렸다.

잔교 위로 첫 번째 소가 올라섰다. 각배처럼 생긴 뿔이 강인해 보이는 멋진 황소였다. 소는 잔교 위에 올라서자, 지금껏 발아래만 내려다보던 고개를 들고 주위를 돌아보았다. 의심과 두려움으로 가득 찬 몸짓이었지만, 비껴 디딘 앞발이 떠받친 어깨의 근육에서 숨길 수 없는 당당함이 웅기를 뿜고 있었다. 소는 본능적으로 자기가 가야 할 곳이 어디인지 직감한 듯하였다. 젖은 코를 벌룽거리며 대기를 훑던 소는 무엇에 찔린 듯 목줄띠를 부르르 떨더니 부두를 향해 성큼성큼 내려오기 시작했다. 바로 그 순간 안개를 뚫고 나온 햇살이 소의 잔등을 비추었다. 그러자 갖은 오물이 덕지덕지 붙은 소의 짧은 털이 잘 구운 질그릇 빛깔로 빛을 발했다.

타자부로는 별안간 아랫도리에서 올라오는 찌릿찌릿한 전율에 자기도 모르게 진저리를 쳤다.

타자부로는 저 탐스러울 정도로 검질기고 실팍진 황소의 몸과 털빛에서 뿜어져 나오는 힘이 자기 안의 어떤 갈증과 맞닿아 있는지 잘 알고 있었다. 향수이자 욕망이며, 애틋하고도 피가 끓는 기억. 두 겹을 가진 그 기억은 범람하듯이 그를 덮쳤고, 타자부로는 아랫배에서 요도를 잇는 힘줄이 뻣뻣해지는 것을 느꼈다.

이태 전, 목포에서 김제로 향하며 보았던 호남의 들녘이 떠올랐다. 4월이었던가. 연둣빛 아지랑이로 혼몽한 들에 봇물이 흐르고, 모판이 준비 중인 들녘에서 하늘이 내려앉는 무논을 소와 농부가 하나 되어 쟁기질하던 풍경.

"아냐. 그건 삼 년 전이었어……."

타자부로는 자기도 모르게 혼잣말을 중얼거리며 고개를 흔들었다.

그러나 그것은 중요하지 않았다. 중요한 것은 그의 마음속에 각인된 그 땅의 빛깔이었다. 물이 담기거나 담기지 않은 논들은 저마다 다른 빛깔을 띠고 있었지만, 차지고 질긴 힘을 가진 흙은 거무스레하면서도 붉은빛을 머금고 있었다. 타자부로는 그 빛깔이 그 땅의 사람이나 다른 어떤 생명체도 아닌 조선의 소들에 의해 육화되어 있음을 활연하게 깨달았다.

또 하나, 기억은 아주 가까운 시간으로 거슬러간다. 그리고 그것은 그의 내장을 꿈틀거리게 하면서 입 안 가득 침이 고여 들게 하였다.

어제와 그제, 시모노세키에서는 타자부로를 배웅하는 지인과 지방

유지들의 송연이 있었다. 타자부로는 그 질탕한 술자리에서 전혀 다른 인연으로 조선의 소들을 만났다. 목포와 부산 등지에서 산 채로 직송된 소를 갖은 요리로 맛볼 수 있었던 것이다.

인근 도살장에서 갓 잡아 연회장으로 운반된 고기는 체온이 고스란히 느껴질 정도로 신선했다. 어떠한 양념이나 향신료도 필요치 않았다. 숯불에 달궈진 불판 위에 살짝 올렸다 뒤집은 고기는 탄력 그 자체였다. 저항하듯 팽팽한 질감 속에서 젊은 여인의 침샘처럼 맑고 황홀한 육즙이 입 안 가득 스미어 나왔다. 씹을 것도 없이 녹아드는 차돌박이며, 칼이 움직이는 길과 살의 결이 만나는 자리마다 선홍빛 핏물이 수액처럼 배어나오던 안심 스테이크. 그리고 무엇보다 그 육회!……

타자부로는, 그러나 그렇듯 황홀한 기억에 깊이 빠져 있을 겨를이 없었다. 첫 번째 소의 뒤를 이어 우왕좌왕하던 소들이 일사불란하게 부두로 내려오기 시작했고, 그러는 중에 돌연 예기치 못한 사태가 벌어졌기 때문이었다.

하역된 소들은 그 즉시 몇 개의 부류로 나뉘어 부두에 설치된 울타리 속에 분류되었으므로 부두에서의 작업은 순탄했다. 문제는 소들이 뒤엉켜 있던 갑판에 공간이 생기면서 비롯되었다. 그동안 서로의 몸에 기대어 용케 잘 버티던 소들이 여기저기서 픽픽 쓰러지는가 싶더니, 별안간 발작을 일으킨 몇몇 소들이 뿔로 허공을 치받으며 미친 듯이 날뛰기 시작했다. 개중에는 암컷의 궁둥이에 올라타 침을 질질 흘리는 놈들도 있었다.

소들의 동요는 거칠었고 또한 민감했다. 갑판 위의 선원들이 장대를 들고 제어하려 했으나 오히려 흥분만 배가시킬 뿐이었다. 들뛰던 소들이 쓰러진 소들에 걸려 넘어졌고, 똥오줌이 질퍽한 갑판은 순식간에 아수라장이 되었다. 바로 그때였다. 배 난간을 머리로 처박으며 매암을 그리던 소 한 마리가 불현듯 잔교 위로 뛰어올라갔다. 놈은 줄 지어 하선 중이던 대열의 꽁무니를 들이박았고, 그 통에 대열이 앞으로 밀리자 마치 과적된 자루의 옆구리가 터지듯 소들이 잇달아 바다 위로 떨어졌다.

뿐만 아니었다. 대열의 중간에 틈이 생기자 어떤 소는 걸음이 다급해졌고, 어떤 소는 얼어붙은 듯이 제자리에 멈춰 섰다. 다급해진 소가 멈춰 선 소를 들이박았고, 멈춰 선 소가 껑충 뛰며 뒷발질을 했다. 다시 세 마리의 소가 바다로 떨어졌다.

앞이 트이자 소들이 질주하기 시작했다. 목제 잔교 위에서 소들의 발구름 소리가 우레를 치는 듯하였다. 하역부들이 황급히 물러섰다. 소들은 곧장 달려 내려와 부두에 잇닿은 철길로 뛰어들었고, 그 중 몇 마리는 소들이 갇힌 울타리를 들이박고는 몇 발짝 물러나 멈추어 섰다. 간헐적이던 짐승들의 울음소리가 무리 전체의 울부짖음으로 바뀌었다.

사이렌이 울렸다. 부두의 노동자며 관리인들이 선창으로 몰려들었다. 현문이 닫히고 하역 작업이 중지되었다. 울타리 안의 소들이 술렁거렸지만, 장대를 든 사람들이 에워싸자 이내 차분해졌다. 문제는 흩어진 소들이었다. 바다에 빠진 소들은 제 힘으로 부두로 기어 올라오든지(소들은 생각보다 헤엄을 잘 쳤다) 그냥 익사해도 무방했다. 그러나 부두로 뛰어내려와 저마다 외따로이 서서 도발적으로 사람들을 응시하고 있는 소들은 가누기 힘든 흥분에 광폭해져 있었다. 육백 킬로그램이 넘는 체중의 분노는 다스리기 힘든 것이었다.

장대를 든 사람들이 넓게 원을 그리고서 소들을 에워쌌다. 그 중에는 죽창을 든 사람들도 있었다. 바다 쪽만 트고서 포위망이 죄어들자, 소들은 처음엔 눈이 휘둥그레지며 공격적으로 머리를 흔들었으나 이내 몸을 돌려 울타리 쪽을 향해 마뜩잖은 걸음을 내디뎠다. 더러는 그 큰 눈을 껌뻑껌뻑하는 것만으로도 순종의 뜻이 분명하게 드러나는 놈들도 있었다. 조금 뻗대는 놈이 있다 해도 장대로 몇 번 볼기짝을 치면 그만이었다. 역시 조선의 소다웠다. 끈진 인내와 유순함이 뒤집혀 분노의 꼭짓점에 다다랐지만, 그것은 일시적인 것이었다.

타자부로는 미소를 지었다. 그는 포마드를 발라 제비초리처럼 끝을 세운 수염을 조심스럽게 쓰다듬다가 창문을 닫고 발코니에서 물러섰다. 타자부로는 침대와 화장대 사이에서 다음 동작을 잊은 무용수처럼 잠시 엉거주춤하게 서 있었다. 그러나 곧 생각을 다잡고 전신 거울 앞으로 가, 금장과 훈장이 달린 제복을 입은 뒤 호크를 채우고 모자를 썼다. 의관을 갖추는 마지막 순서는 사무라이의 칼을 허리에 차는 것이었다. 호랑이 가죽으로 만든 칼집 속에 든 칼은 타자부로가 가장 아끼는 물건이었다. 브라우닝 7연발 권총은 총집과 함께 트렁크 맨 위에 놓았다. 타자부로는 부관을 호출하는 벨을 누르기 전에 다시 한 번 꼼꼼하게 자신의 복장을 살폈다. 그러고는 한 손을 칼자루에 얹고 차려 자세를 취하고서 거울 속의 자신을 확신에 찬 눈빛으로 응시했다.

"야마모토 타자부로, 그대 인생의 새로운 출발이 시작되려 하네!"

그가 어금니를 꽉 깨물자 코밑수염이 바르르 떨렸다

야마모토 타자부로. 그의 나이 쉰일곱이었다. 그는 몇 시간 뒤 시모노세키 인근의 모지 항에서 제물포로 가는 오사카 상선회사의 선박을 타기로 되어 있었다.

타자부로는 탁자 위로 손을 뻗어 벨을 눌렀다.

칼

조선총독부 소속의 통역관 한민석은 자신이 왜 이런 사사로운 자리에, 그것도 토요일 늦은 오후에 외근을 나오게 되었는지 알 수 없어 영 찜찜해지는 기분이었다. 한여름의 열기가 채 가시지 않은 9월의 햇살이 화강암 발벽에 부딪쳐 긴 그림자를 드리우는 건물 모퉁이를 돌아서며, 그는 공수표가 되어버린 약속들을 생각했다.

호텔의 로비는 불을 환히 밝히고 있었지만 한민석은 벽에 맞닥뜨린 듯 우뚝 걸음을 멈추었다. 두 눈의 홍채가 구름 속 조각달처럼 이지러졌다.

경성 최고의 호텔답게 홀 안은 수많은 외국인들로 북적거렸다. 본능적으로 작동하는 그의 직업의식은 그 소음을 소리가 아니라 언어로 인식했고, 일본말과 영어가 뒤섞여 담배연기와 함께 후텁지근한 연무가 되어 떠도는 소음 속에서 한민석은 자신의 언어야말로 한낱 소리에 지나지 않는다는 사실을 벼락같이 깨달았다. 방금 했던 조선말을 일본말로 바꾸어 전하자, 흰 셔츠에 나비넥타이를 맨 프론트의 중늙은이가 퉁명스럽게 엘리베이터를 가리켰다. 한민석은 무릎에 힘을 주고 뚜벅뚜벅 걸었다. 브라질 산 커피 향기가 여인의 황홀한 시선처럼 그의 관자놀이를 홧홧하게 했다.

참석자는 많지 않았다. 한민석을 포함한 다섯 명의 인원이 차지하기엔 조선호텔의 특실은 지나치게 넓어 보였다. 여덟 폭의 화조도 병풍이 방의 한쪽을 막아 자칫 휑해지기 쉬운 시선을 차단하고 있었지만, 천장이 높은 홀 한가운데에 놓인 테이블을 앞에 두고 전원이 둘러앉자, 커튼이 쳐진 창과 램프가 밝혀진 벽들이 위압적으로 내려다보는 것 같은 인상을 주었다. 천장에서는 느릿느릿 선풍기가 돌아가고 있었다.

"자넨 그저 타자부로 후작이 시키는 대로만 하게. 그리고 그의 지시사항은 이 종이에 순서대로 적혀 있네."

그날 아침, 통역부의 일본인 상관이 서류철 하나를 건네며 말했다. 겉장을 넘기자 사람 이름이 적힌 종이 한 장이 나왔다.

"간단하지? 금방 끝날 거야."

예상은 보기 좋게 빗나갔다.

먼저 한민석은 자기 자신을 소개한 다음, 총독부에서 건네받은 참석자의 명단을 순서대로 읽었다. 명단에는 각인의 직업이 간략하게 명기되어 있었다. 한민석은 그것을 한 번은 일어로, 한 번은 영어로 읽었다. 그러자 호명된 당사자들이 앉은 자리에서 좌중을 돌아보며 수인사를 했다. 나머지 사람들은 미소로 답례했다. 그 결과, 한민석은 이 자리에 두 명의 일본인과 한 명의 미국인, 한 명의 러시아인이 참석했음을 알 수 있었다. 두 명의 일본인 중 한 명은 구스노키 요시노리라는 이름의 생물학자였다. 미국인 존 해리슨은 식물학자였다. 러시아인 유리 안드로비치는 시베리아에서 온 동물학자였다. 나머지 한 명의 일본인, 그저 사업가라고만 명기된 야마모토 타자부로는 모임의 실질적 주관자임이 분명했다. 금장을 두른 제복에 환도를 차고 끝을 세운 카이저수염 아래로 연신 담배연기를 뿜어대는 저 거구의 사내가 어떤 사업을 하는지 짐작하긴 어려웠으나, 관등을 알 수 없는 권력의 꼭짓점에서 한 떼거리의 구종잡배를 거느렸으리라는 것 정도는 넘겨짚을 수 있었다.

소개가 끝나자 대화는 곧바로 본론으로 들어갔다. 죄다 초면인 사람들이었지만 서로에 대한 신상 정보는 이미 공유하고 있는 듯 따로 설명이 필요치 않았다. 한민석의 소임은 일어를 영어로, 영어를 일어로 통역하는 것이었다. 러시아인은 손짓과 몸짓을 섞어가며 서툴게나마 조선말과 영어 단어들을 주워섬겼고, 한민석은 그 말을 일어로, 이어서 간단한 영어로 전달했다. 그런데 좀 뜻밖의 사실은, 그간 그가 통역관으로 배석한 자리에서 흔히 듣고 읊조린 것과는 판이한 화제가 오르내린다는 점이었다. 그들의 대화에서는 금광, 염전, 부동산 같은 투자와 축재에 관계된 것이라든지, 국내외 정세, 테러, 치안에 관한 이야기는 일언반구도 없었다. 대신에 한반도의 식생과 지형, 기후에 관한 이야기가 오고갔고, 간혹 교통편이나 숙식과 같은 여행의 애로 사항이 토로되었다. 때로는 통역하기 까다로운 식물이나 동물의 이름이 나왔는데, 그에 한수 더 떠 라틴어 학명까지 거론될 때면 아예 손을 드는 수밖에 없었다.

통역관으로서의 한민석의 직능이 조금씩 무용해지기 시작할 즈음,

다행스럽게도 식사가 준비되었다.

식단은 서양식이었다. 고기 스프에 이어 야채샐러드와 그릴에 구운 참치가 나왔고, 크리스털 잔 가득히 샴페인이 채워졌다. 타자부로가 자리에서 일어나 건배를 제의했다. 그의 목소리는 듣기 좋은 저음이었다. 간혹 절제된 음의 끝에서 당나귀 울음소리 같은 비음이 섞여 들곤 하였다.

"만나 뵙게 되어 반갑습니다. 먼 여행을 앞두고 여러분의 건강과 행운을 기원합니다. 마음껏 드시고 즐거운 자리가 되길 바랍니다."

모두들 잔을 든 손을 앞으로 내밀었다. 한민석은 잔을 들까 말까 쭈뼛하다가 그대로 있었다. 그러자 타자부로가 깍듯이 허리를 숙여 한민석을 향해 자신의 잔을 내밀었다. 두 사람은 가볍게 잔을 부딪쳤다.

식단은 성찬에 가까웠다. 거위 바비큐에 이어 꿩 요리가 나왔고, 잠시 후엔 도미찜과 송아지 뒷다리 요리가 나왔다. 후식으로는 커피와 꿀에 절인 견과와 과일이 나왔는데, 과일은 타자부로가 일본에서 직접 가져온 바나나와 망고였다. 송로나 송이 같은 버섯으로 속을 채우고 이름을 알 수 없는 갖은 향료로 맛을 낸 음식들은 어떤 미식가의 입맛도 만족시킬 만한 것이었다. 샴페인이 싱겁다고 생각될 즈음 적포도주가 나왔고, 그 같은 시의적절한 배려는 좌흥을 돋우기에 부족함이 없었다. 감동은 찬사로 바뀌었다.

존 해리슨은, 지난 한 해 한반도의 남쪽 섬들을 거쳐 서해안을 타고 오르며 난초와 지의류, 녹나무 과의 상록수들을 집중 탐사했던 여행에 대해 이야기하면서, 그동안 북으로 금강산 아래까지는 이래저래 발품을 팔며 다녀보았지만, 거기서부터 백두산에 이르는 코스는 미지의 땅으로 남아 너무 아쉬웠는데, 타자부로 선생 덕택에 그 오랜 갈증을 해소할 수 있게 되어 감사하다는 말을 전했다.

"타자부로 선생은 우리 같은 백면서생들에겐 더없이 고마운 분이십니다."

일본인 학자 구스노키 요시노리가 말했다.

"선생은 벌써 몇 년째 우리가 조선 땅에서 연구에 임할 수 있도록 물심양면으로 지원해주고 있습니다."

"원, 과찬의 말씀을……."

타자부로는 사양하는 몸짓으로 넌지시 웃음을 지었다.

"하고 싶지만 할 수 없는 일을 몸소 이끌어주시는 학계의 제현이 있어 제가 도리어 감사할 따름입니다."

타자부로는 잠시 사이를 띄웠다가 미국인 쪽을 향해 말을 건넸다.

"태평양 저편에서 오신 학자님께서는, 혹자는 토끼 형상이라 하고 혹자는 호랑이 형상이라고도 하는 이 작은 반도 땅에 어떤 매력이 있다고 생각하십니까?"

"저의 솔직한 의견을 물으시는 겁니까?"

해리슨이 되물었다.

잠시 두 사람의 눈이 마주쳤다. 샹들리에의 파편 같은 불빛에 물방울처럼 흩어진 해리슨의 푸른색 동공은 텅 비어 생각을 읽을 수 없었다. 반면에 타자부로의 암갈색 눈동자는 불빛을 받아치며 강렬하게 빛나고 있었다. 본인도 그 사실을 의식한 듯 좀처럼 상대를 똑바로 응시하려 하지 않았다. 대신에 타자부로는 다소 산만한 몸짓으로 담배를 피거나 술잔을 기울이며 주의를 분산시키려 애쓰는 눈치였다.

"물론이지요!"

타자부로가 큰소리로 대답했다.

"솔직함이 없다면 이 자리는 무의미한 것입니다. 무엇이든 기탄없이 말씀해주십시오. 그래야 저처럼 과문한 장사치도 귀동냥이나마 할 수 있을 게 아닙니까?"

분위기는 헌거로웠다. 그다지 웃을 거리가 못 되는데도 한민석이 통역을 하면 기분 좋은 웃음소리가 연이어 흘러나왔다. 민숭민숭한 얼굴로 조금 샐쭉하게 있던 러시아인도 포도주 대신 보드카로 주종을 바꾸어주자 대번에 얼굴이 확 피어났다.

해리슨의 말은 조금 길었다.

16세기 탐험대에 배속된 옛 박물학자들은 창조주의 영광에 대한 증거로서 신세계의 신비로움을 장문의 편지에 담아 귀족 후원자들에게 보내곤 하였다. 그런데 20세기인 지금도 조선은 그와 같다는 인상을 준다. 유라시아 대륙 동쪽 끝에 꼭꼭 숨어 정체성을 지켜온 이 나라는 아직도 신비와 순결을 간직하고 있다. 태곳적 장엄함이나 스케일의 거대함을 말하는 것이 아니다. 그러한 것은 아마존과 히말라야와 태평양의 섬들에서 이미 보았고, 여러 세기 동안 칭송되고 탐구되어 온 일이다. 그러나 이곳의 신비는 다르다. 그것은 아주 작고 섬세하여, 뛰어난 감별력과 미의식을 가진 자만이 보고 느낄 수 있는 아름다움이다. 바로 그 아름다움이, 남하하는 시베리아와 북상하는 태평양 사이에서 교두보 역할을 하는 이 누에고치 같은 땅을 변종과 아종의 보고로 만들고 있다. 내 말은, 완전히 새로운 신종이 아니라 이곳에서만 볼 수 있는 고유종들을 일컫는 것이다. 아무도 눈여겨보지 않은 수천 년의 세월 동안 저 홀로 꽃을 피우고 열매를 맺고 씨앗을 뿌린 생명은 이 땅을 대륙과 대양의 타임캡슐로 만든 것이다…….

"저의 찬사가 조금 지나쳤습니까?"

해리슨이 물었다.

요시노리는 불편한 표정이었다. 그러나 타자부로는 대범했다. 그는 테이블 위에 신중하게 올린 크고 두툼한 손을 안에서 밖으로, 마치 주렴을 걷듯이 펼치며 호방하게 말했다.

"아닙니다. 그럴 리가 있습니까? 조선에 대한 찬사는 곧 우리 대일본제국에 대한 찬사라는 사실을 잊지 마십시오."

"바로 그것입니다!"

해리슨이 맞장구를 쳤다.

"이 땅은 너무 오랫동안 감춰져 있었습니다. 오백 년 동안 이어져온 이 폐쇄적인 왕조의 문호를 개방했다는 점만으로도 일본은 전 세계 코즈모폴리턴으로부터 찬사를 받을 것입니다. 특히, 우리와 같은 학자들에겐 마지막 남은 신세계를 선사해준 것과 같은 은혜로움이 아닐 수 없습니다."

타자부로는 상당히 고무된 표정이었다. 지금껏 억누르고 있던 뭔가가 폭발한 듯 그의 짙은 눈썹이 두 마리의 커다란 벌레처럼 꿈틀거렸다. 타자부로는, 이 미개한 나라에서 그동안 가치를 인정받지 못하고 묻혀 있던 자원들을 발굴해 인류의 행복에 이바지하는 것이 자신의 숙원이라며, 우리 모두 그 목표를 향해 전진하자면서 다시 한 번 건배를 제의했다.

저녁의 성찬은 서막에 지나지 않았다. 식사가 끝나자 병풍이 치워지고 악사와 함께 기녀들이 등장했다. 한복을 곱게 차려입은 기녀들의 홀연한 등장은 좌중의 탄성을 불러 일으켰다.

기녀들은 모두 다섯 명이었다.

"오늘 밤 여러분을 위해 준비한 오아시스입니다."

타자부로가 은밀하게 속삭였다.

"모두 햇것들입니다. 낙점하십시오."

병풍 뒤는 공연을 위해 마련된 반달 모양의 무대였다. 궁중의 연회장에서나 볼 수 있을 법한, 의관을 잘 갖춘 악공들이 악기를 타자 기녀들의 황홀한 춤이 시작되었다.

잘록한 허리에 기름한 목, 옥비녀를 꽂은 단정한 머리, 비단의 물결에 실려 넘실거리는 화사한 춤사위는 보는 이의 입을 떡 벌어지게 만들었다. 술과 산해진미, 음악과 젊고 아리따운 여자들. 더 바랄 것 없는 분위기 속에서 여흥이 익어가자 취기와 도취의 경계가 모호해졌다. 연거푸 술잔들이 오고갔고, 더러 눈요기로는 성이 안 차는 듯 기녀들의 춤판에 껴들어 가슴을 더듬거나 몸을 흔드는 이들도 있었다.

"음악을 바꿔라!"

별안간 타자부로가 소리쳤다.

"밴드, 밴드를 불러라!"

악공들이 쫓기듯이 물러가자, 전자오르간과 드럼, 기타, 색소폰으로 이루어진 밴드가 들어왔다. 요란하고 신명나는 춤곡이 시작되었다. 그러나 정작 기녀들은 생경한 음악에 웃음만 지으며 목석처럼 서 있을 뿐이었다.

"춤을 추어라, 춤을!"

타자부로가 소리쳤다. 그러고는 한 여자의 허리를 덥석 감싸 안더니 빙글빙글 돌면서 춤을 추기 시작했다.

음악소리가 점점 더 커졌다. 템포가 빨라졌다. 기녀들은 부채춤을 출 때의 회전 동작으로 원무를 추었는데, 타자부로는 그 곁에 서서 그네들의 엉덩이를 철썩철썩 때려대면서 더 빨리 돌라고 닦달했다.

잠시 후 타자부로가 테이블로 돌아와 칼을 빼들었다. 무대 곁으로 다가간 그는 회전하는 여자들의 몸짓을 꼼짝 않고 지켜보았다. 돌연 칼날이 번득이는가 싶더니 한 여자의 치마가 스르륵 흘러내렸다. 속치마가 드러난 여자가 깜짝 놀라 멈춰 서자, 타자부로는 칼을 칼집에 넣고 두 팔로 여자를 번쩍 안아 올렸다. 그러고는 한 마디 말도 없이 문을 박차고 사라져버렸다.

*

월요일 아침, 총독부 청사로 출근한 한민석은 상사로부터 뜻밖의 소식을 들었다.

"타자부로 후작이 자넬 호감 있게 보셨더군. 자네의 외국어 실력과 성품이 마음에 든다고 하셨어. 잘 모셔야 하네. 후작은 조선군 사령관과도 친분이 두텁다고 들었어. 내일 당장 정호군과 함께 움직이도록 하게."

"정호군이라뇨?"

한민석이 물었다.

"타자부로 후작은 조선 땅의 맹수들을 박멸하기 위해 오셨네. 특히, 호랑이를. 정호군은 후작이 자비를 털어 조직한 사설 군대일세. 출장비에 보너스도 두둑할 테니, 휴가 다녀오는 셈치고 바람이나 쐬고 오도록 하게."

이튿날 한민석은 경성 역에서 타자부로 일행과 함께 원산으로 가는 기차에 몸을 실었다.

배롱나무

아버지가 꿈속에 나타난 날이면 하루가 개운치 않았다. 떨쳐버리고 싶은 기억은 왜 이토록 집요한 것일까…….

훈은 머리맡을 더듬어 담뱃갑을 집었다.

돌아누운 함흥댁의 잠은 깊고 진드근했다. 우물 속이나 방고래에서 울려 나오는 것 같은 숨소리. 그 소리는 훈을 수굿하게 누르면서도 앞뒤가 막힌 듯 움츠러들게 했다. 등 돌린 사람의 누운 모습은 저문 산처럼 버거웠다. 새벽달이 길어 올린 조붓한 산길을 돌아 사라지던 아버지의 그림자…….

끙한 한숨을 끝으로 훈은 담뱃불을 끄고 꿈자리를 접었다. 그가 일어나 주섬주섬 바지저고리를 꿰입자 함흥댁이 마른기침을 했다.

"가려고?"

고미반자에 바짝 붙여 뚫어놓은 퇴창이 벌써 환했다.

"가야지."

훈은 돌쩌귀가 삐걱거리는 분합문을 열고 디딤널 아래에 널브러진 신을 주워 신었다. 살림집 앞에 판자를 대고 이엉을 올린 술청에는 간밤에 먹던 술 주전자며 술잔 따위가 뒹굴고 있었다. 짝이 맞지 않은 널문 틈새로 파고드는 햇발이 기세등등했다. 훈은 흠칫했다.

"밥 먹고 가야지……?"

누운 자리에서 돌아보는 기척도 없이 함홍댁이 중얼거렸다.

훈은 물동이에서 물을 한 바가지 퍼서 마셨다. 장국을 끓이던 부뚜막의 재 냄새가 검불처럼 목울대에 걸렸다. 훈은 나가려다 말고 벽 한쪽에 걸려 있는 모피 꾸러미를 벗겨 들었다. 어제 장터에서 팔고 남은 것은 몇 되지 않았다. 담비, 잘, 수달, 족제비 같은 작은 짐승들의 털가죽이었다.

훈은 발쪽이 열린 문틈에 대고 말했다.

"모피는 두고 갈게."

솜씨 좋은 아낙에게 팔면 그간 먹은 밥과 술값으로는 충분하리라.

훈은 봇짐을 걸머졌다. 장터에서 바꾼 쌀과 보리, 소금 따위로 짐이 제법 묵직했다. 널문을 열고 거리로 나서기도 전에 훈은 눈살을 찌푸렸다.

*

배롱나무의 꽃 진 자리는, 폭이 넓은 선홍 치마를 한껏 펼쳐 금방이라도 날아오를 듯 바람을 품고서 두 눈 치뜨며 고개 조아린 품새이다.

꽃 진 자리 위, 배롱나무의 꽃 핀 자리는 선홍색 구름무늬의 주름을 잡고 9월의 새초롬한 하늘 한가운데로 스란치마를 드리운 형상이다.

지난겨울 매서운 추위에 한쪽 날개가 꺾여 풍이 든 듯 마비된 반쪽 몸뚱이지만, 여름이 다 가도록 꽃자리를 잡지 못해 안타깝던 배롱나무는, 여름 끝자락에서 꽃을 피우며 여름이 다한 뒤에도 홍조 띤 수줍음과 대담한 그리움을 연지처럼 뿜어내고 있다.

훈은 더 이상 걸음을 딛지 못했다. 꼼짝 않고 정지된 꽃의 정적 속에서 왠지 모를 두려움에 얼어붙는 느낌. 갑작스러운 벌들의 잉잉거림만으로도 세상의 배면이 드러날 것 같은.

몹시 뛰는 자신의 두 번째 심장을 공기 속 어딘가에 걸어놓은 사람처럼 훈은 조심스럽게, 다소 경직된 몸짓으로 매월관(梅月館)의 내루 쪽을 향해 고개를 돌렸다.

수연은 보이지 않았다.

훈은 자기도 모르게 안도의 한숨을 내쉬었다.

지난 봄 바로 이 자리에서 수연과 마주쳤을 때의 놀라움을 훈은 지금도 생생하게 기억하고 있었다. 사랑채에 딸린 누각, 아(亞)자 무늬 난간 끝 둥구리기둥에 기대어 서 있던 수연. 훈은 그날의 홀연한 만남을 떠올리기만 해도 얼굴이 불같이 달아오르며 두방망이질치는 가슴을 가눌 수 없었다.

수연은 어린 시절 훈의 첫사랑. 지금껏 흉중에 품어온 유일한 여자였다. 달뜨는 마음을 감추기에 급급했던 낯가림의 사랑…….

함경남도 고원지대, 십여 채의 민가가 띄엄띄엄 흩어져 있던 산골 마을. 수연은 훈과 같은 해 같은 달에 태어났고, 그녀의 집과 그의 집은 암만 손나발을 대고 소리쳐도 메아리조차 닿지 않는, 마을에서 가장 가까운 이웃이었다.

수연의 아버지는 술고래였다. 땔나무를 한 짐 지고 함흥 오일장에 다녀오는 날이면 어김없이 인사불성이 되었다. 그런 밤이면 수연은 엄마 손을 잡고 훈의 집으로 왔다. 그녀가 오는 날이 훈에겐 장날이었다. 초이틀, 초이레……. 이렇게 닷새 단위로 시간이 흘렀던 셈이다. 싸리로 엮은 바자울 너머에서 인기척이 들리면 훈의 어머니가 살며시 부엌으로 나갔다. 솥 두 개가 걸린 아궁이 앞에 멍석이 깔렸고, 조왕신을 모신 정화수 옆에 관솔불이 지펴졌다. 장날의 장터보다 더 가슴 설레는 밤이 시작되었던 것이다.

아궁이 속에 감자나 옥수수를 던져 넣고 멍석 위에 둘러앉아 푸념과 흠구덕으로 보내는 밤. 그 밤은 대개 축시(丑時)가 되기 전에 끝났는데, 훈으로서는 그 밤의 달콤함에 비해 그 시간의 속절없음이 뼈에 사무칠 지경이었다. 한 마디 말도 못 건네고 두 여인네를 사이에 두고 떨어져 앉아 그저 잘 익은 감자나 옥수수를 그녀 가까이에 놓아주면서, 혀를 날름거리는 아궁이의 불과 관솔불에 기대어 훔쳐보곤 하였던 수연의 얼굴. 그때 눈치 없이 퉁을 주는 어머니의 이 한 마디는 얼마나 원망스러웠던지. 넌 왜 여기 와 있어, 가서 자지 아니하고?

십여 년 전의 일이다.

그러던 어느 해, 수연이 사라졌다. 몇 해가 지나자, 원산의 관기(官妓) 중에 그녀와 꼭 닮은 기생이 있다는 소문이 돌았다. 그리고 지난봄, 훈은 바로 이곳에서 수연과 마주쳤다. 그녀가 매월관의 기생으로 와 있다는 소식을 전해준 것은 훈의 어머니였다. 수연이 사람을 보내 훈의 어머니에게 기방의 살림을 맡겼던 것이다. 만주인지 상해인지 행처를 알 수 없는 지아비의 궁뚱망뚱한 그늘 아래서 어린 것들—훈의 밑으로 아홉 살과 일곱 살 된 동생 둘이 딸려 있다—을 건사해야 하는 며느리를, 안빈낙도의 삶을 위해 세속을 등진 할아버지라 할지라도 상스럽다 하여 막을 명분이 없었다.

*

옷깃 스치는 소리에 훈은 생각에서 깨어났다.

"아서라. 함부로 출입하는 곳이 아니다."

어머니였다.

어머니는 절인 배추가 가득 담긴 자배기를 머리에 이고 있었다. 훈이 대신 들어주려 하자, 어머니는 냉연한 기색으로 훈을 지나쳐 후원 뒤 샛담에 난 쪽문을 향해 걸어갔다. 후원 뒤에 자리 잡은 행랑채는 기와만 올렸을 뿐 안채와는 비교가 안 될 정도로 초라한 토담집이었다. 어머니는 그곳에서 심부름하는 계집아이 하나를 거느린 채 동생 둘과 기거하고 있었다.

"석이와 민이는요?"

뒤따라 들어선 훈이 동생들을 찾았다.

"학교에 갔다."

어머니는 자배기를 내려놓고 숨 돌릴 짬도 없이 부엌으로 갔다.

"학교라고요?"

할아버지의 호통 아래 천자문과 소학을 뗐을 뿐, 서당 출입도 못 해 본 훈이 놀라서 물었다.

"양이 야소장이들이 사학을 열었다. 먹여주고 가끔은 재워주기도 하더구나."

할아버지가 아시면 어쩌려고, 라는 말이 입 밖까지 나왔다가 수그러들었다.

"할아버지께 드릴 자반은 샀느냐? 기다려라."

어머니가 재빨리 밥상을 차려 쪽마루로 내왔다. 훈이 밥을 먹는 동안에도 어머니는 잠시도 가만히 있지 않고 이것저것 챙겨 보자기에 담았다.

"들기름하고 장아찌다. 곶감과 유밀과는 할아버지께 드리거라."

할아버지는 벌써 여러 달째 혼자만의 은거지에서 두문불출 중이라고 이를까 망설이다가 훈은 속으로 밀어 넣었다.

어머니는 무언가 말하려다 잊은 사람처럼 허우룩하게 주위를 둘러보았다. 그러더니 멈칫거리며 보따리 하나를 내놓았다.

"이건 건넛집 수연네에게 전하여라."

어머니는 숨을 참았다.

"혹여 묻더라도 수연이 얘기는 입에 담지 말고."

그러고는 쫓다시피 훈을 집 밖으로 내몰았다. 훈은 채 삼키지 못한 밥알을 입에 문 채 어머니를 돌아보았다.

"서둘러라. 어둡기 전에 닿아야지."

문고리를 잡고 선 어머니가 단호하게, 마른 음성으로 말했다. 훈은 문득 마음 한쪽이 젖어 풀어지는 느낌이었다.

그렇다. 서둘러야 했다. 읍내에서 훈이 사는 마을까지는 건각의 청년이라 할지라도 하룻길에 닿기엔 빠듯한 거리였다.

훈은 고샅길을 빠져나와, 낮은 점포들이 다닥다닥 늘어선 텅 빈 장터를 더듬어 서쪽으로, 서쪽으로 걸음을 재촉했다.

*

"오랜 만이어요……. 그동안 무탈하셨나요?…… 어렸을 적 모습이 온전히 남아 있군요……. 세월이 많이 흘렀습니다……."

입술을 감쳐물며 눈길을 거둘 때 수연의 미간이 파르스름하게 떨렸다. 수연의 목소리는 나비떨잠을 단 뒤꽂이처럼 흔들렸다.

훈은 다시 한 번 그날의 대화를 떠올려보았다. 한 마디 말도 건네지 못하고 돌아서야 했던 그 짧은 만남을 번복하기라도 하려는 양. 그리고 먼지가 풀풀 이는 황톳길을 걸으면서 수연의 말을 혼자 되뇌어보는 것이었다. 이제는 그가 말하고, 침묵을 지키며 귀여겨듣는 쪽은 오히려 그녀이기라도 하는 양.

오랜 만이어요. 그동안 무탈하셨나요?…… 오랜 만이어요. 그동안…….

암바

여행은 지루했지만 타자부로는 내내 쾌활했다. 느려터진 기차와 천옥(天獄)에 가까운 창밖 풍경을 머릿속에서 지워버리기로 작정한 사람처럼 타자부로는 웃고 떠들고 마시며 잠시도 가만히 있지 않았다. 이태 전에 개통된 경원선이 경성 역을 떠나 의정부를 벗어나기가 무섭게 그는 주안상을 펼쳤고, 특실에 마련된 원탁 주위로 사람들을 불러 모았다.

"시베리아 횡단 철도의 완공을 감축 드립니다."

타자부로가 먼저 유리 안드로비치에게 잔을 들어 인사를 건넸다.

"작년이었지요. 모스크바에서 블라디보스토크까지, 무려 일만 킬로미터가 넘는 철도가 놓였다는 건 인류 역사상 경이로운 과업이 아닐 수 없습니다. 물론 그 과정에는 우리 일본제국이 끼친 악영향도 큰 도움이 되었겠지만. 하하하."

1896년 러시아는 청나라와 협정을 맺고 동청(東淸) 철도회사를 설립한 뒤 철도 부설 공사에 나섰다. 모스크바에서 블라디보스토크까지 자국 영토만 연결했을 때 생기는 어마어마한 비용을 절감하기 위한 것이었다. 청나라 영토인 하얼빈을 경유하면 최소한 오백 킬로미터가 넘는 거리를 단축할 수 있었다. 시베리아 철도는 중국 내선을 통해 1903년에 완공되었다. 그러나 청일전쟁 이후 일본의 입김이 드세어지고 결국엔 러일전쟁이 발발하자 러시아는 중국 구간을 포기하지 않을 수 없었다. 타자부로는 그 점을 지적하고 있는 것이었다.

타자부로의 사과를 안드로비치가 멋쩍은 미소로 받아들였다.

"우리 두 나라의 외교 문제에 있어선 명암이 교차하는 동청철도지만, 한 야심찬 사나이에겐 죽음의 코스가 되었지요. 러시아 측이 제공한 특별열차로 창춘을 출발해 하얼빈에 도착한 초대 한국통감 이토 공작은 조선의 한 테러리스트에 의해 불귀의 객이 되고 말았습니다. '안'이라는 조선 청년은 여섯 발의 총을 쏘고는 이 말을 세 번 외쳤다고 하더군요. 코리아, 우라! 대한제국 만세, 라고. 1909년에 일어난 일입니다."

털거덕거리는 기차 안에서 대화는 계속 철도 이야기로 이어졌다.

"창밖을 보십시오. 이 끝없는, 끔찍하기 짝이 없는 산들을. 산중 협로를 달리는 기차가 천식 발작을 일으키는 것 같지 않습니까? 강의 길 말고는 육로가 없고, 외침이 두려워 파발마의 길을 닦기보다 봉화에 의존했던 이 나라에 철로를 놓고 터널을 뚫어 숨통을 틔워준 것은 문명과 개화의 힘입니다. 혹자는 조선을 은자의 나라, 고요한 아침의 나라라고 일컫지만, 그건 진실을 도외시한 낭만적인 포장일 뿐입니다. 생애를 바쳐 자기 나라의 산하를 지도로 남긴 한 지리학자를, 국가 기밀을 판 죄인으로 몰아 부친 무지몽매한 나라가 조선이었다는 사실을 잊어선 안 됩니다."

"아니, 정말 그런 일이 있었습니까?"

믿기 어렵다는 듯 존 해리슨이 물었다. 그러자 곁에 있던 구스노키 요시노리가 김정호에 관해 설명했다.

"불과 반세기 전의 일입니다. 그 사람에 관해서는 생몰 연대도 알려져 있지 않다 들었습니다."

"호오! ―"

미국인이 탄성을 질렀다.

"이건 군사기밀이오만, 조선이 전근대적 도법으로 제작된 대동여지도 한 장으로 이십 세기를 맞은 반면, 우리 일본제국은 지금으로부터 삼십여 년 전부터 전문 측량사들을 조선 땅에 파견해 현대적인 방식으로 측량된 오만분의 일 지도를 간행했습니다. 그것도 지금으로부터 육년 전인 1911년에 말입니다. 일본이 조선을 지배할 수 있는 동력이 이로부터 비롯된 것이지요."

"한 선교사가 말하더군요."

해리슨이 말했다.

"하나님은 조선 사람에게 조국과 긴 손톱 가운데 하나를 선택하도록 했는데, 조선 사람은 긴 손톱을 택하고 조국을 버렸다고. 듣고 보니, 그 말이 결코 과장이 아니었던 것 같습니다."

"이 나라엔 불과 몇 년 전까지만 해도 양반이라고 하는 세습 귀족이 있었습니다."

요시노리가 말했다.

"수저를 들거나 붓으로 글을 쓰는 것 말고는 제 손으로는 아무것도 하지 않으려는 자들이었지요. 손목시계를 과시하고 싶으나 그걸 차는 건 천하다 여겨 하인으로 하여금 들고 다니게 했던 자들입니다. 바로 그런 사대부들이 다스렸던 나라가 조선인 것입니다."

"제정 러시아에도 그와 같은 무리들이 있었지요."

유리 안드로비치가 모처럼 말을 거들었다.

"게으름과 무력증 속에 멸문을 면치 못했던 귀족 나부랭이들이 할 수 있었던 유일한 일은 잠옷을 입고 공상하는 것이었다고 합니다."

해리슨이 탄복을 금치 못하자 요시노리가 홍이 나서 말을 이었다.

"러일전쟁 중에 있었던 일이라고 들었습니다. 제물포에서 전투가 벌어지고 포탄이 날아다니는데, 구중궁궐 속의 황제는 점쟁이들의 말을 믿고 궁궐의 기둥 밑에 솥단지를 묻었다고 하더군요."

"솥단지라고요? 이유가 뭐죠?"

러시아인이 물었다.

"미신이지요. 난리를 피해보겠다는 일종의 주술 행위였던 것입니다."

요시노리의 대답에 사람들이 일제히 웃음을 터뜨렸다. 타자부로는 그러나 웃지 않았다. 타자부로는 한민석 쪽으로 살며시 고개를 돌려 무슨 말인가를 낮은 소리로 속삭였다. 통역을 멈춘 한민석의 얼굴이 일순 붉어졌다.

"오백 년이라는 긴긴 세월 동안 오직 한 집안이 세습으로만 다스려 온 나라가 어찌 썩지 않고 온전할 수 있었겠습니까? 자, 이 이야기는 여기서 접고 술이나 한 잔씩 하십시다."

타자부로가 술잔을 들었다.

*

한민석은 화장실에 간다는 핑계로 잠시 자리를 빠져나왔다. 그리고 객실과 객실 사이의 난간에 기대어 창밖을 보았다.

철교 아래로 강줄기가 내려다보이는가 싶더니 기차는 어느새 터널 속으로 빨려 들어갔다. 객실 통로의 등불이 서서히 밝아왔다. 차창에 불빛이 비쳤고, 그곳에 한 사내의 얼굴이 있었다. 한민석은 그 얼굴을 응시하다가 손바닥으로 자신의 한쪽 뺨을 쓸어보았다. 유리창에 비친 사내는 움직이지 않았다. 그 사내를 바라보는 한민석의 마음 또한 굳은 듯이 고요했다.

한민석은 조금도, 눈곱만큼도 부끄럽지 않았다. 때때로 그가 베갯머리에서 생각하고, 가끔은 지기들과 어울려 술청에서 울분과 능멸을 담아 토해내곤 했던 이야기들이었다. 새삼스러울 것 없는 화제들이 여기 이 자리에서 전혀 다른 언어로 통용되고 있고, 그가 그것을 또 다른 나라의 언어로 통역하고 있음에 약간의 이질감이 느껴졌을 뿐이었다. 다만 그러할 뿐, 거기에는 자신의 치부를 드러내는 것 같은 부끄러움은 없었다. 아니, 오히려 치부를 마음껏 드러내고도 부끄러워하지 않을 수 있다는 사실에 쾌감을 느꼈다고 하는 편이 옳을 것이다.

누구도 뛰어넘을 수 없는 담장과 굳게 잠긴 네 개의 문으로 에워싸인 아흔아홉 칸의 고택에서 벌어지는, 자폐적인 대가족의 히스테리가 횡행하는 곳. 그것은 국가가 아니라 병동이라고 생각했던 그가 아닌가.

역사가 아니라 가족력만이 비밀스럽게 내통하는 나라, 정신질환에 걸린 대가족의 장원에 침을 뱉고 싶었던 그가 아니었던가.

궁궐의 간악한 자들, 그들이 먹는 개만큼도 가치 없는 자들에 의해 갈취당하고 착취 받는 동족을 지켜보느니, 차라리 말과 씨가 다르고 근본과 말단이 뒤섞인 섬나라의 개들에 의해 핍박당하는 편이 훨씬 낫다고 생각한 그가 아닌가.

조국은 민족을 버렸고, 민족을 저버린 조국은 망했고, 버림받은 민족만이 남은 땅. 이 빼앗긴 땅에 풀뿌리 민중들만이 비바람 속에 서 있는데, 어디서 조국을 구할 것이며 무엇을 위해 조국을 되찾을 것인가. 되찾아야 할 것은 국토이지 조국이 아니다. 조국으로부터 버림받은 민족이 다시 발을 딛고 설 수 있는 땅. 그 땅에 새로운 나라가 서고, 마침내 그 나라가 버림받은 민족을 품을 것이다. 그날을 위해 폐허가 된 이 멸망한 조국을 쓸어버려야 한다. 제국의 주구(走狗)보다 더 간악하고 추잡한 왕조의 쓰레기들을 티끌 하나 남기지 말고 파묻어버려야 한다.

그러했다. 한민석은 부끄럽지 않았다. 사실 그는, 이씨 조선을 싸잡아 비난하던 타자부로가 불현듯 말머리를 돌려, 그러니 조선 땅 젊은 지식인들의 고뇌가 얼마나 컸겠느냐고 나직한 목소리로 물었을 때, 가슴 뭉클한 감동까지 맛보았던 터였다. 누군가 상상하기 힘든 부드러움으로 자신의 가장 아픈 부위를 쓸어 만져주는 것 같은 기분. 그것은 그가 한 번도 느껴본 적 없는 조국의 손길 같았고, 달래면서 북돋아주는 아버지의 음성 같았다.

*

부관이 그를 찾았다. 한민석이 들어서자 타자부로가 급히 손짓하며, 도대체 이 노스케 친구가 무슨 말을 하는지 통역 좀 해달라고 소리쳤다.

"나는 사냥꾼이 아니라 추적자입니다."

안드로비치가 말했다.

안드로비치는 술도 술이거니와, 뭔가 다른 이야기로 상당히 흥분된 표정이었다. 그는 추적자라는 말을 몇 차례 되풀이하며, 한민석이 그 말을 타자부로에게 제대로 전달하는지 두 사람의 얼굴을 유심히 살폈다.

"추적자라니? 잡지도 않을 거면서 왜 호랑이를 추적한다는 거지? 그 멋진 호랑이 가죽이 탐도 나지 않는단 말인가?"

타자부로가 시비조로 물었다. 한민석은 말의 수위를 조정했다.

"우리는 호랑이를 잡지 않습니다."

러시아인이 말했다.

"호랑이를 죽여서 좋은 일은 결코 없습니다. 아무르 강과 시호테알린 산맥 일대에 사는 우데게 족은 호랑이를 가리켜 '암바'라고 부릅니다. 신령스러운 존재라는 뜻이지요. 호랑이는 결코 원한을 잊는 법이 없습니다. 반드시 복수를 하고야 말지요."

"그렇다면 결국 호랑이는 위험한 존재라는 뜻이 아닙니까?"

"모든 신령스러운 존재는 우리가 외경심을 잃을 때면 위험한 존재로 다가오기 마련이지요. 산과 숲과 바다가 그런 이치를 가르쳐주지 않던가요?"

타자부로는 못마땅한 얼굴이었다. 그는 언제부턴가 콧수염을 잘근잘근 씹어대었는데, 이기죽거리듯이 일그러진 입술 위에서 수염 몇 가닥이 보기 흉하게 반짝이고 있었다. 어쨌든 그는 웃음을 잃지 않고 대화를 이끌어갔다.

"그렇다면 조선인들이 호랑이를 그토록 두려워하는 까닭은 무엇입니까? 조선인은 호랑이를 쫓느라 일 년의 반을 보내고, 나머지 반은 호랑이에게 잡아먹힌 사람의 문상을 가느라 보낸다는 말이 있을 정도인데."

"맞습니다!"

잠자코 듣고만 있던 해리슨이 말을 거들었다.

"몇 년 전엔 호랑이가 궁궐에까지 나타났다는 이야기를 들은 적이 있습니다. 프랑스의 한 신문엔 황소만 한 호랑이 두 마리가 민가를 덮쳐 사람을 물고 가는 그림이 실리기도 했고요."

안드로비치는 잠시 생각에 잠겼다. 그는 감정을 추스른 뒤, 자기가 조선에 오게 된 까닭도 그 점에 있으며, 그 떠들썩한 소문의 진상을 파악해보려 했다고 말했다.

"나의 가정입니다."

안드로비치는 두 손을 모아 턱을 받친 채, 눈 위에 지린 오줌 빛깔의 수염을 비비며 의미심장하게 찌푸린 실눈으로 정면을 응시했다.

"조선인들이 백두산호랑이라고 일컫는 호랑이는 러시아의 극동 지역에서 한반도에 이르는, 비교적 제한된 영역에서 살고 있습니다. 호랑이는 하룻밤에 최소한 삼십 킬로미터 이상을 이동하며, 번식기가 아닌 시기에는 암수라 할지라도 서로의 영역이 겹치는 것을 극도로 싫어합니다. 때문에 활동 범위가 좁아지거나 개체수가 많아질 때면 혼란이 일어나게 되는 것입니다. 영역 싸움에서 패한 어린 호랑이나 늙은 호랑이는 설 땅이 없어지게 되지요. 그들이 인가로 내려가 개나 가축을 기웃거리는 것은 어쩌면 자연스러운 일이라고 할 수 있습니다."

"그렇다면 그 말은, 지금 일어나고 있는 상황이 호랑이의 개체수가 너무 많은 탓에서 비롯되었다는 뜻이 아닙니까?"

"아닙니다. 호랑이가 많아진 것이 아니라 호랑이의 영역이 좁아진 것입니다."

"아, 그게 그 소리 아닌가요?"

타자부로가 답답해서 소리쳤다.

"내 말은, 너무 많은 사람들이 호랑이의 영역을 뺏고 있다는 뜻입니다. 시베리아에서부터 한반도에 이르기까지 수많은 철도가 가설되면서 새로운 도시들이 우후죽순으로 생겨나고 있습니다. 한반도엔 최근까지도 긴 노선의 철도가 없었지만, 이제는 많은 지역에 철도가 놓였고, 개발이 진행되고 있으며, 원시림이 사라지고 있습니다. 철도가 놓이기 전엔 자기 영역이었던 곳이 사람들의 공간으로 바뀌었을 때, 오갈 데 없는 호랑이들이 선택할 수 있는 방법은 두 가지뿐입니다. 첫째, 다른 곳으로 옮겨가는 것. 하지만 앞서 말했듯이, 호랑이가 살 수 있는 공간은 점점 좁아지고 있습니다. 그렇다면 두 번째 방법으로 호랑이는 사람들과 더불어 살아가는 법을 배워야만 합니다. 그 방법이 바로……."

"그 방법이 바로 식인이란 말입니까?"

"네. 그렇습니다."

"아니, 그게 어디……!"

타자부로는 실소를 머금으며 한숨을 내쉬었다. 안드로비치는 침착했다.

"사람들은 호랑이가 살아갈 공간을 뺏었을 뿐 아니라 호랑이의 먹을거리마저 뺏고 있습니다. 그들로선 달리 선택의 여지가 없는 것입니다."

러시아인의 이 발언은 그동안 즐거웠던 분위기에 초를 치는 성질의 것이었다. 타자부로가 그토록 자랑스러워했던 철도가 결국은 한반도의 호랑이를 식인의 길로 내몰았다는 논리였으니 말이다.

"우문이지만……."

그때 요시노리가 지원을 자처하고 나섰다.

"만약 좁아진 환경에 밀도가 높아진 것이 사실이고 또 그것이 문제의 핵심이라면, 개체수를 줄이는 것 또한 문제를 해결할 수 있는 하나의 방법이 되지 않을까요?"

안드로비치의 표정이 돌연 싸늘해졌다. 그는 한껏 음성을 낮추고서 아주 천천히, 결연한 어조로 말했다.

"그렇게 할 경우, 한반도에서 호랑이의 씨를 말리는 것은 시간문제일 것입니다."

"그건 너무 지나친 상상이 아닐까요?"

요시노리는 물러서지 않았다.

"식인이 문제되는 늙고 쇠약한 맹수들을 제거하는 것은 우생학적인 관점에서도 타당할뿐더러, 이미 생물학에서도 그 효과가 널리 입증된 방법입니다."

요시노리의 시선이 해리슨에게로 향하자 해리슨이 크게 고개를 끄덕이며 동조의 빛을 내비쳤다.

"생명의 세계는……."

안드로비치가 말했다.

"결코 우생학으로 설명될 수 있는 것이 아닙니다. 인간의 관점에서 보는 어떤 쓸모없는 것도 생태계에서 쓸모없는 것은 없으니까요."

침묵이 흘렀다. 수습되지 않는 어색한 침묵이었다. 그러나 이번에도 타자부로의 꺾이지 않는 호기심과 쾌활함이 분위기를 반전시켰다.

"그렇다면…… 당신은 저 시베리아의 원주민들처럼 호랑이를 신이라고 생각합니까?"

"아닙니다. 호랑이는 동물입니다."

안드로비치의 대답은 단호했다.

"조금 전에 암바는 신령스러운 존재라고 하지 않았던가요?"

"네. 그랬지요."

"그렇다면 암바는……."

"카이사르가 인간인 것처럼, 암바는 동물입니다."

"카이사르와 암바. 거 참, 멋진 한 쌍이로군요!"

타자부로의 눈에 돌연 묘한 아이러니가 깃들였다.

"어쨌든 둘 다 왕은 왕인 것이로군요!"

육포

유리 안드로비치는 타자부로와 함께하는 동안 줄곧 불편한 마음을 다스리기 어려웠다. 안드로비치는 젊었을 때 읽은 공자의 말을 떠올렸다. '교묘하게 꾸민 말과 아첨하는 낯빛으로 사람을 대하는 자는 어질지 못하다.' 그렇다. 이 말만큼 타자부로의 본성을 직방으로 꿰찌르는 말은 없을 것이다.

타자부로의 예바름은 폭력이 준비된, 굽어볼 수 있기에 너그러운 예절이다. 그의 권력은 무례를 무례로 되갚을 필요를 느끼지 못한다. 언제든지 파멸시킬 수 있는 자에게 예절쯤이야 베풀지 못하겠는가. 이것이 그의 관용과 배려의 근간이다.

호인다운 웃음과 과장된 제스처 뒤에 감춰진 그의 본성은 상상조차 할 수 없으므로 더욱 위험하게 다가온다. 불쾌감과 분노가 얼굴에 새겨져 있음에도 재빨리 말을 바꾸어 분위기를 반전시키는 그의 순발력에는 유머감각보다는 타고난 공격성이 내재되어 있는 듯. 잠시 뒤로 빠졌다가 호되게 치겠다는 속셈인 것이다.

지난 이십여 년 간 타이가의 숲에서 호랑이와 표범을 추적하며 살아온 안드로비치는 자신의 정면을 감추었다가 후미에서 덮치는 맹수의 노림수를 잘 알고 있었다. 도주를 공격의 기회로 전환시키는 맹수들의 전략. 그들이 몸을 낮추고 스스로를 그림자로 만들 때 온몸의 세포와 혈류로 직감하게 되는 공포를 그는 여러 차례 겪은 바 있었다. 지금 그가 불안스레 예감하는 공포 또한 그와 유사한 것이었다. 안드로비치는 거의 동물적인 본능으로, 타자부로가 끌어들이고 또 밀어 넣으려 하는 덫의 냄새를 맡을 수 있었다. 안타까운 것은 그 자가 그러한 유인책으로 무엇을 꾀하려 하는지 알 수 없다는 점이었다.

문득 안드로비치는 타자부로의 발이라도 핥을 듯 굽실거리는 조선인 통역관이 생각났다.

기민하고 영리하긴 하나, 말과 진실의 간극을 가늠하기엔 통찰력이 턱없이 부족해 보이는 청년…….

굽히기 싫은 자존심으로 뻣뻣해진 관절은 경직된 만큼 꺾이기도 쉬운 법. 치면 궁지에 몰린 쥐처럼 치받고 나올 게 번연한 자존심도 토닥여 안아주면 스스로 무릎을 꿇고 귀순하기 마련. 깊지 못하고 잦기만 한 고뇌로 굴절된 식민지 지식인의 갈등을 저 노회하기 짝이 없는 타자부로가 간과할 리 만무했다. 타자부로는 처음 만난 날부터 지금껏 더없이 깍듯한 태도로 청년을 대했고, 부관이 곁에 있음에도 청년을 향해서만 사사로운 이야기를 낮은 소리로 주고받았다. 그럴 때의 두 사람은 소통이 잘되는 사제지간이나, 격을 따지지 않되 예를 잃지 않는 아버지와 아들의 관계로 비쳐지기까지 하였다.

'도대체…….'

안드로비치는 화장실의 거울에 비친 자신의 얼굴을 들여다보며 신음하듯이 중얼거렸다.

도대체 저 자의 목적은 무엇일까? 수다스럽고 방자해 보이는 미국인 식물학자와, 현학과 선심을 푼돈처럼 뿌리며 소풍이라도 나온 듯 들떠 있는 자국의 생물학자를 대동하고서, 개마고원을 거쳐 백두산까지 탐사하려 하는 저 자는 도대체 무엇을 획책하고 있는 것일까? 게다가 제각각 기대하는 바가 다른 이 이상한 무리 속에 내가 합류되어 있는 까닭은 무엇일까?……

*

조선에서 식인 호랑이가 극성을 부린다는 소식을 들은 것은 연해주 인근에서 만난 사냥꾼들을 통해서였다.

러시아의 발틱 함대가 조선의 앞바다에서 궤멸되고, 그와 때를 같이하여 조선이 일본의 속국이 되었다는 소식도 동토대의 숲을 거쳐 가는 모피상들을 통해 풍문처럼 듣고 있었다.

만주에 이어 시베리아에 철도가 부설된 뒤로 쑹화 강, 헤이룽 강, 우수리 강을 따라 새로운 도시들이 빠른 속도로 건설되고, 그에 따라 사람들이 몰려들면서 숲과 강의 기류에 어떤 변화가 감지된 것도 그즈음이었다.

안드로비치는 그 변화의 실상을 확인하고 싶었다.

그는 기다렸다. 그러던 어느 해 봄, 여장을 꾸렸다. 그리고 시호테알린 산맥을 따라 남하하여 블라디보스토크로 향했다. 그는 혼자였다.

시호테알린은 오호츠크 해와 동해를 끼고 일천 킬로미터 이상 이어지는 긴 산맥이지만, 골이 넓은 데 반해 뫼가 높지 않아 이동이 용이한 편이다. 게다가 그 지역은 안드로비치가 오랜 세월 거주하며 지형과 지맥을 손금처럼 꿰고 있는 곳. 또한 그곳은 아무르호랑이 또는 백두산호랑이라고 일컬어지는, 지구상 최대 크기의 호랑이가 러시아에서 한반도로, 또는 그 역으로 이동하는 주요 통로이기도 하다.

해발 이천 미터가 넘는 봉우리들은 4월인데도 눈에 덮인 채 깊은 잠에 빠져 있었다. 바다와 대륙에서 불어오는 바람이 산맥의 양쪽을 판이한 두 얼굴로 갈라놓는 가운데, 안드로비치는 그 아슬아슬한 경계점을 밟으며 남쪽으로 향하는 걸음을 서둘렀다. 바다에서 불어오는 바람은 냉습하여 눈보라의 산맥을 이루었고, 대륙에서 불어오는 건조한 바람은 설산의 겨울옷을 거침없이 벗겨 앙상한 뼈대를 드러내었다. 골과 골이 맞닿아 산의 걸쇠를 여는 고갯마루에는 그래서 폭설이 잦았다.

안드로비치는 가죽신에 몇 겹으로 감발을 치고 설피를 신고서 걸었다. 달빛을 이용해 밤에도 이동을 멈추지 않았다. 맹수들을 피해 수자리 서듯 밤을 지새우느니, 한낮의 양지바른 골짜기에서 나무에 기대어 두어 시간 등걸잠을 자는 편이 나았다. 수많은 봉우리들이 다가섰다 물러섰고, 그 봉우리들 아래로 골과 들이 치맛자락처럼 펼쳐졌다 병풍 뒤로 사라졌다.

설산들을 넘어 눈이 채 녹지 않은 산록을 벗어나자 끝이 없어 보이는 평원과 저습지들이 나타났다. 안드로비치는 그곳에서 전에 보지 못했던 마을들을 여럿 발견했다. 조선인 이주 정착촌이었다. 나라를 잃고 고향을 등졌을 사람들이지만, 뜻밖에도 그들은 난민이라고 하기엔 형편이 꽤 괜찮아 보였다. 기와를 올리고 회반죽 된 발벽을 높게 세운 집들은 번듯하면서도 견고해 보였다. 황무지에 지나지 않았던 땅들은 말끔하게 경작되어 있었고, 마차가 다닐 수 있는 잘 닦인 길들이 마을과 마을을 연결하고 있었다. 블라디보스토크와 하바로프스크의 농산물 유통을 조선인들이 장악하고 있다는 소문은 익히 들어 알고 있었지만, 이곳에서 보니 단지 유통만이 아니라 재배와 공급 전체를 소화해내는 것 같은 인상이었다.

때는 5월이었고, 갖은 과실수들이 꽃을 활짝 피운 둔덕들을 사이에 두고 들판 전체가 신록으로 진동하고 있었다. 또 다른 현저한 변화는 국경의 삼엄한 감시였다. 산과 들과 강이 호형호제하듯이 만나고 겹치며 스스럼이 없는 만주와 연해주는 예로부터 국토의 개념이 희박한 곳이었다. 인적조차 드물어 사람을 만나는 일이 경사롭기까지 했던 지역이었다. 그러던 곳이 지금은 국경이 나뉘는 길목이나 산과 강의 경계마다 방책이 쳐져 있었고, 곳곳에 서로 다른 제복의 국경 수비대들이 무장을 하고 둔치고 있는 것을 볼 수 있었다.

안드로비치는 밤이 되길 기다려 두만강을 건너 경흥 땅으로 들어섰다. 그의 애당초 목표는 함경산맥을 타고 혜산으로 가려던 것이었다. 하지만 경흥 검문소를 우회하여 산줄기를 더듬던 그는 매복 중이던 일본군에 의해 체포되고 말았다. 소통되지 않는 몇 마디의 물음과 항변이 이어졌다. 그는 포박된 채 군인들과 함께 이동했다. 함흥에서 경찰에 인계된 안드로비치는 기차에 실려 경성으로 압송되었다. 그를 기다리고 있는 것은 기나긴 침묵과 감시와 감금이었다.

타자부로를 만나기 전, 석 달여에 걸친 안드로비치의 행적은 이와 같았다. 그러던 어느 날, 안드로비치는 두 차례의 신문을 받았다. 그리고 며칠 후, 옥살이에서 풀려났다. 그는 목욕을 했고, 새 옷 한 벌을 지급받았다. 그 이튿날, 두 명의 감시요원에 이끌려 안드로비치는 조선호텔의 이상한 회동 속으로 인도되었다. 그가 왜 풀려났고, 어디로, 무엇을 향해 가고 있는지 귀띔해준 사람은 아무도 없었다.

*

"자, 이것 좀 드셔보십시오."

기차가 안변 역을 벗어났을 때였다. 화장실에서 돌아온 안드로비치를 향해 타자부로가 무엇인가를 건네며 말했다. 육포였다.

"맛이 어떠합니까?"

그가 미소를 지으며 물었다.

유리 안드로비치는 쫀득쫀득하고 부드러운 육포를 음미하듯이 씹었다. 처음엔 연어인 줄 알았으나, 오래 씹고 보니 쇠고기 맛이 났다. 육질에 기름기가 고루 배어 있어 질기거나 거친 느낌이 없었다.

"맛이 좋군요. 뭔가요?"

안드로비치가 물었다.

"한번 맞춰보십시오."

타자부로의 얼굴이 웃음으로 번지르르해졌다.

"연어 같기도 하고 쇠고기 같기도 하군요."

"우라!"

타자부로가 소리쳤다.

"미각이 뛰어나군요. 정확한 표현입니다. 돌고래의 고기 맛은 어류와 포유류의 맛을 함께 지니고 있지요."

"돌고래라고요?"

안드로비치는 육포를 씹다 말고 입을 벙긋하게 벌린 채 물었다.

"네. 돌고래입니다."

타자부로는 안드로비치의 표정을 살피다가 갑자기 껄껄거리며 웃었다. 그 광경을 지켜보고 있던 사람들의 얼굴에도 참기 힘든 웃음자국이 묻어났다.

"어찌 표정이 그러십니까? 벌레라도 씹은 것처럼."

안드로비치의 얼굴이 불콰해졌다.

"돌고래 고기가 처음인 모양이지요? 우리 고향에선 흔히 접하는 음식입니다만."

안드로비치는 헛기침을 하다 말고 입을 실룩거리면서 육포를 꿀꺽 삼켰다.

"알류이트나 에스키모 인이 고래를 먹는다는 소린 들었지만, 돌고래를 식용으로 한다는 얘기는 나 또한 처음입니다."

해리슨이 말했다.

"고래야 동작이 굼뜨므로 사냥이 어렵지 않으리라 여겨지지만, 돌고래는 워낙 날쌔고 영리해서 포획이 쉽지 않을 텐데요. 그렇지 않은가요?"

"재빠른 놈이든 영리한 놈이든 누구에게나 그에 걸맞은 함정이 있는 법이지요. 자, 좀 더 드셔보세요. 먼 여행길엔 이보다 좋은 영양식은 없을 겁니다. 비상식량으로도 그만이지요."

타자부로가 육포가 담긴 접시를 내밀자 안드로비치가 손사래를 쳤다. 타자부로는 그런 그의 모습을 짓궂은 눈빛으로 흘겨보며, 지방층이 켜켜이 자리 잡은 두툼한 육포를 갈비 뜯듯이 뜯었다.

"돌고래를 잡는 방법은 의외로 단순합니다. 놈들이 가진 최고의 장점을 역이용하는 것이지요. 돌고래는 어떤 동물보다 청각이 예민한데, 바로 그 점이 그들의 지옥행을 결정짓는 것입니다. 내 고향 다이지에서는……."

타자부로의 고향인 와카야마 현 다이지에서는 매년 9월이면 돌고래 잡이가 시작된다.

"지금이 바로 그 시기입니다."

타자부로는 사냥 시즌을 놓쳐 여간 아쉬운 게 아닌 듯 한숨을 내쉬었다. 그의 뇌리에 떠오르는 광경이 어떤 것인지는 얼굴 전체에 퍼지는 황홀한 표정이 잘 설명해주고 있었다.

돌고래 잡이는 9월에 시작해 이듬해 3월까지 이어진다. 타자부로가 기억하기로, 한 해 최대의 어획량을 기록한 것은 오 년 전이다. 정확한 집계는 힘들지만, 대략 이만 삼천 마리의 돌고래가 잡힌 것으로 추산된다.

"이만 삼천 마리의 돌고래. 상상이 되십니까?"

사냥은 돌고래가 다니는 길목을 수십 척의 배들이 에워싸는 것으로 시작된다. 방법은 간단하다. 기다란 쇠기둥들을 바다에 담그고 있다가 돌고래 떼가 나타나면 망치로 두들겨대는 것이다. 청각이 예민한 돌고래는 그 소리에 극도의 공포에 사로잡힌다. 배들은 돌고래를 에워싸면서 서서히 포위망을 좁혀 후미진 만으로 몰아넣는다. 갯바위와 바위섬이 가로막고 있고 수심이 얕아 한 번 들면 빠져나갈 수 없는 곳이다. 게다가 만을 가로질러 길게 그물이 쳐지니 돌고래들은 독 안에 든 쥐나 다름없다.

사냥이 시작된다. 작살이든 뭐든 찌를 수 있는 것이면 무엇이든 들고 물 반 돌고래 반인 바다를 향해 내리찍노라면 온 바다가 핏빛이 된다. 쇠기둥 때리는 소리, 돌고래 울음소리가 바다를 울리고, 해안에서는 아낙네들이 화톳불을 지피고서 북을 치며 노래를 부른다. 그것은 피와 노래와 춤의 축제다.

"생각해보세요. 한낮의 햇살이 저물고 놀빛이 번지는 하늘을. 점점 높게 떠오르는 9월의 큰 달 아래 핏빛으로 물든 바다를. 바다 향기와 뒤섞인 피비린내를……."

타자부로의 목소리는 감동으로 졸아들며, 마치 부주키 가수가 고음을 낼 때처럼 한껏 억압된 채 부풀어 올랐다.

"그건 마치…… 그래요. 그건 마치 오래 잠들어 있던 우리 안의 화산이 폭발하는 것 같은 그런 순간이지요. 내가 처음 돌고래 사냥에 참가한 것은 열다섯 살 때였습니다. 열다섯……. 애벌레의 솜털이 수염으로 바뀌고, 사타구니에 거웃이 무성해질 즈음이지요. 집안 어른들을 따라 또래의 사촌들과 함께 배에 몸을 실을 때의 설렘은 돌고래 떼를 보는 순간 두려움으로 바뀌지만, 그 두려움은 용기가 되고, 마침내는 환희가 되어 타오릅니다. 펄쩍펄쩍 뛰는 돌고래의 등에 작살을 꽂을 때의 느낌. 그 전율! 혐오와 희열이 뒤섞인 꿈틀거림! 표적에 대한 욕망과 집중……."

타자부로는 자기도 모르게 어깨를 떨며, 무언가 다치기 쉬운 것을 향해 손을 건네는 사람처럼 조심스럽게 눈을 치뜨고서 소년 같은 미소를 지었다.

"마침내, 그 어마어마한 사냥이 끝났을 때…… 온몸은 땀과 피와 바닷물로 흠뻑 젖어 몰아의 경지에 이르게 됩니다. 하늘과 땅이 분간되지 않는 도취에 사로잡히게 되는 것이지요. 실제로 나의 경우에도 그랬습니다. 사냥이 끝났다는 외침을 듣지 못한 채 누군가가 내 팔을 움켜잡을 때까지 작살을 내리찍는 동작을 멈추지 못했으니까요. 바로 그때…… 꿈에서 깨어나듯 가까스로 정신을 차리고 올려다본 하늘엔 9월의 큰 달이 걸려 있었습니다. 그리고 그 달은, 핏빛으로 물든 바다 위에도 떠 있었고요……."

타자부로는 그 시절의 어떤 신호가 자기를 부르기라도 하는 듯 가만히 고개를 돌려, 하오의 햇살이 크넓은 그늘과 함께 물밀듯이 퍼져나가는 창밖의 들판을 바라보았다.

"바로 그날, 한 어린 소년이 비로소 한 사람의 완전한 남자로 거듭나게 되는 것입니다."

정호군

기차가 종착역에 도착한 것은 해질 무렵이었다.

플랫폼을 나와 원산 역 광장에 선 안드로비치는 군장을 갖춘 병사와 기병 들이 오와 열을 맞추어 일사불란하게 정렬해 있는 것을 보았다.

팡파르가 울렸다. 군악대와 함께 광장 오른쪽에 대기 중이던 소년 소녀 들이 꽃다발을 들고 나왔다. 타자부로 옆에 서 있던 안드로비치는 영문도 모르는 채, 색동저고리를 입은 한 소녀로부터 꽃다발을 받았다. 아이들이 물러나자 지역 최고의 관리인 듯싶은 사내가 다가와 타자부로와 악수를 했다. 인사말이 오갔다. 관리가 우아한 몸짓으로 길을 이끌자 두 사람은 어깨를 나란히 하고서 병사들 앞에 섰다. 음악이 그쳤다. 우렁찬 구령소리에 맞춰 병사들이 집총경례를 했다. 타자부로와 관리는 거수경례를 했다.

또다시 음악이 울렸다. 이번에는 좀 더 장중한 음악이었다. 군인들과 더불어 일장기를 든 민간인들이 다 함께 노래를 불렀다. 입을 다물고 있는 것은 안드로비치 한 사람뿐이었다. 해리슨은 뭐가 즐거운지 호기심 어린 눈빛으로 주위를 두리번거리며 연신 싱글벙글 웃어대었다. 군인들 뒤에는 플래카드를 든 군중들이 보였다. 안드로비치가 조선인 통역관에게 플래카드에 적힌 글이 무슨 뜻이냐고 물었다. 한민석은 '경축. 입성. 정호군 대장 야마모토 타자부로'라고 적힌 글을 윤색해서 통역해주었다. 안드로비치의 수염이 바르르 떨렸다.

안드로비치는 역 광장에 도열한 군인이 암만 적게 잡아도 백여 명은 되는 것으로 추산했다. 그 속에는 군견과 사냥개 이십여 마리도 포진해 있었다.

사열식이 끝나자 사진촬영이 있었다. 촬영은 몇 차례 되풀이되었다. 그 후로 행사는 빠른 속도로 진행되었다. 높직이 솟은 서산마루로 해가 넘어가자 설레발치듯이 땅거미가 밀려들었기 때문이었다. 음악이 그치고, 요란한 박수소리와 함께 군중들이 흩어졌다. 멀지 않은 바다에서 해감내를 실은 찬바람이 불어왔다. 금세 한기가 느껴졌다.

해리슨은 원산이 극동에 위치한 항구 도시라는 사실을 실감했다. 또한, 구만 평방마일쯤 되는 이 작은 나라가, 북쪽은 뉴욕 북부와 남쪽 끝은 버지니아 남부와 견주어질 만큼 극단적인 기후를 가지고 있다는 선교사들의 글이 결코 과장이 아니었음을 확인할 수 있었다.

광장 왼쪽에 펼쳐진 너른 초지에는 수십 동의 군막이 설치되어 있었다. 기병들을 선두로 군인들이 역 광장을 한 바퀴 돈 뒤 숙영지로 물러갔다. 군홧발 소리와 함께 개 짖는 소리가 어둠 속으로 황황하게 메아리쳤다.

*

숙소에 도착하자 안드로비치는 타자부로와의 면담을 청했다. 안드로비치는 자중하려 했으나 흥분을 가라앉힐 수 없었다. 외마디로 끊기는 이방의 언어들 사이로 러시아말이 막무가내로 비집고 나왔다. 심지어는 우데게 족 언어로 욕지거리를 쏟아내기까지 했다. 한민석은 심상치 않은 분위기를 누그러뜨리기 위해 즉각적인 통역을 보류했다.

"용납할 수 없어. 절대로 용납할 수 없어!"

러시아인이 되풀이해서 소리쳤다.

"호랑이를 잡기 위해 군대를 동원하다니, 이건 완전히 정신 나간 짓이 아닌가. 짐승들과 전쟁이라도 벌이겠다는 것인가. 야만인들! 미치광이들! 참을 수 없어. 난 떠날 거야. 떠날 거야!"

안드로비치가 벌떡 자리에서 일어났다. 그는 금방이라도 문을 박차고 나갈 기세였다.

"앉으시오."

타자부로가 침착하게 말했다. 착 가라앉은 음성이 주문을 거는 듯했다. 하지만 그의 위압적인 태도도 안드로비치의 분노를 제압할 수는 없었다.

"분명히 해두겠소. 나는 당신들과 함께할 수 없어. 어떤 말로 구슬려도 당신들을 도울 수 없단 말이오!"

이 말을 끝으로 안드로비치는 문을 향해 성큼성큼 걸어갔다.

바로 그때였다. 사람의 소리라고는 도저히 믿을 수 없는 고함소리가 벼락 치듯이 귓전을 때렸다. 등골이 오싹해지는 소리였다. 한민석은 깜짝 놀라 허리를 곧추세웠다. 안드로비치 또한 예기치 못한 충격에 얼어붙은 듯이 제자리에 멈춰 섰다.

벌컥 문이 열리더니 부관이 뛰어 들어왔다. 그는 당장이라도 총을 빼들 기세였다. 어리둥절해서 실내를 돌아보는 부관을 향해 타자부로가 나가 있으라고 손짓을 했다.

"앉으시오."

부관이 나가자 타자부로가 다시 말했다. 그의 목소리는 예의 침착함을 되찾고 있었다. 안드로비치가 멈칫거리더니 군말 없이 자리로 돌아가 앉았다. 한민석은 칼집 위에 놓인 타자부로의 오른손을 보았다. 폭발 직전의 분노가 손등 위의 정맥들 속으로 머리 여럿 달린 뱀이 되어 꿈틀거리고 있었다. 그의 침착함은 뇌관과 같았다.

"이제, 당신이 이곳까지 오게 된 경위를 설명해 드리리다……."

타자부로는 아주 신중하게 말문을 열었다. 잉걸불이 이글거리는 질화로를 마음속 어딘가에 묻어둔 것 같은 목소리였다. 그래서인지 그의 말은 호흡보다 느리고 약간 끌리는 느낌을 주었다.

"내가 당신에 관한 소식을 처음 접한 것은 경성에 오기 전이었소. 경무청의 한 친구가 러시아인 사냥꾼—아니, 당신이 요구한 대로 추적자라고 하지. 아무튼, 자기 자신을 일컬어 호랑이 추적자라고 자처하는 사람이 시베리아에서 왔는데, 불법 입국과 스파이 혐의로 구속 중이라 하였소. 이미 조서와 소장이 작성된 터라 그냥 형무소에 처넣어도 하자가 없겠지만, 워낙 주장하는 바가 재미있어 내게 연락을 하는 것이라 하더군. 나는 그에게 당신에 관한 정보를 좀 더 찾아보라고 하였소. 그러나 문서로 남겨진 당신의 신상 정보는 단 한 줄도 없었소. 당신의 조국에서조차 당신은 유령과 같은 존재였던 것이오. 그 말이 무엇을 뜻하느냐 하면, 스스로 주장하는 바와는 상관없이, 러시아나 조선 땅 어디에도 당신처럼 정체가 불분명한 인간을 보호해줄 법은 없다는 사실이오. 결과적으로 말해서, 당신의 목숨은 한낱 지푸라기에 지나지 않았던 것이오."

타자부로는 궐련에 불을 붙인 뒤 제복의 호크를 풀었다. 반쯤 불이 붙은 궐련에서 푸른 띠 같은 연기가 피어올랐다. 담배를 입에 문 채 고개를 젖혀 가슴께까지 단추를 풀어 내린 방만한 자세로 타자부로는, 서대문 형무소에서, 그리고 경무청의 취조실에서 익명을 가장하고 안드로비치를 감찰했던 일을 이야기하며, 그 결과, 저 인간은 닭이나 집돼지만큼도 인간적이지 못한, 결코 길들여질 수 없는 야생의 존재라는 결론을 얻었다고 말했다.

"당신의 주장을 믿었다기보다, 뭐랄까…… 믿지 못할 하등의 이유를 찾지 못했다고 하는 편이 옳을 것이오."

타자부로의 입아귀가 처지면서 씁쓸한 웃음이 묻어났다. 한민석은 두툼한 눈꺼풀 아래서 생기 없이 움직이는 그의 동공을 바라보며, 왠지 그가 십 년쯤 늙어버린 것 같은 인상을 받았다.

"간단히 이야기하리다. 지금 당신이 누리는 자유는 일종의 유예와 같은 것이오. 나는 당신을 내 개인적인 필요성 때문에 이곳으로 데리고 왔소. 그리고, 맹세컨대, 이곳에서 내가 이루려 하는 과업이 끝나는 대로 당신에게 자유를 줄 것이오. 그때는 시베리아든 어디든 원하는 곳으로 가시오. 하지만 만에 하나, 그때가 되지 않았는데 나를 저버리거나 도주하려 한다면, 안타깝게도 당신의 운명은 나의 계획이나 배려와는 상관없이 결정되고 말 것이오. 내 말 이해하시겠소?"

타자부로가 돌연 찌르는 듯한 눈길로 안드로비치를 건너다보았다. 안드로비치는 눈을 내리깐 채 대답이 없었다. 타자부로의 눈썹이 실룩거렸다.

"혁명의 나라 러시아는 블라디보스토크라는 부동항에 철길을 대기 위해 반혁명주의자뿐만 아니라 시베리아의 소수민족들을 인종 청소하듯이 멸족시켰다는 사실을 나는 잘 알고 있소. 그대 나라와의 전쟁에서 포로가 된 일본 병사들의 뼈를 철길의 침목으로 깔았다는 사실 또한."

타자부로의 표정이 밝아졌다. 그는 승부수를 띄우기로 작정한 사람처럼 결연한 어조로 말했다.

"내가 이런 말을 하는 까닭은, 이 시대를 살아가는 한 우리 중 어느 누구도 자기 것 아닌 피에 대해 순결할 수 없기 때문이오. 잊지 마시오. 당신과 나는 거래를 하고 있다는 사실을. 우리에겐 조선의 호랑이가 필요하고 당신에겐 자유가 필요하오. 참으로 단순명료한 거래 조건이지 않소? 폐위되어 쥐새끼처럼 별궁에 유폐된, 이빨 다 빠진 조선의 왕은 더 이상 필요치 않소. 호랑이, 우리에겐 조선의 호랑이가 필요하오. 백두산의 호랑이, 저 눈 덮인 동토의 대륙을 타고 내려와 백두대간을 포효로 뒤흔들며 신화시대의 공포와 열정을 선사해주는 시베리아의 호랑이 말이오!"

타자부로는 숨을 돌렸다. 그리고 하늘에 달린 두레박의 끈을 갈구하듯 묘한 시선으로 천정을 올려다보았다.

"목숨을 담보로 한 이 거래가 신사적이고도 평화롭게 성사되기를, 나 타자부로는 진심으로 바라는 바이오."

*

유곽은 크고 화려했다. 사괴석과 벽돌로 반담을 쌓은 담벼락을 돌아 솟을대문 안으로 들어서자, 장명등 아래 온갖 꽃이 흐드러지게 핀 정원이 나왔다. 연밥이 익어가는 연당을 에돌아 사랑채에 이르자, 장대석으로 층계를 놓고 좌우를 소맷돌로 장식한 높고 시원스런 내루가 객을 맞았다.

유곽 안엔 장성급 군인들과 지방의 갖은 벼슬아치들이 모여 수도에서 온 빈객들을 기다리고 있었는데, 버선발로 뛰어내려온 기녀들 뒤에서 그들은 일제히 일어나 박수를 치면서 일행을 맞았다. 정호군이라는 것이 마치 야수들의 공격으로부터 인간의 성지를 수호하기 위해 파병된 십자군이라도 되는 것 같은 분위기였다.

저마다 값비싼 양복을 빼입고 콧수염을 기르거나 포마드를 발라 한껏 멋을 낸 차림으로(개중에는 외알 안경을 낀 사람도 있었다) 앞 다투어 자기소개를 하며, 그들은 너나 할 것 없이 유창한 일본어로 타자부로를 향해 감사와 찬사를 늘어놓았다. 무리 중에는 고깃배를 십여 척 가진 선주도 있었는데, 그날 잡은 청어며 가자미 따위를 부산까지 싣고 가 일본인들과 직거래한다는 우람한 덩치의 선장이 도대체 호랑이 사냥과 무슨 연관이 있는지 한민석으로서는 그저 의아할 따름이었다.

숱한 인사말과 건배사가 오갔고, 대화랄 것도 없는 흰소리와 간언과 고성방가 속에서 술자리는 새벽까지 이어졌다.

술을 마다진 않지만 취기를 좋아하지 않는 한민석은 그 길고 지루한 시간 동안 뭔가 집중할 수 있는 소일거리를 찾아야 했다. 원산의 유지라는 작자들은 하나같이 제국의 언어에 능통했고, 주색에 푹 빠진 해리슨은 오직 육체 언어만을, 타자부로와의 한판 승부에서 주눅이 든 안드로비치는 침묵만을 고집하는 터라, 이 말 저 말 귀담아듣고 옮겨야 하는 직무마저 없었다. 더군다나 조선의 순진한 동포들은 타자부로 옆에 앉은 통역관을 제국에서 파견된 고관쯤으로 여겨 섣불리 말을 건네 오는 자조차 없었다. 상황이 이렇고 보니 한민석의 지루함은 무한정한 자유에 가까웠고, 자유로운 만큼 그의 관심은 촉각을 쭉쭉 뻗으며 대담해졌다.

언제부턴가 한민석은 맞은편 대각선 방향으로 앉은 한 젊은이를 주시하고 있었다. 그와 동년배쯤 되었을까. 결코 그 이상은 되어 보이지 않는(한민석의 나이, 스물여덟이었다) 젊은이는 늙수그레하고 곰팡내 나는 무리 속에서 단연 눈길을 끌었다. 그럼에도 그의 존재감은 별로 두드러지지 않았는데, 수떨며 먹고 마시고 불콰해진 낯짝으로 과시와 아첨에 여념이 없는 사람들 속에서 그는 꿔다놓은 보릿자루처럼 미동도 없이 자리만 지키고 있었기 때문이었다. 숫제 그는 스스로를 드러내는 것조차 스스러워하는 듯했다. 몇 순배 술이 돌고 말문에 거침이 없어진 연후에 타자부로가 군계일학처럼 요지부동한 청년을 가리키며, 저 바위부처 같은 젊은이는 누구고 무엇을 하는 분이냐고, 맞은편에 앉은 지사에게 물어보아야 했을 정도였다. 그제야 지사가 청년을 타자부로에게 인사시키며 그에 관한 자랑을 늘어놓았다.

최충인. 스물여덟. 관북 출신으로선 넘보기 힘든 참판 벼슬을 한 문중의 장손. 정호군을 위해 거금을 쾌척. 사냥꾼들을 모집, 둘을 길라잡이로 고용했음. 차후에도 정호군의 성공적 과업 완수를 위해 물심양면 후원을 아끼지 않을 것임. 등등.

"충인은 명실공이 우리 지역의 버팀목이지요."

지사가 말했다.

"최 참판 댁 인을 거치지 않고는 되는 일이 없으며, 그를 거쳐서 되지 않는 일 또한 없다는 말이 공공연히 회자될 정도랍니다."

문득 최충인의 얼굴이 혈색 없이 파리해졌다.

"이보게, 그리 있지만 말고 먼 길 오신 대장님께 약주 한 잔 올리시게."

확실히 그에겐 무엇으로도 떨어낼 수 없는 귀태가 있었다. 속내를 알 수 없는 표정으로 다소곳이 눈을 깔고 반가부좌를 튼 자세가 잔반(殘班)의 냄새를 풍겨 역겨웠으나, 허영이나 오만과는 무관한 침묵 속에 스스로를 낮춘 모습에서 현실과는 외떨어진 슬픔과 피로가 묻어났다. 그는 말끔하게 면도를 하고 넓고 잘 생긴 이마를 훤히 드러내고 있었는데, 맑고 예리한 눈빛 아래로 초췌하게 끌리는 퇴폐의 기색이 그의 내부에 웅숭크린 어두운 우물을 암시해주었다.

양복보다는 한복의 선이 어울릴 것 같은 작고 아담한 몸집. 젊어서 일찍 버릇 들인 아편과 색골의 삶을 전해주듯 파리한 안색. 수긍도 거부도 아닌 미소 속에 어깨를 살짝 틀며 비켜서는 듯한 표정. 답하기 전에, 또는 말문을 열기 전에 두 번쯤 감아 쉬는 낮은 숨은, 조숙이 곧 조로가 되는 총명함과 천재성의 폐허마저 직감케 하는 듯…….

어쨌든 그러한 가풍이나 습속과는 무관한 쪽에서, 품위보다는 생존에 모든 것을 걸고 살아야 했던 한민석으로선 최충인에 대해 불쾌하지만 뿌리칠 수 없는 끌림을 느꼈는데, 그 점은 자기 안의 천민을 재발견하고 반추케 하여 선망과 질시의 갈림길에서 스스로도 통제하기 힘든 어떤 유혹에 사로잡히게 하는 것이었다.

지금으로선 그 유혹의 정체가 무엇인지 알 수 없었지만, 그것이 꽤 질기고 강력한 힘으로 두 사람을 엮어가지 않을까 하는 막연한 의구심마저 들었다.

"유리 안드로비치 선생—!"

한민석으로 하여금 그 같은 밑도 끝도 없는 상념으로부터 깨어나게 한 것은 타자부로의 우레 같은 목소리였다.

"일이 생각보다 수월하게 이루어질 것 같소이다."

타자부로가 취기의 정도를 알 수 없는 또렷하고도 몽롱한 표정으로 안드로비치를 응시했다.

"선생 앞에 앉은 젊은 선비께서 우리 정호군을 위해 조선 최고의 사냥꾼을 두 사람이나 선발해 두었다는군요. 단 며칠이라도 빨리 고향으로 돌아갈 수 있다는 건 선생이나 내겐 축복이 아닐 수 없지요."

타자부로는 팔을 뻗어 최충인과 안드로비치와 번갈아 잔을 부딪쳤고, 안드로비치는 술잔을 기울이며 최충인을 일별하고는 그깟 일은 관심 밖이라는 듯 이곳에 자리 잡으면서 줄곧 눈을 떼지 않고 있던 곳으로 시선을 거두어갔다.

안드로비치가 응시하고 있는 맞은편 벽 중앙엔 벽걸이 장식으로 걸린 호랑이 가죽이 있었다. 머리통과 꼬리, 발톱이 달린 네 발을 남긴 채 살과 뼈를 들어낸 호랑이 가죽은 그 크기나 빛깔이 예사롭지 않았다. 머리에서 꼬리까지의 길이가 삼 미터를 훌쩍 넘길 것 같았는데, 천정을 높게 올린 누각임에도 불구하고 바닥에 끌릴 수밖에 없는 꼬리를 절반쯤에서 감아 올려 벽에 고정시켜야 했을 정도였다.

가죽의 크기도 크기려니와 발톱이나 발바닥의 모양도 살아 있는 듯 생생했다. 털빛 또한 탐스러웠다. 여름 산의 등줄기처럼 선명한 검은색 줄무늬는 황갈색 털과 규칙적으로 교차하며 금빛 가을들판을 넓게 펼쳤고, 두 가지 색이 나뉘는 가장자리엔 거의 투명해 보일 정도로 밝은 은회색 털이 길고 배게 솟아 다복다복한 숲을 이루고 있었다. 다만, 호피의 바깥 면이 방 안쪽으로 향한 것으로 보자면 호랑이의 머리는 벽을 향했어야 마땅할 터인데, 되레 그 반대로 360도 돌려진 채 방 안의 사람들을 향해 의안을 부릅뜨고 있다는 점이 조금 우스꽝스럽게 느껴졌다.

"바로 저놈이요!"

그때 안드로비치의 시선을 좇던 타자부로가 호랑이 가죽을 가리키며 소리쳤다. 옆에 앉은 사람들의 귓불이 얼얼해질 정도로 큰 목소리였다. 때문에 시끌벅적하던 술자리가 싸해지며 좌중의 시선이 일제히 타자부로에게로 쏠렸다.

“바로 저 놈이란 말이오. 이곳 원산 땅에서 백두산에 이르기까지, 나 타자부로가 사냥꾼과 군인들을 풀어 포획하려는 호랑이 또한 바로 저 놈과 같은 것이란 말이오.”

타자부로는 이글거리는 눈으로 러시아인을 응시했다. 그러고는 애절하기 짝이 없는 목소리로 간구하듯이 말했다.

“저놈을…… 부디 저놈을 나에게 주시오!”

장터

저잣거리 어디에도 훈은 보이지 않았다. 수연은 자신이 훈에 대해 아는 바가 전혀 없음을 뼈저리게 깨달았다. 훈을 찾으려 하면 할수록 다만 그동안의 뿌리 깊었던 자신의 무관심을 확인할 수 있을 따름이었다. 자기 삶의 반경에서 훈을 밀어내려 했던 방자함이 그다지 크지 않은 장터에서 그를 보이지 않는 존재로 만들고 있다는 자괴감마저 들었다.

한가위를 앞둔 대목장이었다. 동헌(東軒) 앞 신작로를 따라 널따랗게 펼쳐진 저잣거리는 오고가는 사람들로 발 디딜 틈이 없었다. 갓이나 삿갓, 패랭이 따위를 쓰고 뒷짐을 지고 걷는 남정네들. 자배기나 바구니를 몇 개씩 쌓아 머리에 인 아낙들. 제 몸보다 큰 짐을 지고 바삐 걷는 지게꾼들. 등짐장수들. 엿목판을 목에 멘 엿장수들. 왜떡장수들. 비집고 걷기도 힘든 장터에서 먼지를 풀풀 날리며 뛰어다니는 댕기머리 아이들. 빡빡머리 소년들…….

수연은 밀고 밀리는 사람들 속에서 두어 발짝도 연이어 내딛지 못하고 주춤거리면서 땀이 밴 손으로 장옷의 속고름을 바투 움켜쥐었다.

전당포와 만물상, 복덕방과 한약방, 신발 가게와 건어물 가게 들이 즐비하게 늘어선 통로를 벗어나자 거리의 폭이 더욱 넓어지면서 도무지 몇 갈래인지 알 수 없는 노점의 행렬이 이어졌다.

벌써 같은 길을 몇 번째 돌고 있는지 가늠할 수 없었다. 수연은 그저 인파를 피하려는 목적에서 왼쪽으로 방향을 틀었다가, 천막이 쳐진 점포 모서리들을 돌고 또 돌아 비교적 한적한 장소에 이르렀다. 그리고 대장간 앞 공터에 유기와 옹기가 올망졸망 쌓여 있는 것을 보고서야 비로소 자신의 부질없는 맴돌이를 깨닫고는 걸음을 멈추었다.

수연은 다시 한 번 불안과 조바심으로 가득 찬 눈길로 대장간 문설주에 붙은 빛바랜 방(榜)을 바라보았다. 그리고 자신이 무심코 던진 한마디 말이 불러올지 모를 파급을 생각하고는 자기도 모르게 몸을 떨었다.

'오라버니 뜻이 정 그러시다면, 호랑이 가죽을 주시와요. 저의 손님맞이 방을 다 덮을 만큼 큰 놈으로요…….'

아, 요사스러운 이 입! 수연은 입술을 감쳐물다 못해 피가 맺히도록 아랫입술을 깨물었다. 내 어찌 그따위 요망한 말을 뱉었단 말인가…….

달포쯤 전이었다. 대낮부터 훈은 얼근하게 취해 있었다. 민이 엄마(훈의 막내 동생 이름이 민이어서 매월관에선 훈의 어머니를 그렇게들 불렀다)에게 부탁할 일이 있어 행랑채에 들른 수연은 툇마루에 우두커니 앉아 있는 훈과 마주쳤다. 수연을 보자 얼른 몸을 추스르며 내외하듯 돌아앉는 훈의 모습이 안타깝기도 하고 재미있기도 해서 그녀는 그날따라 진망궂게도 이런저런 말을 건네기 시작했다. 처음엔 수줍어 대꾸도 않던 훈이 차츰 용기가 생기는지 호기심어린 질문을 몇 번 던지더니 대뜸 정색을 하고는 이렇게 쏘아붙였다.

"내게 왜 그런 말투를 쓰는 거지?"

"어떤 말투 말입니까?"

"객들에게 쓰는 말투. 읍내의 아전들이나 한량들에게 쓰는 말투."

수연은 훈과의 거리를 유지하기 위해 의도적으로 존칭어를 쓰고 있었다. 훈은 그 어투가 불편했던 것이다. 화전을 일구고 살던 외딴마을에서 또래라고는 둘밖에 없이 지낸 십여 년, 말문을 트고 주고받은 이야기는 많지 않았지만 그래도 둘은 둘도 없는 친구였고 말동무였다. 이제는 성년이 되어 어린 시절의 풋정으로 대하기엔 껄끄러운 사이가 되었다고는 하나, 도가 넘는 존대로 거리를 두려 하는 태도는 듣기에 따라 하대나 능멸처럼 여겨지기도 했으리라. 지난 세월에 대한 풋풋한 그리움을 여직 간직하고 있는 사람에게는 더더욱.

하지만 그런 식으로 눌러듣기엔 훈의 말에 어딘지 가멸찬 데가 있었다. 수연은 툇마루에서 일어나 종종걸음으로 그 자리를 벗어나려고 했다. 그때였다. 훈의 목소리가 들렸다. 수연은 누군가 머리채를 거머채기라도 한 듯 제자리에 우뚝 멈춰 섰다. 순간 그녀는 자신이 어떤 덫에 걸려들었으며, 빠져나오기엔 이미 늦었다는 사실을 본능적으로 깨달았다.

"얼마나 필요하지, 너와 하룻밤을 보내려면?"

훈이 바지춤에서 주섬주섬 돈 꾸러미를 꺼내 마루에 던졌다. 수연은 피가 거꾸로 솟는 것 같은 현기증을 느꼈다. 그녀는 왼손으로 옷고름을 만지며 두근거리는 가슴을 눌러 재웠다. 귓속의 윙윙거림이 잦아들자 희부옇던 시야가 또렷해졌다. 수연은 불콰하게 달아오른 훈의 얼굴과 밤송이처럼 제멋대로 뻗친 수염을 보았고, 숯등걸처럼 괄하게 타면서도 희나리처럼 젖어 있는 훈의 눈을 보았다.

수연의 대답은 즉흥적이었다. 하지만 오래전부터 그렇게 하리라고, 마땅히 그리하여야만 한다고 다짐해 오기라도 했던 양 자연스럽게, 그 어떤 추억이나 그리움도 좀먹어들 수 없는 냉철함과 비정함을 담고서, 또한 그녀가 수년째 몸담아온 이 바닥의 정서가 듬뿍 밴 어조로, 천천히, 한 마디 한 마디를 끊어가면서 말했다.

"오라버니 뜻이 정 그러시다면, 호랑이 가죽을 주시와요. 저의 손님맞이 방을 다 덮을 만큼 큰 놈으로요."

그리고 이튿날, 수연은 읍내에 나왔다가 호랑이 사냥꾼을 모집한다는 방문(榜文)이 장터 여기저기 붙어 있는 것을 보았다.

*

일찌감치 거래가 끝난 쇠전거리엔 파리떼만 잉잉거렸다. 소달구지에 장작과 솔가리를 바리바리 실은 노인이 그림자 한 점 없는 뙤약볕 아래를 뽀얀 흙먼지를 일으키며 지나갔다. 수연은 걸음을 서둘렀다.

수연은 훈이 장터에 나올 때면 주막거리 어디에선가 하룻밤 묵어간다는 이야기를 얼핏 들어 알고 있었다. 이제 요행을 기대할 데는 그곳뿐이었다.

푸줏간 뒤로 이어지는 주막거리엔 신시(申時)가 되지 않았는데도 흔전한 분위기가 감돌고 있었다. 마방에 매인 당나귀와 노새들은 한가롭게 꼴을 먹고 있었고, 팔다 남은 어리 속의 닭과 오리들이 배회하는 개들과 뒤섞여 있었다. 사거나 맞바꾼 물품들이 지겟다리에 의지해 줄지어 서 있는 곳도 있었다. 차양을 치고 발을 둘러놓은 평상에서 술이나 밥을 먹는 사람들은 죄다 남정네인 터라 어디든 비집고 들어가기가 여의치 않았다. 수연은 바투 여민 장옷 사이로 흘깃흘깃 주막 안을 곁눈질해 보다가 별안간 눈길을 끄는 반가운 물건이 있어 걸음을 멈췄다. 모피였다.

사내 여럿이서 개다리소반을 사이에 두고 술을 마시고 있었는데, 그들이 돌라앉은 평상엔 수북이 쌓인 모피 꾸러미와 함께, 팔다 남은 꿩과 토끼 따위가 널브러져 있었다. 훈은 어려서부터 사냥을 잘했고, 지금도 산 속에서 갖은 동물들을 잡아 생계를 돕고 있었다.

수연은 잠시 마음을 추스르고는 평상 가까이로 다가갔다.

"저어……."

수연은 헛기침을 한 뒤 조심스럽게 말문을 열었다. 왁자지껄하던 사내들이 하나둘 입을 닫으며 느린 동작으로 수연을 돌아보았다. 순식간에 소금을 뿌린 것 같은 침묵이 찾아들었다. 수연은 누구와도 눈을 마주치지 않으려 애쓰면서, 혹시 임씨 성을 가진 훈이라는 청년을 아느냐고 물었다. 이방인을 대하듯 어리벙벙한 얼굴로 수연을 바라보던 사내들 속에서 머리가 허옇게 센 상투잡이 노인이 알은체를 하고 나섰다.

"혹여…… 그분이 어디 계신지 아십니까?"

수연이 물었다.

"모르겠소이다. 오늘은 코빼기도 보지 못했다오."

노인이 주위 사람들을 향해 말했다.

"왜, 거 있잖아, 아흐니골에서 오는 떠꺼머리총각. 자네들 그 청년을 보았는가?"

사내들이 하나같이 절레절레 고개를 저었다.

"지난 장날에도 보지 못했소."

곁에 있던 다른 사람이 말을 거들었다.

"왔으면 예서 판을 벌일 터인데, 못 보았을 리가 없지."

사내들은 얼굴을 돌리면서도 눈은 수연에게서 떼지 못한 채 술잔을 들었다.

"저리로 한번 가보시오."

수연이 인사를 건네고 발길을 돌리려는데, 맞은편에 앉은 중늙은이가 말을 붙였다.

"저기 이엉을 인 집 모퉁이를 돌면 함흥집이라고 써 붙인 가게가 나올 것이오. 간혹 저 집에서 묵어간다는 얘길 들은 적 있소이다."

수연은 반가움에 얼굴이 환해졌다.

"거, 웬 쓸데없는 말을!"

그때 상투잡이 노인이 버럭 고함을 질렀다. 노인은 손에 들고 있던 곰방대를 평상 모서리에 때려 담뱃재를 떨며 말했다.

"이 처자가 누군지 알고 그런 사사로운 이야기를 전하는가?"

"그야 모를 일이지만, 찾는 사연이 절절한 듯하여……."

중늙은이가 말꼬리를 흐렸다.

"암만 그래도 그렇지."

노인은 쉬이 역정을 거두지 않았다. 괜한 분란을 일으키는 것 같아 수연은 서둘러 인사를 건넨 뒤 자리를 떴다.

수연은 망설였다. 조금 전에 들은 노인의 역정이 귀에 쟁쟁하여, 뭔가 하지 말아야 할 일을 할 때의 두려움 같은 것이 가슴을 두근거리게 했다. 한편으로는, 한번 들러보라고 넌지시 일러주던 중늙은이의 말 속에 담긴 뜻이 무엇인지 떨치기 힘든 호기심으로 발길을 잡아끌기도 하였다. 어쨌거나 그 두려움과 호기심은 그녀의 가슴속에서 묘한 설렘을 불러일으켰다. 그리고 그 느낌이 오늘 온종일 자신을 괴롭혔던 근심과 불안으로부터 헤어나게 해주는 것 같아 적잖은 보상의 기쁨마저 느껴졌다.

함흥집은 비록 허름하기 짝이 없는 여염집이었으나, 장날이면 솥 하나를 걸고 한데서 국수나 국밥 따위를 파는 노점들과는 달랐다. 그런 가게들에 비하면 사뭇 번듯한 식당이라고 할 만한 곳이었다. 상점 용도로 몇 칸을 붙여 짓고 각기 다른 출입문을 달아 한 지붕 아래에 복덕방과 식당과 가정집이 나란히 자리하고 있었다. 기와를 올린 낮은 지붕엔 말리기 위해 널어놓은 빨간 고추가 햇볕을 받아 앙증스럽게 빛나고 있었다.

실내는 어두침침해 밖에서 들여다볼 수는 없었다. 게다가 들이치는 볕을 막기 위해 입구에 주렴이 드리워져 있었다. 안에서는 이미 거나

하게 취한 사내들의 목소리와, 뼛속까지 우려낸 사골의 누린내가 찌무룩하게 흘러나왔다. 흰옷을 입은 한 여인이 주렴 사이로 왔다 갔다 하는 것이 보였지만, 그 이상은 아무것도 가늠할 수 없었다. 아무리 호기심이 동한다고는 하나 저 안으로 성큼 들어선다는 것은 생각하기 힘들었다. 무슨 말을 어떻게 할 것인가. 훈의 근황을 묻는다 하더라도 상대가 그녀더러 누구냐고 묻는다면 무어라 대답할 것인가. 조금 전의 사내들이야 훈과 같은 일을 하는 사람들이니 기연미연하면서도 소통되는 대화거리가 있지마는, 만약 저 안에서 마주쳐야 하는 사람이 아낙이라면 무슨 말을 어떻게 풀어간단 말인가…….

수연은 사람들의 발길이 점점 뜸해지는 주막거리를 공연히 오가며 후렴처럼 맴도는 생각으로부터 쉬이 자유로워지지 못했다. 바로 그때였다. 한 아이가 스치듯이 수연의 곁을 지나 식당 안으로 뛰어 들어갔다. 대여섯 살쯤 된 사내아이의 재바른 뒷모습을, 마치 귓등을 치고 간 나비를 좇듯 일별하고는 수연은 발길을 돌렸다.

"누굴…… 찾으세요?"

그때 등 뒤에서 다소 무겁고 꺼칠한 목소리가 수연의 뒷덜미를 끌었다. 돌아보니, 한 손으로 주렴을 걷고 엉거주춤하게 밖을 내다보고 선 아낙이 보였다. 무명저고리에 행주치마를 두른, 키가 크고 살집이 좋은 서른 안팎의 여자였다. 주렴을 걷어든 그녀의 허리께에서 조금 전에 본 사내아이가 발쭉이 고개를 내밀고 수연을 응시하고 있었다.

"아…… 아니에요."

수연은 말을 더듬었다.

"그냥…… 길을 잃었어요."

*

돌아가는 길은 멀었다. 노곤한 몸이 버림받은 듯 비둔하고 거추장스러웠다. 잇새로 흙먼지가 씹히는 입 안에서는 단내가 났다. 한심하고 구차한 느낌이 어디서 비롯되는지 알 수 없었지만, 왠지 그 느낌으로부터 벗어날 수 없을 것 같은 기분이었다.

수연은 동헌의 담벼락을 돌아 가을볕이 이글거리는 신작로를 건너 한갓진 마을길로 접어들었다. 산울타리가 쳐진 민가가 나오자 인기척을 살핀 뒤 살구나무 아래로 가 섰다. 그제야 그녀는 장옷을 내리고 숨을 돌렸다. 분칠이 밀린 얼굴은 땀과 먼지로 얼룩져 있었다.

고샅길을 돌아 나온 한 줄기 바람이 시원스레 치마폭을 감쌌다. 수연은 바람을 향해 고개를 돌렸다. 자글자글한 햇발 아래 햇곡이 익어가는 가까운 들에서 깨를 털 듯 고소한 향기가 번져왔다. 그러자 달아올랐던 열기가 가시며 마음이 수굿하게 가라앉았다.

호랑이를 잡기 위해 일본에서 조직된 군대가 원산에 온다는 소식을 처음 접한 것은 최충인을 통해서였다. 원산의 최고 갑부인 충인은, 지금까지 늘 그러해왔듯이, 일본인들이 자기에게 요구하기 마련인 몫을 잘 알고 있었다. 그의 표현에 의하면, '목을 죄어 다그치기 전에 알아서 뱉어주는 것'이었다. 비록 그것이 가래침이라 할지라도.

충인은 관서지방 최고의 사냥꾼들을 수소문했다. 그러나 거액의 포상금을 걸었음에도 모집에 응한 포수는 단 한 명도 없었다. 때때로 민촌을 덮치는 맹수들을 퇴치하기 위해 관군이 동원될 때면 앞장서서 손을 거들던 사냥꾼들조차 요지부동하게 침묵을 지켰다.

"내가 왜 그들의 뜻을 모르겠는가? 호랑이를 잡으려는 왜놈들의 속셈과, 그에 동조하지 않으려는 동포들의 마음을."

충인이 한숨을 토하며 말했다.

"하지만 제 것 아닌 나라를 통째로 삼키고 오백 년 역사의 풍습을 하루아침에 뒤바꾸어놓은 저 야만스럽고 광포한 족속들의 탐욕을 어찌 거스를 수 있단 말인가? 그러니 그대도 나를 너무 질타하진 마시게. 정호군은 고베의 한 사업가가 사재를 털어 조직한 군대라 들었다. 예로부터 사냥은 권력가들의 호사 취미이자 귀족들의 폼 나는 들놀이였던 것. 아무리 군대라지만 일개 용병인 이상 무리수를 두진 않을 것이다. 내 장담컨대 겨울이 오기 전에 그들은 떠날 것이고, 그들에겐 그저 두어 마리의 호랑이가 필요할 따름. 전리품이자 기념품으로 말이다. 그걸 내주어 그들의 걸신들린 입을 막고 민폐를 최소화하자는 게 내 생각이다."

여기까지가 수연이 충인을 통해 들은 저간의 사정이었다. 별 관심 없이 흘려들은 그 이야기들이 그녀를 옥죄기 시작한 것은 훈과의 불쾌한 만남이 있은 뒤 장터에 붙은 방을 보게 되면서부터였다.

수연은 다시 충인을 통해 방을 붙인 뒤의 결과에 대해 들었다. 십수 명의 지원자가 있었고 그 중 두 사람이 선발되었는데, 사격술이며 덫 놓는 기술이 뛰어날뿐더러 백두대간의 지리에도 훤하다는 것이었다. 수연이 좀 더 자세히 묻자, 둘 중 한 명은 고수급의 나이가 지극한 사람이고 다른 한 명은 약관을 넘긴 청년이라는 충인의 대답이었다. 혹시 그 젊은이의 이름을 아느냐고 다그쳐묻자, 충인은 내 어찌 그런 상것들의 이름까지 알겠느냐는 표정으로 수연을 바라보았다.

"내가 사냥에 관해 알면 무얼 알겠는가? 그저 아랫것들에게 맡겨 힘깨나 쓸 젊은이 하나, 관록이 있는 늙다리 하나, 이렇게 뽑으라 일러두었을 뿐이다."

이것이 수연이 아는 사실의 전부였다.

정호군은 사흘 전에 함흥 땅을 거쳐 혜산으로 갔다는 후문이었다.

수연은 기대섰던 살구나무에서 걸음을 내디디며 장옷을 올려 쓰고 옷고름을 여몄다.

어쩌면……! 그때 문득 섬광 같은 생각 하나가 머릿속을 환히 밝히며 스쳐갔다. 어쩌면 민이 엄마가 이 모든 사실을 알고 있지 않을까?

그러했다. 그이는 훈의 어머니가 아닌가. 암만 떨어져 산다 해도 이런 중차대한 일을 모르고 살 순 없지 아니한가.

"바보 같으니! 왜 진작 이 생각을 못한 것일까?"

수연은 자기도 모르게 입 밖으로 소리를 내어 중얼거리며 매월관을 향해 힘찬 발걸음을 내디뎠다. 얼굴 전체로 번지는 미소로 말미암아 그녀의 두 볼이 발그레해져 있었다.

가쁜 걸음으로 매월관을 향하면서, 또 그곳에 이르러 사랑채를 돌아 후원의 쪽문을 열면서도 수연은 자신이 왜 민이 엄마에게 훈의 행방을 물으려 하지 않았는지, 아니 오히려 그 물음을 애써 피하려 했는지 이

해할 수 없는 심정이었다. 그러나 죽담에 난 쪽문을 열고 행랑채 툇마루에 다다른 수연은, 지난날 훈이 앉았던 자리에 민이 엄마가 앉아 있는 것을 본 순간 그 까닭을 벼락같이 깨달았다. 그 물음은 그녀가 입에 담을 수 없는 성질의 것이라는 사실을.

"아가씨……."

성큼성큼 다가서는 수연을 돌아보며 민이 엄마가 조심스럽게 말했다. 그리고 불과 몇 발짝을 앞에 두고 우뚝 멈춰 선 수연을 올려다보며 그녀는 다시 한 번 그 말을 되풀이했다.

"아가씨……!"

민이 엄마가 자리에서 일어났다.

수연은 갑작스레 쏟아지는 눈물을 가눌 수 없어 장옷으로 얼굴을 가리며 재빨리 돌아섰다.

"아니에요!…… 아니에요!……"

수연의 입에서는 오직 이 한 마디의 말만이 되풀이해서 흘러나올 뿐이었다.

서신 1

사랑하는 크리스틴.

원산에 도착해서야 그리도 기다렸던 당신의 편지를 받을 수 있었소. 그 즉시 답신으로 급전을 보냈으나, 우리 일행은 곧 이동해야 했기에 사흘이 지난 오늘에서야 편지 쓸 시간을 가질 수 있게 되었구려.

먼저, 지난번 제물포에서 보낸 난초와 몇몇 관목들이 경매장에서 고가에 거래되었음을 축하하오. 나는 그 아리따운 녹색 형제들이 그 정도의 가격은 받아 마땅하리라 생각하였소만, 그래도 이국의 낯선 식물들에 그토록 눈 밝은 애호가들이 있었다니, 그저 내 조국의 드높은 교양과 안목이 자랑스러울 따름이오.

어떤 학자도 발 디딘 적 없는 미개척지의 식생 속에서 모험에 가까운 탐사를 감행해야 하는 현장 생물학자에게 있어서, 어렵사리 구한 식물들이 시장에서 합당한 평가를 받는 것만큼 보람찬 일은 없을 것이오.

털개회나무에 내려진 낙찰 가격은 조금 불만스럽긴 하나, 때맞춰 처분되었다는 사실만으로도 만족해야 할 듯싶소. 사실 이질적인 풍토에 옮겨진 식물이 살아남을 확률은 희박한 것이고, 증식에 성공할 가능성도 없이 해를 넘기며 관리한다는 것은 비용이 많이 드는 일이니 말이오. 그 점, 당신의 노고와 수완에 나 해리슨은 존경을 보내는 바이오.

그런데 압착 건조시켜 보낸 표본들에 대해선 이렇다 말이 없었는데, 그것들이 매티슨 교수님께 잘 전달되었는지 몹시 궁금하오. 동아시아 식물에 있어 독보적 연구가인 스승에게 이번에 보낸 표본들은 실로 놀라운 선물이 될 것이라 여겨지오. 그분께 안부를 전해주시오.

조선 사람들이 (물론 지역에 따라 호칭이 달라지긴 하나) 노루귀, 홀아비꽃대, 금낭화, 처녀치마, 복수초, 족도리풀이라고 부르는, 이른 봄에 꽃을 피우는 초본들은 학계에 처음 소개되는 신종은 아니나, 일본이나 중국에서 발견되는 종과는 확연히 다른 특징과 아름다움을 지니고 있소.

특히, 나는 여러 종류의 바람꽃(아네모네)에 주목하고 있다오. 작년 한 해엔 표본 채집에 주력했지만, 올해엔 그것들의 씨앗을 집중적으로 채취하고 있소. 벌써 십여 종의 종자를 수집하였는데, 목탄을 갈아 넣은 상자 안에 종류별로 담아 보낼 터이니 잘 보관해주길 바라오. 뿌리째 이끼에 싸서 보낸 타래난초, 제비난초, 개구리난초와 같은 여리디여린 난초류들은 되도록 빨리 온상에 옮겨 심어야만 할 것이오.

원예에 있어선 나보다 한수 위인 당신이 어련히 알아서 처리할 터인데, 내 참견이 심한 것 같아 미안하오. 그저 이 땅의 식물들과 나눈 내 사랑이 너무 큰 탓이라 여겨주시오. 딸아이를 시집보내는 아비의 심정 같은 것이라고.

빛 좋고 바람 고운 이 땅은 유순하다 못해 조금은 굴복된 느낌마저 준다오. 식물들 또한 이러한 풍토를 쏙 빼닮아 그지없이 부드럽고 섬세한데, 그 점은 내가 보낸 매자나무와 개회나무, 매화말발도리, 또한 여러 종류의 조팝나무를 보면 알 수 있을 것이오. 인적 드문 골짜기, 이끼 융단이 깔린 너덜겅에 다복다복하게, 때로는 숨죽인 채 홀로 꽃을 피우는 그 떨기나무들은 보는 이의 마음을 애틋한 기쁨으로 두근거리게 한다오.

올 겨울을 잘 넘겨 내년에 성공적으로 꽃을 피울 수 있다면, 그 소박하고도 청초한 식물들이 우리 조국의 화원들을 향기로 가득 채워줄 것이라 확신하오. 품종 개량을 통한 판로 확장에도 노력해야 함은 두말할 나위 없는 일이겠소만.

크리스틴, 조선에서의 탐사도 어느덧 두 해를 훌쩍 넘기고 있소.

제주도와 다도해의 섬들에서 보낸 여러 달. 광활한 갯벌과 황토색 연해를 사이에 두고 중국과 맞닿은 서해의 해안선을 타고 오르며 보낸 여러 달. 그리고 내륙의 산지—몇 개의 등줄기를 이루며 이 작은 반도를 독립된 식생의 공화국들로 분리시키고 있는, 해발 이천 미터가 채 되지 않는 산들 속에서 보낸 여러 달…….

그리고 이제 나는 저 광활한 시베리아와 만주에 잇닿아 있는 북녘 땅을 향해 나아가고 있소. 한반도의 꼭두머리엔 백두산이라고 불리는 민족의 영산이 버티고 있는데, 한두 달 후에 우리는 그곳에 도착하게 될 것이오.

조선을 여행하며 나는 지난 세기에 의사라는 신분으로 일본을 방문

했던 네덜란드인 필립 프란츠 폰 지볼트를 떠올리지 않을 수가 없소. 그는 일본에서 칠 년 가까이 머물며 동아시아의 수많은 고유종들을 자국으로 가져가 유럽인들을 감동케 하였소. 그가 자신의 식물원에 손수 심어 가꾼 일본의 식물들—가령, 다양한 종류의 국화와 백합, 수국, 비비추, 범의귀, 찔레, 붉은단풍나무, 오동나무, 등나무, 목련 등은 이 나라 곳곳에서도 만날 수 있소. 조릿대, 으아리, 병꽃나무 또한 마찬가지라오. '최초'라는 영예에 있어선 그에 대한 질투를 감출 순 없으나, 그래도 이 순결무구한 땅을 식물학자로서 여행하는 나 또한 최초라는 사실에 뿌듯한 자부심을 느끼고 있다오. 지볼트가 다시 태어나 조선 땅을 본다면, 필시 그 또한 나에 대해 질투를 느끼지 않을 수 없을 것이오.

*

이틀 전에 쓴 글을 다시 읽어보니 내가 줄곧 찬사만 늘어놓은 것 같구려. 흔히 예술가들이 그러하듯이, 우리 학자들도 자기가 모험을 감내하고 있는 현장에 대해 그 아름다움과 혹독함을 과장되게 묘사하는 경향이 없지 않으리라 보오.

17세기의 식물학자들은 인간의 타락 이후 금단의 땅이 되어버린 에덴동산을 찾기 위해 진귀하고도 아름다운 식물들에서 낙원의 퍼즐을 모으려 했다고 들었소. 미지의 나라에서 경이로운 풍광과 마주했을 때, 자신이 암만 유물론자라 할지라도 우리는 기적과 은총에 대한 영감에 휩싸이게 되는 법이오. 그건 참으로 자제하기 힘든 인간의 본성이 아닐까 하오. 때문에, 설령 내가 영감에 사로잡힌 사제의 언어로 신비의 소나기에 흠뻑 젖어들더라도 액면 그대로 다 믿지는 말길 바라오.

온대밀림이라고 할 수 있는 처녀림이 산지를 따라 울창하게 펼쳐지는 이 땅은 노년기에 접어든 지형답게 완강하거나 공격적이기보다 부드럽고 아늑한 느낌을 준다오. 게다가 식물들은 표고에 따라 잘 정돈되어 있어 낯선 이국의 식생에 현혹되거나, 화려하고 번다한 분포도에 쉬이 지쳐버릴 위험 또한 없다오. 한 마디로, 소박함과 절제를 잘 갖추고 있다고나 할까.

하지만 이처럼 축복받은 땅에 살고 있는 사람들을 보노라면 마음속에서 울컥 분노가 솟구치는 것을 참을 수 없게 되곤 하오. 불결함, 게으름, 방만함, 무질서는 조선 사람들의 대표적인 미덕이라고 할 수 있소. 지저분한 마을들, 제대로 정리되지 못한 논밭들, 잡초와 돌투성이 길들은 이 나라 어느 곳에서나 여행자의 발목을 잡고 늘어진다오.

게다가 이들의 영적인 삶이란 얼마나 빈약한지. 남성 중심적이고 순혈주의적인 종교와 조야한 우상숭배는 제 세상을 만난 듯 활개를 치고 있소. 근거 없는 공포와 터부는 족쇄처럼 사람들을 얽어매고, 힘 있는 자들은 자신들의 낭설로 무력한 민중들을 유린하고 있다오. 여인들은 천대받고, 아이들은 굶주림과 몽매 속에 내팽개쳐져 있소.

사내들이라 한들 나을 것이 없소. 일본의 식민 통치에 의해 구시대의 신분제도가 철폐되었다고는 하나, 유산가가 무산가를 농락하는 악마적인 굴레에서 자유로울 수 있는 자는 아무도 없으니 말이오. 더군다나 몇몇 매국노들이 헐값으로 나라마저 팔아넘겨 버렸으니 모든 희망이 물 건너간 셈이오. 가난한 민중들은 그저 셀 수 없이 많은 잡신들(차라리 잡귀라고 하는 편이 옳을 것이오)에게 바치는 현세구복적인, 지극히 즉물적인 신앙으로 위안을 삼고 살아가고 있다오.

그러니, 상상해보시오. 이처럼 비옥한 토양에 온화한 기후와 풍요로운 식생을 가진 민족이 가난과 퇴폐적인 삶에 붙박여 노예처럼 살고 있다는 사실에 내가 얼마나 자주 분노와 혐오에 몸을 떨었을지. 이 미개한 나라가 철도나 전기, 전신 따위의 가장 기본적인 문명의 세례를 받을 수 있었던 것은 일본의 식민지가 되면서부터였다고 하오. 불과 몇 년 전의 일인 것이오.

하지만…… 돌이켜 생각하면, 어쩌면 이 같은 미개함과, 조금은 야만적인 생활상이 우리와 같이 사명을 타고난 학자들에겐 은혜로움이 된다는 사실을 부정할 수는 없을 것이오. 이 땅의 어느 곳에서나 볼 수 있는 성황당(마을을 지키는 수호신을 모신 곳)과 무당들이 굿판을 벌이는 당집들, 조상을 신으로 모시는 사당 등은 미개사회를 연구하는 인류학자들에겐 좋은 비교 연구 대상이 될 것이라 여겨지오.

*

글의 줄기가 자주 끊기더라도 이해하길 바라오.

우리는 지금 함흥을 떠나 산악지대를 이동하고 있소. 자동차를 버리고 좁은 산길을 따라 걷기 시작한 지도 어느덧 일주일. 평지라곤 찾아볼 수 없이 이천 미터에 가까운 산들이 끝없이 이어지는데, 고원지대를 걷다 보면 그 산들이 마치 구릉처럼 느껴질 지경이오. 우리의 시카고에서는 상상도 할 수 없는 풍경이 파노라마처럼 펼쳐지고 있는 것이오.

함께 여행 중인 일행에 대해서는 차후에 이야기해 주리다. 다만 한 사람 특이한 인물은 야마모토 타자부로라는 일본인인데, 내가 지난번 편지에서 조선의 호랑이를 잡기 위해 군대를 조직한 일본인이 있다 하지 않았소? 그때는 반신반의하며 잘못 들은 것이라 여겼는데, 아니 그건 사실이었소. 그는 무려 백 명이나 되는 군대를, 그것도 자비로 조직해서 현해탄을 건너왔다고 하오. 놀랍지 않소?

군인들은 몇 개의 집단으로 나뉘어 우리를 호위하거나 우리보다 하루거리 앞서 전진하며 주변을 정찰하고 있소. 이렇게 몰려다니며 소란을 떨어서야 어찌 호랑이를 잡겠다는 건지 한심스럽기 짝이 없었는데, 나중에 들은 이야기로는, 그들 군대는 호랑이 사냥과는 관계없이 다른 목적에서 동원되었다고 하오. 일본의 식민지가 된 조선의 지식인들이 의병이나 독립군이라는 이름의 민병대를 조직했는데, 그 세력이 날로 커져 치안에 문제가 되고 있다는 것이오.

아무튼 그들이 호랑이를 잡든 말든 나로서는 상관없는 일이오. 단지 앞장서서 길을 열고 안전을 보장해주니, 그저 마음 편히 오지로의 탐험을 계속하며 식물을 채집할 수 있음에 감사할 따름이라오.

군인을 제외하면 탐사대의 인원은 많지 않소. 조금 전에 말한 토벌대의 대장 타자부로와 그의 부관, 조선인 통역관 한 명, 일본인 생물학자 구스노키 요시노리(그는 나의 유일한 친구이자 도반으로서, 주로 새와

딱정벌레에 관심이 많으며, 채집보다는 지질과 식생에 대해 조사를 하고 있다오), 그리고 러시아에서 온 호랑이 전문가 한 명, 현지에서 선발된 사냥꾼 두 명. 이들이 전부라오. 우리는 대체로 함께 움직이며, 군인들이 미리 천막을 쳐둔 숙영지에서 먹고 잠을 잔다오.

조선의 9월은 결실의 계절이오. 먹을 것은 풍족하고 날씨는 쾌적하오. 골짜기 어디서나 야생의 열매들로 배를 채울 수 있을 정도라오. 더할 나위 없이 아름다운 놀빛으로 감이 익어가고, 쩍 벌어진 밤송이에선 씨알 좋은 아람이 떨어지고, 땡글땡글하게 영근 도토리들이 천막을 두드려 우리들의 밤잠을 뒤숭숭하게 한다오.

이 가을, 당신과 함께 이 땅을 여행할 수 있다면!…… 그렇소. 나는 마치 사랑에 빠진 사람처럼 하루하루를 살고 있다오. 홀연히 비 뿌리자 개 짖고 호롱불 켜지는 마을들을 어찌 사랑하지 않을 수 있겠소? 단지 그들뿐인 듯 살아온 고즈넉한 마을들을.

볏짚을 지붕으로 올린 초가집들은 태양 아래선 황토색으로, 달빛 아래서는 은빛으로 빛난다오. 앙증맞고, 유머러스하고, 기가 막히게 아리따운 버섯 모양의 집들. 그 안에 들끓는 벼룩과 빈대, 마을 전체를 싸고도는 시궁창과 수챗구멍의 악취를 뇌리에서 완전히 제거할 수만 있다면, 우리는 그 안에서 백설공주를 만날 수도 있을 것이오.

게다가 마을과 마을 사이에서, 또는 고갯마루에서 마주치는, 여행자들을 위한 간이 숙소인 주막들은 얼마나 소박하면서도 질펀한지. 소와 나귀가 뒤섞여 울고, 장돌뱅이들이 국밥에 술을 곁들여 먹으며 떠들고, 갖은 풍문들이 난무하고, 괴상망측하기 짝이 없는 음식들이 코를 틀어쥐게 하고, 알리바바와 그 도둑놈들이 다 숨어도 모를 정도로 커다란 항아리들이 담장을 따라 즐비하게 늘어서 있고, 그리고 또…….

조선인 통역관 한은 매주 전령을 통해 총독부로 보고서를 올리는데, 오늘이 바로 그날이오. 그 편으로 편지를 부치는 것이 당신에게 연락을 취할 수 있는 유일한 방법이오. 때문에 다하지 못한 말들을 여기서 이만 줄여야 할 것 같소.

건강하시오.

1917년 9월 27일 아침.

사랑과 그리움을 실어 보내며, 당신의 충실한 남편 존 해리슨.

추신: 최근 며칠 동안 백두대간을 타고 오르며 조선의 특산종임이 확실한 식물 몇 종을 채집하였소. 학계로부터 검증이 끝나는 대로 그것들에 두 가지의 서로 다른 학명을 붙일 생각이오. 일본인들의 우정과 호의에 감사하는 뜻에서, japonica를. 당신을 향한 내 사랑을 영원히 기념하는 뜻에서, christiniana를.

바라춤

황초령을 지나 처음 만난 산막에서 원정대는 베이스캠프를 쳤다. 탐사를 시작한 지 열엿새 되는 날이었다.

산막은 소나무와 가문비나무가 울창하게 우거진 산중턱에 자리 잡고 있었다. 주위에 널브러진 것이 나무인지라 집은 통나무를 이용해 제법 널찍하게 지어져 있었다. 산림지대에서 흔히 볼 수 있는 귀틀집이었다. 한 가지 특이한 점은, 나무와 나무의 틈새를 흙이 아니라 이끼로 메운 것이었다. 흙은 젖고 마르길 되풀이하며 부스러지기 쉬우나, 이끼는 자라면서 나무와 나무 사이를 빈틈없이 메워주고, 번지면서 당기는 생명의 힘으로 가옥을 더욱 견고하게 지탱해주는 장점이 있었다.

"이 이끼들을 보십시오."

선두에 서서 한 치의 오차도 없이 원정대를 산막으로 이끈 박 포수가 설명을 이어나갔다.

"이끼들은 겨울에도 죽지 않습니다. 극심한 가뭄에도 습도를 유지시켜 주지요. 보기엔 낡아빠진 오두막이지만, 내가 사냥을 시작하고 삼십 년 세월이 넘도록 꿋꿋하게 이 자리를 지키고 있습니다."

존 해리슨은 황갈색 소나무의 심재와 이끼의 푸릇푸릇한 빛이 잘 어우러진 산막의 지붕 위로 부처손이나 바위솔, 산일엽초 같은 식물들이 무성하게 자라 있는 것을 눈여겨보았다. 아한대 기후 속에 아고산대 식물군이 지천으로 깔린 백두대간에서의 탐사가 어떤 결과를 가져올지 그는 상상만으로도 가슴이 들뛰는 기분이었다.

한편, 총 한 번 쏘아보지 못하고 보름 넘게 내처 걷기만 한 타자부로는 손이 근질거렸다. 산을 넘으면 산이요 물을 건너면 또 물인 행군에 넌더리가 나서 그가 툴툴거리자, 박 씨 성을 가진 조선인 포수가 충고했다. 이제 곧 이 일대의 사냥꾼들이 공동으로 사용하는 산막이 나올 것이다, 그곳에선 지금처럼 무리 지어 이동하지 말고 며칠 머무르면서 동물들이 다니는 길목을 지키거나, 짐승의 발자국이나 배설물을 쫓아 추적하는 편이 유리할 것이라고.

몇 차례 가까운 벗들과 홋카이도의 구릉지에서 곰, 사슴, 여우 등을 사냥해본 적 있는 타자부로는 이 작고 볼품없는 포수의 충고를 받아들이지 않을 수 없었다.

"좋아. 영감의 충고를 따르지. 이 총이 녹슬기 전에 방아쇠 당길 기회를 준다면야 얼마든지."

타자부로는 어깨에 멘 자신의 최신식 라이플총에 사과라도 하듯 더없이 부드러운 손길로 총신을 어루만졌다.

곧 그날이 왔다.

날이 밝기 무섭게 몇 무리로 나눠어 길을 떠난 사냥꾼들과는 달리, 느긋하게 아침을 챙겨 먹고 산막을 중심으로 골짜기를 결터듬으며 식물 채집에 여념이 없던 해리슨은, 그토록 평화롭고 적요하던 산을 찌렁쩌렁하게 뒤흔드는 총성에 깜짝 놀라 손에 들고 있던 채집도구를 떨어뜨렸다.

"마침내 시작이군요."

요시노리가 미소 띤 얼굴로 해리슨을 돌아보았다.

총성은 멀지 않은 곳에서 연이어 울렸다.

"덕분에 오늘은 갓 잡은 산짐승 고기를 맛볼 수 있겠군요."

그날 저녁 사냥꾼들이 가져온 것은 토끼 다섯 마리, 노루 세 마리, 멧돼지 두 마리였다. 겨울을 앞두고 살이 오른 짐승들은 육질이 부드럽고 덜퍽졌다. 개들까지 배불리 먹었다.

*

산과 산들을 밀어내며 고원지대가 펼쳐졌다. 구름들이 산봉우리에 걸렸다. 흙은 붉었고, 바위는 검었다. 고운 입자의 흙과 각진 돌멩이들이 발밑에서 놀았다. 짐을 실은 조랑말들이 발을 헛딛고 비틀거렸다. 말라비틀어진 덤불숲 위에서 새파란 하늘이 징징거렸다. 멈춰 서면 털끝이 주뼛해지도록 시린 대기였지만, 맨살에 와 닿는 햇살은 불침을 놓는 듯 따가웠다.

원정대는 사흘 동안 자신들의 그림자만을 내려다보며 걸었다. 땅이 다하는 곳에서 쇳물처럼 엉겨 있는 구름들은 도달할 수 없는 성채 같았다. 먼 산들이 놋 빛으로 이글거렸다. 현무암 쇄석들에 찔려 조랑말과 개들의 발에서는 피가 흘렀다.

해가 저물면, 그러나 모든 것이 바뀌었다. 울부짖듯이 바람이 불었고, 바람은 음산했다. 어둠과 함께 안개가 몰려들었다. 안개는 군마처럼 날뛰며 고원을 점령했다. 천막을 고정시킨 말뚝들이 들썩거렸고, 덤불숲이 뿌리째 뽑혀 나뒹굴었다. 조랑말들은 목줄을 끌어당기며 서로를 물어뜯었다. 질주하는 안개를 향해 개들이 송곳니를 드러낸 채 으르렁거렸다.

어떤 날엔 늑대들이 숙영지를 에워싸고서 떼를 지어 울었다. 타자부로는 펄럭거리는 천막 안에서 술을 마셨다. 그는 이따금 밖으로 나가 허공을 향해 총을 쏘아대었다.

원정대는 방향을 수정했다. 개마고원의 용마루를 벗어나 풍산 쪽으로 우회하기로 하고 금패령으로 내려섰다. 그곳에서 두 번째로 베이스캠프를 쳤다.

소문은 원정대의 이동보다 빨랐다. 도무지 사람의 흔적이라곤 찾아보기 힘든 산 속으로 인근 마을에서 왔다는 호기심 많은 구경꾼들이 심심찮게 찾아들더니, 어느 날 통팔령 아래 귀당골이라는 마을의 촌장임을 자처하는 노인이 청년 둘을 거느리고 베이스캠프로 왔다.

상투 튼 머리에 갓을 쓰고 가슴팍까지 늘어뜨린 수염에 장죽을 물고서, 녹물이 밴 듯 변색된 돋보기안경의 유리알 뒤에서 눈동자가 보일 듯 말 듯한 노인은, 헛간 속에 던져 버린 지난 세기의 의상을 고스란히 찾아 입고 나타난 신파극의 배우처럼 보였다.

단발령이 내린 게 언젠데……. 괜스레 시퉁해진 한민석이 혼잣말을 중얼거렸다.

그러나 노인은 당당했다. 이방인들 앞에서 고개도 들지 못하는 장정들 뒤에서 노인은 두루미처럼 외틀고 선 채 마른기침 소리를 내며 연신 장죽을 빨아댈 따름이었다.

머리에 두건을 쓴 청년 하나가 앞으로 나서며 자기들이 누구이고 왜 이곳에 왔는지 설명한 뒤 어르신을 소개하자, 노인은 하루하고 반나절을 꼬박 걸어왔다는 사람답지 않게 카랑카랑한 목소리로 말문을 열었다.

"이곳의 책임자가 누구시오?"

한민석의 전언을 듣고 노인의 모습을 아래위로 훑어보던 타자부로의 얼굴에 설명하기 힘든 웃음기가 묻어났다. 타자부로는 아랫입술을 이기죽거리듯이 내밀며 푸, 하고 숨을 불어 콧수염 끝을 팔작지붕처럼 들어 올렸다.

"내 듣기로, 그대들이 호랑이를 잡으러 왔다 하는데, 사실이오?"

"사실입니다."

한민석이 타자부로에게 노인의 말을 전한 뒤 대답했다.

노인은 조선말이 통하는 한민석을 날카로운 눈으로 응시한 뒤, 타자부로를 향하던 시선을 거두고 아예 한민석을 상대로 말하기 시작했다.

"그렇다면 그대들이 호랑이를 잡으려는 까닭은 무엇인가? 그동안 몇 마리나 잡았는가?"

나이로 봐서 한참 아래인 한민석에게 노인은 자연스럽게 하대를 했다.

몇 차례 더 질문이 이어지고, 노인의 방문 목적이 무엇인지 종잡을 수 없어질 즈음에 이르자, 뜻밖에도 노인은 지금까지의 당당했던 태도를 접고 돌연 읍소에 가까운 자세로 간청을 하기 시작했다.

"내 걸음이 헛되지 않았군. 이보게, 도와주게. 몹쓸 짐승 때문에 온 마을이 쑥대밭이 되었네. 두 달 사이 사람 셋이 물려갔고, 여직 시신조차 수습 못 하고 있네. 밤이면 문을 걸어 잠그고 꼼짝 못 하는 건 당연지사고, 멀건 대낮에도 맘 놓고 다닐 수가 없으이. 이젠 개와 소와 닭마저 씨가 말라버렸네."

노인의 부탁은 절절했다. 밤새 횃불을 들고 두려움에 떨며 걸어왔을 세 사람의 몸에서는 송진 냄새가 코를 찔렀다. 게다가 그을음이 덕지덕지 묻은 그들의 옷은 여기저기 찢겨 있었고, 맨살이 드러난 몸은 상처투성이였다.

길게 이어지는 노인의 하소연에 비추어볼 때, 피해 지역은 귀당골에만 국한된 것이 아닌 성싶었다. 노인의 다급한 말 속에서 여러 낯선 지명들이 묻어왔다.

타자부로는 다시 한 번 숨을 뿜어 콧수염을 들어 올린 뒤 혀끝으로 입술을 핥았다. 두 눈이 반짝거렸다. 타자부로와 함께한 시간은 그리 길지 않았지만, 한민석은 그러한 몸짓이 무엇을 의미하는지 충분히 짐작할 수 있었다.

"부관, 떠날 준비를 하라."

이윽고 타자부로가 말했다. 그의 어조는 결연했다.

그날 오후, 타자부로는 한민석과 유리 안드로비치, 조선인 사냥꾼 둘과 부관을 대동하고서 곧바로 호식(虎食)의 현장으로 떠났다. 원정대는 이틀 뒤에 합류했다.

*

한낮인데도 산 그림자에 묻힌 마을은 어둡고 스산했다. 산 속 분지에 함지박처럼 자리 잡은 마을은 사방이 물 흐르는 소리로 병풍을 두른 듯했다. 가까이서 듣는 계곡 물소리는 구슬을 굴리듯 영롱했지만, 귓전을 떠나는 순간 귓바퀴에 담기 힘든 낭랑함으로 크게 울렸다. 울림은 이쪽저쪽 산들에 부딪치면서 낮고 웅숭깊은 무거움으로 떠돌았다. 소리는 무겁고 창창하여 높게 떠오르지 못했다.

물소리와 그 메아리가 부딪치며 소용돌이를 일으키고 있음에도 불구하고, 마을에 들어서면서 타자부로와 일행이 공통되게 느낀 것은, 그 크지 않은 산촌의 가가호호에 빗장을 지르고 있는 괴괴한 정적이었다.

타자부로는 당혹스러웠다. 수령이 족히 오백 년은 되었을 법한 느티나무 한 그루가 떡하니 버티고 선 마을의 공터에서 타자부로는 더 이상 나아가지 못하고 머뭇거렸다.

"주민들은 다 어디로 간 것이오?"

타자부로가 뒤미처 따라온 촌장을 향해 물었다.

숨이 목에까지 차오른 촌장은 곧바로 대답하지 못하고 스스로도 영문을 모르겠다는 표정으로 주위를 두리번거렸다.

"아무도 없질 않소? 쥐새끼 한 마리 얼씬거리질 않으니, 원!"

타자부로는 뭔가 성가신 것이 악착같이 달라붙는 것 같은 이물감에 절레절레 고개를 내둘렀다.

"그게…… 또, 왠지……."

노인은 차마 말이 되지 못하는 군소리를 중얼거리며 멀고 희미한 흔적을 더듬듯 허공을 응시했다.

그때였다. 자욱하고 질펀한 물소리 속으로 여울지듯 스며드는 아득한 여음이 있었다. 눈을 치뜨는 타자부로의 이맛살이 갈매기 모양으로 접혔다. 일행의 시선이 소리의 굽이를 따라 너울을 그리더니, 한 줄기 햇살이 빗금 치듯 비껴가는 산마루 쪽을 향했다. 심장의 고동소리 같은, 그렇지만 그보다는 두 배쯤 빠른 리듬으로 울리는 소리는 조금씩 커지면서 분명해졌다.

징소리였다.

녹청(綠靑)의 옹벽으로 완강하게 다가붙는 침엽의 산들, 그 그림자에 함몰되어 한낮인데도 저물녘 같은 마을 위로 백짓장처럼 떠 있는 하늘만이 얼빠진 듯 환한데, 찌르듯 찬 가을 물의 맥놀이 속으로 한 켜 한 켜 파문을 벗겨내며 스며드는 징소리는 근본 없이 허황하게 느껴졌다. 한민석은 자기 안의 무엇인가가 들림을 받는 것 같은 이상한 기운을 느꼈다.

징에 이어 꽹과리 소리가 들렸고, 잠시 후 장구 소리가 섞여들자 제법 그럴싸한 굿거리장단이 되었다.

"그 사이 또 누가 횡액을 당한 건지……."

노인이 혀를 차며 한숨을 내쉬었다.

"자, 저리로 가십시다. 성황당에서 천도재가 있는 모양이오."

"천도재라뇨?"

한민석이 물었다.

"망묵이굿이라고도 하네. 죽어 구천을 떠도는 혼령들을 하늘로 인도코자 드리는 치성이네. 아마 오늘은 액막이굿까지 겹쳐 밤새 굿판이 이어질 것 같으이."

성황당은 고갯길이 산마루를 넘어 마을로 진입하는 들머리에 있었다. 그보다 앞쪽으로는 목장승 두 기가 산길을 사이에 두고 마주 서 있었고, 장승들 옆엔 금줄을 두른 돌무덤이 각각 하나씩 자리 잡고 있었다.

마을을 비운 채 성황당에 모인 주민은 등에 업힌 아이까지 쳐도 서른 명이 채 되지 않았다. 깊은 산 속에서 화전을 일구며 살아왔을 사람들은 궁색한 살림살이만큼이나 피폐한 몰골에 안색이 어두웠다. 활짝 열린 성황당의 미닫이문을 중심으로 빼곡하게 모여, 더러는 멍석을 깔고 앉아 손바닥을 비비며 절을 하고, 더러는 앞선 사람의 어깨 너머로 이제 막 구송(口誦)이 끝나고 바라춤이 시작된 성황당 안을 보기 위해 까치발을 딛고 서 있었다. 왠지 그러한 사람들의 뒷모습이 바람 앞의 등불 같았다.

한민석은, 산 그림자와 어스름이 구분되지 않는 산 속 오지에서, 가진 것이라곤 불씨와 씨곡뿐인 사람들에게 닥친 호환이란 어쩌면 천재지변과 같은 것이 아닐까 하는 생각이 들었다.

가혹한 정치는 호랑이보다 무섭다고 하였던가. 탐관오리와 아전들의 수탈을 피해 유배보다 혹독한 삶을 일구어온 저들을 이제는 호랑이가 덮치려 하니, 이 얼마나 기구한 운명인가…….

우거진 송림과 사람들 사이를 빠져나가지 못하고 베돌던 향냄새가 기다렸다는 듯이 타자부로를 잡아끌었다. 여느 사람보다 머리 하나쯤 큰 타자부로를 보자 사람들이 엉거주춤 앞을 텄다. 한민석이 뒤를 따랐다.

바라춤은 절정에 이르러 있었다.

흰 장삼에 붉은 가사를 두르고 하얀 고깔을 쓴 무당은 수숫단처럼 여위고 훤칠했다. 품이 넓은 옷과 살 사이가 바람으로 채워진 것 같았다. 그런 만큼 무녀의 춤사위는 가볍고 거침없었다. 땅에 발을 딛지 않은 것처럼 유려했다. 두 손바닥에 폭 싸일 만큼 자그마한 머리를 고깔에 감추고, 번쩍거리는 크고 둥근 금속판을 들어 어깨 너머로 넘겼다 하늘을 향해 펼쳐 천지를 가르듯 원을 그릴 때면, 자칫 스스로 만든 회리기둥을 타고 사라져버릴 것만 같았다.

한민석은 왠지 심장이 죄어드는 것 같은 기분이었다. 마을에 들어서며 징소리를 듣는 순간 홀연 들림을 받은 자기 안의 무언가가 엄청난 속도로 연소하는 것 같은 느낌.

신단에 밝혀놓은 촛불들이 바라에 부딪쳐 쇳조각 같은 불꽃을 퍼뜨렸다. 불꽃들은 심장에 박히는 가혹한 빛이었고, 어둠을 불어 꺼뜨리며 사라지는 눈부신 새들이었다. 그 빛, 그 새들은, 오른손과 왼손에 하나씩 들린, 차고 기우는 달의 각도로 물매진 금속판들이 저마다 하나의 해와 하나의 달이라는 인상을 심어주기에 부족함이 없었다. 바라는 맞부딪쳐 소리 내는 악기를 넘어, 그 자체로서 해와 달을 담고 섬기는 영접의 신성한 그릇처럼 보였다.

춤은 계속되었고, 그럴수록 한민석의 흥분은 고조되었다.

한민석은 무녀의 저 소박하면서도 현란하고 절제되어 있으면서도 관능적인 몸짓이 어디서 비롯되는지 알 수 없었다. 어쩌면 그것은 심장이 들뛰며 혈류로 윙윙거리는 자신의 젊은 피에서 뿜어져 나오는지도 몰랐다. 또한 어쩌면…….

한민석은, 생각이 되다 만 읊조림 속에서 불끈거리는 자신의 남성성에 압도당한 채, 왠지 저 무녀의 몸에, 무녀의 살에 닿고 싶다는 밑도 끝도 없는 충동에 사로잡혔다.

"이봐, 한 군, 저걸 보게!"

그의 격렬한 몽상을 뒤웅박처럼 깨뜨린 것은 타자부로였다.

"저기 저 신단 뒤에 걸린 그림말이야. 도대체 저 늙은이가 누구야? 게다가 저 호랑이…… 저승사자 같은 영감쟁이를 한 몸인 양 휘감고 있는, 왕방울 눈의 하얀 호랑이는 또 무엇이고?"

타자부로는 성황당에 걸린 산신도를 거론하고 있었다. 한민석은 조금 난감하긴 했지만 대충 알아들을 정도로 설명해주었다.

"뭐라고? 그게 사실이야? 그렇다면 호랑이는 산신의 시중꾼이자 산의 정령이며, 산신령의 화신이란 말이 아닌가?"

어디든 코를 들이대고 킁킁거리며 산돼지처럼 천착하길 좋아하는 타자부로 특유의 호기심에 발동이 걸렸다. 흥분했을 때면 곧잘 터져 나오는 콧바람 소리가 높게 솟구쳤다.

"아니, 그렇다면 이 작자들은 제 피붙이들을 잡아먹은 식인 호랑이에게 제사를 올리고 있는 것이 아닌가?"

실소와 노여움이 반반씩 섞인 목소리로 타자부로가 큰소리로 말했다. 사람들의 시선이 일제히 그에게로 쏠렸다.

"바카야로!— 칙쇼!—"

그의 욕설은 거침없었다.

"호환을 막으려면 호랑이를 잡아야 마땅하거늘, 이건 숫제 호랑이를 섬기기 위해 인신 제물이라도 바치겠다는 것이 아닌가?"

타자부로가 다시 한 번 욕설을 퍼부었지만 그의 목소리는, 마지막으로 한 바퀴 원을 그린 무녀가 신단 앞에 우뚝 멈춰 서서 바라를 치는 소리에 묻히고 말았다.

춤이 끝난 것이다.

한민석은 마지막 춤 동작을 놓친 아쉬움에 서둘러 성황당 안을 넘겨다보았는데, 바로 그 순간 무녀의 시선이 자기들 쪽을 향해 있음을 깨달았다. 한민석은 뭔가 하지 말아야 할 일을 하다 들킨 사람처럼 화들짝 놀라 시선을 거두었다.

무녀의 두 눈은 노여움으로 이글거렸다. 그리고 그 시선은 표적이 된 먹잇감을 옴짝달싹 못하게 하는 뱀의 그것처럼 표독스럽게 타자부로에게 꽂혀 있었다.

"돌아가!"

무녀가 소리쳤다.

무녀의 입은 꼭 다문 채이고 음성은 속삭이는 듯했지만, 그 소리는 조금 전에 공간을 찢어놓을 듯이 울려 퍼졌던 바라 소리만큼이나 쟁연했다.

"돌아가! 뒤도 돌아보지 말고. 냉큼! 지금 당장!"

무녀의 호령은 계속되었다.

"뭐라고 하는 거야?"

타자부로가 물었다.

"도대체 저 여자가 뭐라고 지껄여대는 거야?"

한민석의 머릿속에서 타자부로와 무녀의 목소리가 꿈결인 듯 뒤섞였다. 한민석은 어떤 뜨겁고 거대한 기둥 하나가 그루박듯이 자신의 온몸을 관통하는 것을 느꼈다.

식인 호랑이

호랑이는 사람과 맞닥뜨리면 본능적으로 뒷걸음질을 친다. 호랑이는 대체로 먹잇감의 뒤쪽에서 공격을 하며, 표적이 움직이는 동안 매복하고 있다가 불시에 달려든다. 한 가지 특이한 점은, 똑바로 서서 걸어가는 사람의 자세는 호랑이에게 적당한 먹잇감으로 인식되지 않는다는 사실이다.

서 있는 사람의 머리는 대다수의 먹이동물과는 다른 곳에 붙어 있고, 성인의 키는 그들보다 크다. 호랑이에게 공격당한 사람의 대부분은, 새벽에 허리 숙여 일을 하거나 한뎃잠을 자는 사람처럼 머리나 목을 지면 가까이에 둔 경우이다. 똑바로 서 있는 성인은 호랑이에게 노루나 멧돼지, 소나 개처럼 맛있는 먹이로 보이지 않는 것이다.

유리 안드로비치는 호랑이가 남긴 자국이 얼마나 오래 되었는지 확인하며 보름 동안 수호랑이 한 마리를 추적한 경험이 있었다. 그럴 때 가장 중요한 것은 호랑이로 하여금 자기가 미행당하고 있다는 낌새를 알아채지 못하게 하는 것이다. 오랜 시간 추적을 당해 화가 난 호랑이는 사냥꾼을 용서하지 않는다. 정면 승부를 거는 것이다.

또 한 가지 염두에 두어야 할 것은 개와 동행하지 않는 것이다. 인간의 가장 가까운 벗인 개는 호랑이의 먹이에서 상당히 높은 비율을 차지한다. 호랑이는 개의 주인이 아무리 잘 무장하고 있다 하더라도 개를 잡아먹을 수 있는 기회를 놓치지 않는다. 호랑이를 쫓는 개를 호랑이가 쫓기 시작하는 순간, 사냥꾼에겐 승산이 없다. 유리 안드로비치는 천신만고 끝에 살아 돌아온 수년 전의 경험을 통해 그 사실을 누구보다 잘 알고 있었다. 호랑이를 추적할 때 개가 합류하는 걸 용납하지 않는 것은 그 때문이다. 안드로비치는 세 마리의 개와 함께 떠났던 사냥꾼이, 개들이 모두 호랑이에게 잡아먹힌 뒤 길을 잃고 동사했다는 이야기를 어려서부터 들어왔는데, 거기에는 어떠한 과장도 담겨 있지 않다고 그는 생각했다.

만주의 한 부족은 말한다. 호랑이에게 잡아먹힌 사람은 전생에 돼지나 개였을 것이라고. 그렇지 않았다면 호랑이가 그 사람을 잡아먹었을 리가 없다고. 또한, 암바를 신성시하는 우데게의 샤먼들은, 사람과 호랑이가 맞닥뜨렸을 때 만약 사람이 무장을 하지 않은 상태였다면 모든 것이 평화롭게 끝났을 것이라고 말한다.

시호테알린 산맥을 중심으로 점점이 흩어진 우데게 마을이나 중국인 이주 마을 어디에서도 사람을 공격한 호랑이에 대해 들어본 적이 없는 안드로비치는, 호랑이의 식인 현상에 대해 남다른 관심을 가져왔었다. 그가 아무르 강 유역을 떠나 한반도까지 남하하여, 원했든 원치 않았든 호랑이 토벌대라는 어처구니없는 집단에 합류하게 된 저변에는 그러한 관심이 크게 작용하였음을 부인할 수는 없었다. 때문에 안드로비치는, 많은 우여곡절이 있었음에도 불구하고 애당초 자신이 뜻

한 바대로 일이 진행되고 있음에 회심의 미소를 지었다.

천우신조라고나 할까. 신이 저 괴물 같은 제국주의자의 손을 빌어 자기를 이곳으로 이끌어 주리라고 어찌 상상이나 할 수 있었겠는가.

유리 안드로비치는 호환의 현장에 도착하는 즉시 조사에 착수했다. 그는 먼저 호식총을 살펴보았다.

호식총은 호랑이에게 잡아먹힌 사람의 뼈를 수습해 장사를 지낸, 예로부터 전해오는 이 지방 고유의 무덤이다. 가로와 세로 모두 이 미터가 되지 않는 판석 위에 어른의 허리 높이로 돌을 쌓는데, 위로 올라갈수록 둘레가 좁아지는 원추형이다. 무덤이라고 할 수 없는 돌무더기가 엉성하게 쌓여 있는 곳도 있다. 아이의 무덤도 있고 여자의 무덤도 있을 터이지만, 사람들은 그에 관해 말하기를 기피한다. 호식총 가까이 가는 것조차 두려워한다.

돌무덤 위에는 대개 시루가 놓여 있고, 시루의 가운데 구멍에 쇠가락이 꽂혀 있다. 시루는 떡을 찔 때 사용하는 둥근 질그릇. 엎은 상태로 놓음으로써 천개(天蓋)가 영혼을 덮어 싸고 있음을 상징한다. 또, 그 중앙의 큰 구멍에 끝이 뾰족한 쇠꼬챙이를 꽂음으로써 하늘에서 내리치는 벼락을 우의적으로 표현하고 있다. 이를테면, 호랑이에게 잡아먹힌 사람의 원혼을 돌을 쌓아 가두고 천개를 덮어 옴짝달싹 못하게 한 다음, 그것으로도 모자라 벼락으로 을러대는 이중 삼중의 잠금장치인 셈.

조선인들은 호랑이에게 잡아먹힌 사람은 창귀(倀鬼)라는 악령이 된다고 믿는다. 창귀는 식인 호랑이의 하수인. 그 불행한 혼령들이 종살이에서 벗어날 수 있는 유일한 방법은 다른 사람을 호랑이의 제물로 끌어들이는 것. 그 짓을 위해서는 수단과 방법을 가리지 않는데, 한 가족이 대를 이어 사망하거나 한 집안에 우환이 겹치는 사례들로 보아 그러한 믿음이 터무니없다고만은 할 수 없는 노릇이다.

안드로비치는, 유골이 발견된 현장에서 으깨진 두개골이며 피와 살이 엉겨 붙은 뼛조각들을 수습해 서둘러 매장한 뒤 뒤도 돌아보지 않고 떠났을 유족들을 떠올리며, 빛도 들지 않는 이 음산하고 괴괴한 숲 속에 암운처럼 감도는 공포와 피비린내를 실감할 수 있었다.

주민들의 증언과 이틀 동안의 조사를 통해 안드로비치는 남북 팔십 킬로미터, 동서 사십 킬로미터에 달하는 산과 계곡이 식인 호랑이의 활동 범위에 속해 있음을 확인했다.

피해 규모는 컸다. 첫 번째 희생자가 발생한 날로부터 지금까지 무려 일곱 명의 사람들이 죽었다. 불과 석 달 사이에 일어난 일이다. 하지만 이천 미터가 넘는 산들이 즐비하게 솟아 있고 주민이라곤 십여 명도 되지 않는 마을들이 산재해 있는 오지이고 보면, 외부에 알려지지 않은 피해자들이 더 있을 수도 있고, 어쩌면 와전되거나 중복된 사건들도 있을 터였다. 더욱이 가축의 피해는 집계도 되지 않은 상태였다.

안드로비치는 타자부로가 제공한 지도에 사고 장소를 표시하고 날짜를 기입했다. 그는 축척 오 만분의 일로 제작된 지도의 등고선들을 따라 사고가 발생한 순서대로 호랑이의 동선을 그려보았다. 그러고는 눈을 감고 마음속으로 그 길을 따라가 보았다.

뭔가 미심쩍었다. 무엇보다 호랑이의 활동 범위가 너무 넓었다. 아무리 젊은 수컷이라 해도 그다지 길지 않은 기간에 이토록 광대한 지역에서 사건을 일으킨다는 것은 불가능해 보였다. 조심성 많고 용의주도한 동물이기에 더더욱 그러했다. 탐색과 매복을 생략한 채 사방팔방 미친 듯이 돌아다니며 닥치는 대로 마을을 덮치는 호랑이를 상상하기란 힘든 일이었다.

그렇다면……. 안드로비치는 생각했다.

'호랑이는 한 마리가 아닌 것일까?'

물음은 조심스러웠다. 진동이 느껴졌다. 안드로비치는 가만히 숨을 고르며, 진자가 멈춘 곳에서 우렁우렁한 소리로 메아리치는 캄캄한 피의 동굴을 응시했다.

'그렇다면 호랑이는…… 두 마리, 또는…….'

의문은 생각보다 빨리 실마리를 찾았다.

호랑이는 큰 짐승을 사냥한 뒤면 며칠을 두고 나눠먹으며 사나흘 정도는 움직이지 않는 법. 정호군이 도착하기 전 새벽에 오십대 성인 남성을 물어간 호랑이였다. 그런데 그로부터 사흘이 채 지나지 않은 시월 중순의 어느 날, 귀당골에서 십여 킬로 떨어진 마을로부터 또다시 식인 호랑이가 나타났다는 급보가 전해왔다.

'바로 이거야!'

안드로비치는 자신의 추론이 옳았음에 득의양양한 기쁨을 느끼며 자기도 모르게 낮은 탄성을 질렀다.

*

희생자는 열두 살의 소녀였다. 가을걷이를 위해 온 가족이 밭에서 일하는 중이었다. 소녀는 부모를 도와 메밀을 수확했다. 새참을 먹은 뒤엔 들깨를 털었다. 세 식구는 줄곧 같은 곳에서 함께 일했다. 아주 잠깐, 목이 마르다며 소녀가 밭두렁에 놓인 물동이 쪽으로 갔다. 볼품없이 늙은 왕버들 한 그루가 그늘을 드리우고 있는 곳이었다. 아비는 허리를 펴고 아이를 바라보았다. 그때 자드락밭 너머 숲 쪽에서 그림자처럼 얼비치는 물체가 하나 있었다. 둥쳐놓은 보릿단이나 낙엽더미가 움직이는 것 같았다고 아비가 말했다. 한 달째 계속되는 가뭄이었다. 부옇게 부유하는 날벌레들 속에서 시야는 흐렸을 것이고, 바람 없는 대기 속으로 곱이 낀 듯 비치는 볕의 한 끝이 뭉그러져 있었을 것이다.

순식간이었다. 낮게 엎드린 그림자는 미끄러지듯이 숲을 빠져나와 개울을 건너뛰었다. 놈은 단 한 번의 도약으로 밭둑 위로 올라선 뒤 아이를 덮쳤다. 고함을 지를 겨를조차 없었다. 어미는 아이의 비명조차 듣지 못했다고 말했다. 그리고, 호랑이는 사라졌다. 아이를 입에 문 채 그림자처럼.

세 시간 전에 일어난 일이었다.

"우리는 온 가족이 함께 움직입니다. 밭일을 나올 때도 여러 집이 함께 움직이고요. 만일을 대비해 꽹과리나 쇠붙이 따위를 들고 나오지요. 곡괭이나 부지깽이를 곁에 두기도 하고요. 하지만 그래본들 소용 있나요? 놈은 우리가 보는 앞에서도 사람을 채가는 걸요."

한 촌로의 말이었다.

훈은 날벌레들이 검불처럼 떠도는 가을볕 아래, 들깨 터는 향기가 고소한 대기 속으로 먼지를 날리며 타박타박 걸어갔을 소녀의 발걸음을 떠올려보았다. 그 평화롭고 몽환적인 풍경이 피비린내 나는 악몽으로 바뀌는 데에는 단 몇 초도 걸리지 않았다. 깨고 나면 사라질, 잘못 길을 든 꿈자리처럼 두 장면이 연결되지 않아 훈은 현기증을 느꼈다.

아이의 어미는 땅바닥에 쓰러져 대성통곡을 하면서도 깻단이 모다기모다기 쌓인 밭에서 눈을 떼지 못했다. 아이의 아비는 등을 돌린 채 속울음에 어깨를 떨면서 밭쪽으로는 눈길을 주지 못했다.

산 그림자가 길어지고 있었다. 첫 추위가 타고 내려오는 능선들은 물기가 쏙 빠진 회갈색이었다. 크고 작은 봉우리들에 햇살이 닿자 산들이 핏빛을 띠었다. 파르스름하게 죄어드는 산 그림자 속에서 올려다보는 붉은 봉우리들은 아득했고, 낯설었으며, 충동적이면서도 희망 없이 애틋했다.

골짜기 어디엔가 첫 얼음이 얼었으리라……. 훈은 생각했다.

*

추적은 곧바로 시작되었다.

혈흔은 선명했다. 숲은 온통 낙엽으로 덮여 있었으므로 호랑이가 지나간 흔적만 남았을 뿐, 발자국을 찾기는 어려웠다. 소녀의 몸이 땅에 끌린 흔적은 없었다. 그만큼 가볍고, 저항할 힘조차 없이 여렸으리라.

추적대는 빠른 속도로 나아갔다. 빨간 단풍나무 잎과 노란 고로쇠나무 잎, 엷은 갈색의 굴참나무 잎과 풋콩 빛깔의 물푸레나무 잎, 녹슨 쇠빛깔의 물박달나무와 거제수나무 잎 위에 흩뿌려진 핏자국들은 제가끔 다른 울림과 다른 연상으로 시선을 끌어당겼다. 피가 뿌려진 낙엽들을 가려 딛는 발걸음이 일순 휘우뚱거렸다.

꽹과리를 치며 쫓아간 사람들을 유유히 따돌린 호랑이는 적당한 장소에서 먹이를 취했을 것 같은데도 그러한 흔적은 나오지 않았다. 놈은 아주 빠른 걸음으로 어딘가를 향해 한사코 나아가기만 했다.

돌무더기를 딛고 산비탈을 오르는 지점에서 덤불숲에 걸린 소녀의 머리끄덩이가 발견되었다. 빨갛게 익은 노박덩굴 열매들 속에 피에 젖은 옷가지도 너덜너덜하게 걸려 있었다. 거기서 좀 더 나아가자 피 웅덩이가 하나 나왔다. 안드로비치는 이곳에서 놈이 물고 있던 소녀를 내려놓고 숨을 돌렸을 것이라고 추측했다. 맹수가 이빨을 박고 안간힘을 다해 물고 있는 동안에는 이처럼 피가 분출되지 않는다는 것이었다. 이어서 덧붙이기를, 다행히 소녀는 숨이 끊긴 상태였으므로 더 이상 고통을 느끼진 않았을 것이라고 말했다.

피 웅덩이 주변에는 산꼭대기에서 흘러내려온 물이 땅속으로 잦아들었다가 조금씩 배어나오는 곳이 여럿 있었다. 지금껏 그토록 조심했음에도 불구하고 놈이 이 젖은 모래땅에 발자국을 남기지 않을 수는 없었을 것이라고 안드로비치는 생각했다. 안드로비치는 좁은 골짜기 안을 샅샅이 뒤져 마침내 선명한 발자국 몇 개를 찾아내었다.

"여기 있군!"

안드로비치가 말했다.

"그래. 네놈이 암만 신중하게 움직인다 해도 정체를 드러내게 되어 있어. 자, 이제 말을 해보려무나. 너의 얼굴에 대해서. 너의 삶에 대해서. 그리고 너의 욕망에 대해서……."

안드로비치는 혼잣말을 중얼거리며 무릎을 꿇더니, 코가 닿을 듯이 얼굴을 들이대고서 발자국을 읽기 시작했다. 그러한 그의 모습은 낯선 상형문자나 풍상에 문드러진 비문을 판독하는 사람처럼 보였다.

…… 크기는 내 손바닥보다 작군. 발바닥의 볼 크기도 어중간하고. 그런데 옆으로 벌어져 있어. 발가락 사이가 떠 있다는 건 나이가 들었다는 증거. 여기엔 발톱 자국까지 나 있군. 근력이 딸려 다릿심만으론 도약이 힘들었던 건가. 아니면, 열두 살 먹은 여자아이 하나 물고 가기에도 버거웠던 겐가. 이 발자국이 네놈의 처지를 여실히 말해주는군. 이제 은퇴할 때가 가까웠다고. 열다섯 번쯤 봄과 가을을 누려보았을까. 어찌되었든, 너는 늙은 호랑이야. 게다가 암컷이고. 앞발 왼쪽 발자국에 계속 발톱 자국이 나타나는 걸 보니, 필시 발의 건강상태가 좋지 않은 모양이군. 그런데도 먹이를 편안한 자리에서 먹어치우지 않고 힘들게 계속 물고 가는 이유가 뭔가? 그래, 그건 뻔한 일이지. 아암, 그렇고말고. 모성애! 놈은 새끼를 키우고 있는 거야. 그렇다면 연령대를 좀 젊게 봐줄 수도 있겠는걸.

자, 간략하게 정리해보자고. 늙은 암컷인데 새끼를 키우고 있고, 왼쪽 다리에 상처가 있는 호랑이. 때문에 날랜 야생동물 대신 가축을 집적거리다가, 급기야는 손쉬운 사람 사냥을 통해 인육에 맛을 들인 호랑이. 그런데 한 가지 이상한 점이 있지 않나. 사냥에 함께 다니지 못

할 정도로 새끼들이 어리다면, 몸도 성치 못한 어미가 왜 이토록 먼 곳에 새끼들을 감춰두는 것일까? 여기엔 분명 까닭이 있을 터. 제 뒤를 쫓는 누군가를 떨쳐버리려는 전략이라면, 놈은 우리의 존재를 이미 알고 있다는 것이 아닐까? 그렇다면 끊겼다가 다시 이어지곤 하는 이 선명한 발자국들도 노회한 어미 호랑이의 계략일 수 있는 것. 나타났다가 사라지고 사라졌다가는 다시 나타나는 이 발자국들. 그런데, 보라. 언제부턴가 그 간격이 점점 길어지고 있지 않은가. 그러다 마침내는…….

순간 안드로비치는 뒤통수를 한 대 맞은 듯 망연한 표정으로 걸음을 멈췄다.

"속았어!"

안드로비치가 번쩍 몸을 일으키고는 사방을 돌아보며 알아들을 수 없는 러시아말로 소리쳤다.

"속았어!"

다시 한 번 그가 탄식하듯이 소리쳤다.

그러했다. 이정표처럼 수월하게 길을 안내하던 발자국은 산등성이가 시작되는 지점에서 흔적도 없이 사라지고 말았다. 게다가 이곳까지 추적자들을 이끌어준 핏자국이 보이지 않게 된 것도 오래전의 일이었다. 호랑이는 자신의 분명한 자취를 미끼로 추적대를 따돌려버린 것이었다.

안드로비치는 모멸당한 표정으로 입술을 깨물며 어두워져 오는 숲을 휘돌아보았다.

*

핏자국이 끊겼을 때 훈은 그 피 웅덩이가 사고의 전환점이 되어야 한다고 생각했다. 호랑이는 소녀의 몸에 거추장스럽게 붙어 있던 옷가지들을 갈기갈기 물어뜯은 뒤 온몸의 피를 혀로 깨끗이 핥아내었고, 혈액이 몽땅 제거된 살덩어리만을 물고서 전혀 다른 방향으로 길을 잡아 떠났던 것이다. 본래 제가 가고자 했던 곳을 향하여.

놈이 남긴 발자국은 한낱 계교에 지나지 않았다. 덩치 큰 러시아인은 암호랑이의 교활함에 혀를 내둘렀지만, 훈의 생각은 달랐다. 그 정도의 영악함은 너구리나 여우도 구사할 수 있는 기술이었다. 훈은 겨울 숲속에서 담비나 토끼가 창안해내는 신종 전술에 탄복을 금치 못한 적이 한두 번이 아니었다. 새들은 또 어떠한가. 들꿩이나 어치, 그보다 작은 새들인 박새나 상모솔새가 보여주는 생존의 지혜는 상상을 초월하는 것이다. 사람들은 이처럼 작은 짐승들이 가진 지혜에는 주목하지 않다가 고양잇과의 큰 짐승들에게 속아 넘어갈 때면 호들갑스럽게 찬탄을 하는데, 그건 아마도 그 게임의 판돈에 승패를 넘어선 보다 큰 문제, 즉 생사가 걸려 있기 때문일 것이다.

이 한 가지 실수를 빼면, 러시아인의 추적 방법에서 흠잡을 곳은 없어 보였다. 박 포수도 그 점을 인정했다.

"그 노스케는 암호랑이의 흔적에서 모든 걸 읽어내었어. 길에서 마주치면 이웃사람처럼 알아볼 수 있을 정도로. 짐승을 추적하며 그 짐승이 된다는 건 놀라운 일이지."

그러면서도 한 가지 문제점을 지적했다.

"하지만 자기 안의 짐승을 타이르지 못한다면 그도 다 헛일이야."

추적대는 어둠이 내린 산 속을 소리 죽여 빠져나왔다.

다 잡은 호랑이를 놓쳤다는 안타까움에 머리끝까지 화가 치민(그렇다고 대놓고 화를 터뜨릴 수도 없는) 타자부로는 산 속에서 비박을 하고 날이 밝는 대로 추적을 계속하자는 의견이었다. 그러나 박 포수가 두 가지 이유를 들어 타자부로를 설득했다. 첫째, 밤의 제왕인 호랑이가 어디에 있는지도 모르는 상황에서 초행인 산 속에서의 노숙은 위험하다는 것. 둘째, 후각만으로도 인간의 존재를 꿰뚫어보는 영물에게 우리의 체류는 위험 신호가 될 것이며, 그로 말미암아 놈을 더 먼 곳으로 내쫓는 결과를 초래할 것이라는 것. 그밖에도, 산 속에서의 밤은 길고 추운데 불도 피우지 못하고 밤을 나야 한다는 점 등이 타자부로의 고집을 누그러뜨렸다.

이튿날 추적대는 날이 밝기 전에 길을 떠났다. 떠나기 전에 타자부로는 안드로비치에게 엽총 한 자루를 건네주었다. 구식 마르티니 헨리 라이플총이었다. 안드로비치의 얼굴이 환해졌다. 그 총은 그가 일본군에게 체포될 때 압수된 것으로서, 그가 젊었을 때 어렵사리 구한 첫 총이자, 이십 년 가까이 숲속 생활을 함께해온 도반이었다.

"아리가도……."

러시아인이 서툰 일본말을 주절거렸다.

추적대는 일단 어제의 피 웅덩이까지 가서, 암호랑이의 발자국에 현혹되어 놈의 행방을 잃어버렸던 곳 주변을 집중적으로 탐색했다. 놈이 산등성이를 타고 오르는 대신 골짜기를 따라 내려가는 가장 수월한 길을 택했다는 결론에 다다르는 데에는 오랜 시간이 걸리지 않았다. 일행은 그곳에 쪼그리고 앉아 주먹밥으로 간단하게 요기를 했다.

하얗게 서리가 내린 숲은 고요했다. 미묘하게 온도가 바뀌며, 밤새 옹송크렸던 낙엽들이 기지개를 켜는 기척이 들릴 정도였다. 서리가 녹으면서 낙엽들이 촉촉해지자 추적대의 발소리도 숲의 정적 속에 차분하게 젖어들었다. 공기는 차고 신선했고, 숲 위로 비껴가던 햇살이 키 큰 나무들 사이로 들이치자 뽀얗게 안개가 피어올랐다. 안개 속엔 코끝을 아릿하게 하고 목젖을 깔끄럽게 하는 침엽수의 향기가 흠뻑 배어 있었다.

훈은 밤사이 가라앉았던 공기가 서서히 부상하며 대기의 수평적 움직임이 거의 없는 이 시각이 호랑이를 추적하기에 가장 좋은 시간이라는 것을 할아버지에게서 배워 잘 알고 있었다. 놈이 비록 이 근방에 있다 할지라도 후각만으로는 결코 인간의 존재를 알아차리지 못하리라는 것을.

추적대는 그렇게 세 시간 가까이 나아갔다.

한낮이 가까워질 무렵이었다.

선두에 서서 숨죽여 흔적을 더듬던 안드로비치가 오른손을 뒤로 뻗어 일행을 제지했다. 잠시 후 그가 손등을 위로 하고 아래위로 손짓을 했다. 멈추어 섰던 사람들이 일제히 몸을 숙였다. 안드로비치가 고갯짓을 하자 타자부로가 그의 곁으로 갔다. 두 사람은 둔덕진 경사면에

납작하게 엎드린 채 머리만을 내밀고서 그 너머를 건너다보았다.

둔덕 너머에는 개울이 하나 흐르고 있었다. 갯버들이 우거진 개울 건너편엔 듬성듬성 자작나무가 서 있는 초지가 펼쳐졌고, 그 뒤는 울울창창한 이깔나무 숲이었다. 그곳에서 타자부로는 보았다. 개울 건너편 초지 위로 태양과 단풍 든 숲의 수액으로 버무려놓은 것 같은 짐승 하나가 달려 나오는 것을.

타자부로는 하마터면 소리를 지를 뻔하였다. 그는 엉겁결에 한 손으로 입을 막고 이렇게 중얼거렸다.

"아니, 저건 호, 호…… 호랑이가 아닌가!"

그러했다. 그것은 생후 삼 개월쯤 된 새끼 호랑이였다.

호랑이는 겅중겅중 뛰어 실개울 쪽으로 내려오다가 무엇엔가 걸린 듯 대그르르 뒹굴었다. 그러자 갯버들에 가려 보이지 않던 덤불 속에서 또 한 마리의 호랑이가 펄쩍 뛰어오르며 놈을 덮쳤다.

새끼는 두 마리였다.

잘 생기고 살이 토실토실하게 찐, 검은 줄무늬가 아직 선명하진 않지만 반짝이는 황갈색 털이 부얼부얼한 두 마리의 어린 호랑이!

놈들은 마치 곰처럼 뒤엉켜 뒹굴다가 무엇에 되게 쏘인 듯 화들짝 뛰어올랐고, 믿을 수 없을 정도로 유연한 몸짓으로 역동작을 취하며 앞발로 서로를 공격했다. 뿐만 아니었다. 녀석들은 자신들의 놀이에 완전히 빠진 채 한 동작과 한 동작 사이에 추임새를 넣듯이 으르렁거렸고, 이빨을 드러낸 입을 쩍 벌려 맞댈 때면 포효에 가까운 소리를 내지르기까지 하였다.

안드로비치와 타자부로 곁으로 한민석과 부관을 비롯하여 박 포수와 훈이 다가가 나란히 둔덕에 턱을 괴고서 그 광경을 지켜보았다. 추적대의 얼굴에 함박꽃 같은 미소가 번졌다.

두 마리의 호랑이는 한참을 그렇게 뛰놀다가 개울로 내려와 물을 마셨다. 그러고는 좀 심심했는지 서로 떨어져 여기저기 코를 대고 기웃거리다가, 문득 한 장소에 모여 무엇인가를 먹기 시작했다.

"어제 물어간 소녀의 시체요."

타자부로가 쌍안경을 들어 놈들을 주시하더니 낮은 목소리로 중얼거렸다. 정신이 번쩍 드는 한 마디였다. 갑자기 서늘한 기운이 일행을 엄습했다. 이토록 아름답고 목가적인 풍경이 식인의 현장이라니…….
훈은 갑자기 어제 느꼈던 현기증이 더치는 기분이었다.

호랑이들은 입에 물기엔 커 보이는 기다란 뼈 하나를 가지고 서로 빼앗거니 하며 놀다가, 얼마 후 그 자리에 푹 꼬꾸라지더니 누가 먼저랄 것도 없이 잠이 들었다.

그러나 어미 호랑이는 나타나지 않았다.

빛으로 환하던 자작나무들이 그늘에 묻혔다. 새끼 호랑이 한 마리가 잠에서 깨어 낮은 소리로 칭얼거렸다. 나머지 한 마리도 깨어 고개를 쳐들며 먼 곳을 향해 울었다.

암호랑이는 그림자도 얼비치지 않았다.

한낮의 햇살 속에서 어린 호랑이의 털빛처럼 호박(琥珀) 빛을 띠었던 이깔나무 숲이 갑자기 바늘잎들을 떨어내기 시작했다. 싸락눈 내리는 듯한 소리가 숲을 가득 채웠다. 휘발되듯 온기가 뜨고 그 자리로 대리석 같은 냉기가 파고들었다.

더 이상 기다리고 있을 수만은 없었다. 이제는 움직여야 할 때였다. 긴장이 팽배한 대치상황에서는 가장 나쁜 패를 쥔 자가 취할 수 있는 묘수를 선택해야만 했다.

안드로비치는, 지금껏 몇 시간 동안 기다리면서 입에 담지 못했던 최악의 상황을 가정이 아니라 현실로 받아들이자고 말했다. 즉, 저 교활한 암호랑이가, 우리가 그토록 신중을 기했음에도 불구하고 우리의 동태를 훤히 꿰고 있고, 지금은 이곳 어디에선가 우리를 지켜보고 있으리라는 것.

"물론 우리의 배후일 수도 있죠. 하지만 자신의 안전보다 새끼들의 안전이 우선이므로 놈은 새끼들과 우리를 동시에 관찰할 수 있는 지점에 있을 것이오."

포인트가 될 만한 지점은 오직 한 군데였다. 개울 건너 새끼들이 머물고 있는 초지 뒤는 이깔나무가 빽빽하게 솟은 산비탈이었다. 그곳에는 전체를 조망할 수 있는 마땅한 장소가 없었다. 그러나 시선을 서쪽으로 옮겨 백여 미터 떨어진 곳을 보면 바위가 하나 있었다. 해를 등지고 우뚝 솟은 산등성이 위의 바위. 들쭉날쭉하게 홈이 패고 너설이 겹친 저곳 어딘가에 놈이 매복하고 있을지 몰랐다.

"물론 이건 가정일 뿐이오."

안드로비치는 모두의 동의를 구했다. 달리 방법이 없었다.

추적대는 두 팀으로 나뉘었다. 일진은 암호랑이의 시선을 끌며 동쪽으로 크게 포물선을 그리면서 개울을 건너 새끼들이 있는 곳으로 갔다. 이진은 일진이 충분히 놈의 관심을 끌었다고 생각될 즈음 반대쪽, 즉 서쪽으로 움직여, 암호랑이가 있을 것으로 추정되는 바위 뒤 능선을 향해 갔다. 일진에는 박 포수와 부관과 훈이 속했고, 이진에는 안드로비치와 타자부로와 한민석이 속했다.

일진은 되도록 새끼 호랑이들을 노리는 것처럼 행동할 것이다. 그렇지만 매복 중인 어미를 자극하지 않도록 적당한 거리를 유지해야 한다. 이진은 일단 암호랑이의 시야에서 벗어났다고 판단되는 순간, 빠른 동작으로 움직여 바위 뒤쪽 능선에 올라설 것이다. 그때까지의 소요시간은 한 시간 반. 만약 그 시간이 지났는데도 별다른 신호가 없으면, 일진은 암호랑이가 바위에 없는 것으로 판단하고 좀 더 가까이 새끼들에게로 접근해야 하며, 동시에 어디에 있을지 모를 암호랑이의 기습에 대비해야 한다.

*

안드로비치는 몸을 숙이고 나아가면서, 뒤따라오는 타자부로와 한민석의 엽총이 여간 신경에 거슬리는 것이 아니었다. 두 사람은 어깨에 총을 메고 있었는데, 만약 그들이 넘어지거나 하면 안전장치가 풀린 총이 어느 방향을 향해 격발될지 모를 일이기 때문이었다. 굳이 그들과 거리를 두고자 함은 아니었지만, 안드로비치는 왼손으로 엽총의 총신을 꽉 움켜쥐고 거의 포복하는 듯한 자세로 재빨리 숲을 헤치고 나아갔다.

한편, 박 포수 일행은 시간의 여유가 많았으므로 좀 느긋하게, 주변의 움직임을 주시하면서 개울을 건너 새끼 호랑이들로부터 오십 미터쯤 떨어진 곳까지 다가갔다. 그곳엔 거의 죽은 듯이 보이는 굴피나무 한 그루가 서 있었는데, 밑동에서 허리까지 수피만 남은 고목은 그 안에 사람이 하나쯤 비집고 들어갈 만한 공간을 가지고 있었다. 부관이 연신 시계를 보았다. 한 시간 반이 아주 더디게 흘렀다.

그러나 안드로비치 일행은 숨 돌릴 겨를도 없이 넌출진 숲을 헤치고 나아가야 했다. 바위가 보이는 능선 아래 도착했을 땐 단 몇 분이 남았을 뿐이었다. 안드로비치는 일단 두 사람을 아래에 머물게 한 다음 혼자 능선으로 올라갔다. 그의 걸음은 조심스러웠다. 자칫 돌멩이 하나라도 구르는 날엔 모든 게 무산될 터였다. 뿐이겠는가. 모성본능으로 무장된 식인 호랑이를 자극하는 순간 목숨이 위태로울 수도 있었다.

바위 그림자가 점점 더 길어졌다. 역광 속에서 그 가장자리가 후광을 뒤집어쓴 듯 빛나는 바위를 눈여겨보던 훈은, 빛으로 진동하는 주위의 사물들과는 달리 어둑한 그늘에 잠긴 바위의 정면으로 시선을 옮기다가, 환한 빛에 물든 산마루와 겹친 바위 꼭대기의 한 부분에서 은빛으로 번져 나오는 희미한 광채 같은 것을 발견했다.

눈이 부셨기에 훈은 잠시 시선을 거두었다가 다시 그 지점에 초점을 맞추었다. 바위의 다른 부분과는 달리 여전히 그곳에서는 어떤 배광 같은 것이 퍼져 나오고 있었다. 봄날의 아지랑이 같기도 하고, 가을 언덕에 포슬포슬 솜털을 풀고 나부끼는 띠풀의 춤사위 같기도 한 그것. 막연하고 몽롱한 그 빛에 시야가 아득해질 무렵, 문득 그 보풀의 덩어리 같은 것이 감쪽같이 자취를 감추었다. 별안간 머릿속에서 섬광이

번득였다.

"놈이 움직였어!"

박 포수가 말했다.

박 포수는, 어느새 새끼 호랑이들이 있는 초지까지 드리워진 바위 그림자의 끝동에서 순간적인, 아주 미묘한 움직임을 포착했던 것이었다.

잠시 후, 은빛 배광으로 일렁이던 바위 꼭두머리로 누군가가 올라섰다. 그는 재빨리 몸을 웅크리더니 아래를 내려다보았다.

훈과 박 포수는 거의 동시에 암호랑이의 움직임을 알아차렸지만, 그것은 찰나에 지나지 않았다. 빛을 등지고 그늘 속으로 몸을 감춘 놈의 모습은 더 이상 어디에서도 찾아볼 수 없었다.

"놈이 내려갔어."

뒤따라 올라온 타자부로를 향해 안드로비치가 말했다.

"아래에 있는 사람들이 위험할 텐데."

"놈이 우리를 보았소?"

타자부로가 물었다.

"아니오."

"그렇다면 기회는 우리에게 있어. 저들이 새끼들에게 접근하면 어미 또한 그 곁으로 갈 거야. 그때 놈은 우리의 사정거리 안에 들어오게 되지."

타자부로는 망원경이 부착된 자신의 라이플총을 자랑스럽게 들어보였다.

한편, 박 포수는 빛과 그림자가 선연하게 나뉘는 장소에서는 시야 확보가 어려우므로, 새끼들이 있는 바위 그림자 속으로 좀 더 깊이 들어가고자 했다. 그러면서 훈에게 말했다.

"우리는 저 녀석들에게로 천천히 다가갈 거야. 자넨 굴피나무 둥치에 숨어 있도록 해. 만약의 경우 우리를 엄호할 수 있는 건 자네뿐이라는 사실을 잊지 말고."

훈은 화약과 탄약이 재워진 화승총을 들고 굴피나무 둥치 안에 숨어 조끼주머니에 든 당황(唐黃)을 다시 확인했다. 그러면서 그는 자신이 떨고 있음을 깨달았다. 훈은 반쯤 썩은 나무의 속살에 등을 대고 그 안에서 풍기는 버섯과 곰팡이 냄새를 맡으며 심호흡을 했다. 훈은 할아버지를 떠올렸다. 그리고 어린 시절에 할아버지가 귀에 못이 박이도록 되풀이했던 가르침을 되새겨보았다.

'산 것들의 더운 피와, 그 피돌기에 불을 때는 날숨과 들숨의 풀무질은 공기의 결을 바꿔놓고, 바뀐 공기는 공기의 흐름은 물론이고 물의 흐름에까지 작용한다. 공기의 흐름이 바뀌는 지점, 물소리가 바뀌는 지점을 짚어야 한다…….'

그러나 훈은 한 번도 그 가르침을 몸소 경험해본 적이 없었다. 입으로는 노상 외고 있었지만, 그가 사냥을 할 때 할아버지의 가르침은 도움이 되지 않았다. 그는 눈으로 보고 귀로 듣고 몸으로 반응했다. 그리고 실패한 적이 없었다. 훈은 늘 혼자 사냥을 했다. 참고 기다리고 견디는 데에는 이골이 났다. 혼자서 참고 기다리고 견디는 힘에서 그를 능가하는 동물은 없었다. 훈은 호랑이와 곰을 제외한 모든 동물을 잡아보았다. 호랑이와 곰은 그의 사냥 대상이 아니었는데, 그건 할아버지가 특별히 금기시했기 때문이었다.

훈은 다시 한 번 할아버지의 가르침을 되새기며 총을 불끈 쥐고서 주위를 살폈다.

이제 빛은 높은 하늘에 메아리처럼 남았을 뿐, 숲 전체가 산 그림자에 묻혔다. 바야흐로 맹수의 시간, 야행의 시간이 다가오고 있었다. 그 점을 잘 아는 박 포수는 조금 무모할 정도로 새끼 호랑이들 곁으로 바짝 다가갔다. 쉰 목소리로 짧게 울음을 뱉던 호랑이들은 이제 작은 물바가지 크기의 두개골을 장난감 삼아 공차기 놀이를 하고 있었다.

순간 바위봉우리 위에 매복한 사내들의 실루엣이 돌올해졌다. 훈은 옷깃 하나 내비치지 않도록 조심하며, 언제 어미 호랑이가 튀어나올지 모를 이깔나무 숲을 주의 깊게 살폈다.

갑자기 날카로운 울음소리를 내며 어치 두 마리가 날아올랐다. 정적은 순식간에 깨어졌다. 훈은 앉은걸음으로 굴피나무 밖으로 한 발짝을 내디뎠다. 당황 한 개비를 꺼내 든 그는 화승총에 이제라도 곧 불을 붙일 태세였다. 바로 그때였다. 한 발의 총성이 울렸다. 훈은 어깻죽지를 때리는 격렬한 힘에 앉은 채로 팽그르르 돌면서 쓰러졌다. 그러면서 보았다. 호랑이 한 마리가 굴피나무를 스치듯이 지나쳐 박 포수를 향해 달려가는 것을. 훈은 재빨리 몸을 일으켜 총을 거머쥐었다. 그는 당황을 나무껍질에 그어 화승에 불을 붙였다. 다시 한 발의 총성이 숲을 흔들었다.

첫눈

10월 17일, 비가 내렸다. 뇌우를 몰고 오는 돌풍 속에서 비는 우박이 되었다. 콩알만 한 얼음 알갱이들이 호되게 가을 산을 때렸다. 하늘에서 떨어진 얼음조각들은 먼지로 뭉쳐진 듯 탁했다. 우박은 진눈깨비로 바뀌었다. 밤이 되자 눈이 내렸다. 바람이 멎었다.

호랑이의 울음소리가 그친 것은 그날 밤이었다.

호랑이는 사흘 동안 밤을 새워 울었다. 밤이 들며 시작된 포효는 밤이 물러날 때까지 계속되었다.

어둠에 이빨이 있어 하늘을 물어뜯고, 어둠에 발톱이 있어 산천초목을 할퀴고 쥐뜯어대고, 또한 제 분노의 도끼로 스스로 두개골을 장작 패듯 쪼개는 소리.

수컷 호랑이는 그렇게 울었다.

두 마리의 새끼 호랑이도 밤을 새워 울었다. 새끼 호랑이들은 톱날을 켜듯이 울었다. 울음은 밭았고 높지 않았다. 창자가 딸려 나오는 소리였으나, 끌어내는 힘이 달린 울음은 목울대에서 멍울이 되었고, 산화되는 쇠의 음조를 띠었다. 이틀째 되자 멍울이 터졌고, 피는 더껑이가 되었다. 새끼들은 소리를 뱉지 못했다. 무언가를 게워내려 하나 도무지 빠져나오지 않는 진통에 밤새 꺽꺽거리기만 했다.

소리가 되지 못하는 소리의 현이 뚝 끊긴 것은 사흘째 되는 밤이었다. 제 안에서 사산된 어떤 생명체를 토하듯 목을 길게 잡아 뽑으며 헛구역질을 하던 놈들 중 하나가 돌연 미동도 않고 침묵을 지키더니, 뱃속 깊은 곳으로부터 웅숭깊은 소리를 토해내기 시작했다.

새끼 호랑이들은 크게, 천천히, 높게 울었다. 그러자 수호랑이의 포효가 그쳤다. 바로 그날, 아침부터 촉촉하게 뿌리던 비는 우박이 되었고, 강한 돌풍과 함께 벼락이 내리꽂히면서 온 산이 몸태질을 했다. 밤이 되자 비는 눈이 되었다.

눈은 소리 없이 내렸다. 바람 한 점 일지 않았다. 빙점의 아래와 위에서 사각거리는 대기의 속삭임이 귀에 쟁연했다. 첫눈치곤 흐벅지게, 아주 탐스럽게 내린 눈은 서설이라는 말에 걸맞은 것이었다. 말라 붚대던 땅의 먼지들을 눌러 재우고, 뼈째 풍화되는 초목들을 어루만지며, 눈은 모처럼 찾아온 이 평화가 강설의 두께로 오래 고즈넉하기를 바라는 듯이 보였다.

그날 호랑이는 포효를 멈추었고, 산들은 깊은 침묵에 잠겼다. 은세계의 온화한 빛 속에서 마을은 깊디깊은 잠 속으로 빠져들었다. 눈이 그치고 사흘 동안 호랑이의 울음소리는 들리지 않았다. 밤이면 이 산 저 산 미친 듯이 배회하며 마을을 공포의 구렁텅이로 몰아넣던 호랑이가 사라져버린 것이었다. 수호랑이의 울음소리가 그치자 새끼 호랑이들도 더는 울지 않았다.

일순 평화가 찾아온 것 같던 마을이 다시 혼란에 빠진 것은, 암호랑이를 사살하고 새끼 두 마리를 마을로 데려온 지 일주일이 되던 날이었다. 달콤하기 그지없는 위안 속에 모든 것이 일상의 자리로 돌아가려는 즈음, 이른 아침에 새끼 호랑이들에게 먹이를 주러 우리의 문을 열고 들어간 병사는 갈기갈기 찢겨 형체를 알아볼 수 없는 핏덩어리 몇 조각을 발견했다.

먹을 수 없는 털가죽과 꼬리, 이빨이나 발톱 따위의 허섭스레기를 빼고는 새끼 호랑이의 신체에서 온전하게 남아 있는 것은 없었다. 두개골은 바스러져 뇌수가 낭자했고, 골수까지 빼먹은 뼛조각들은 유리의 파편처럼 잘게 쪼개져 여기저기 널브러져 있었다. 우리 안에는 침입자가 누구인지 말해주는 분명한 발자국이 도발적으로 찍혀 있었다. 그 크기와 깊이는 보는 이를 압도했다.

두 시간씩 4교대로 우리를 지켰던 경계병들은 아무런 소리도 듣지 못했다고 말했다. 사람의 키를 훌쩍 넘는 높이로 나무울타리를 세우고 사립문을 단 우리에는 무엇 하나 손을 댄 흔적이 없었다. 수호랑이는 그림자처럼 나타나 울타리를 뛰어넘어 새끼 두 마리를 먹어치운 뒤, 올 때와 똑같은 방법으로 사라져버린 것이었다. 마을로 드는 길목과 산자락 곳곳에 설치해둔 창애와 덫, 함정, 올가미 따위는 아무 소용이 없었다.

어린 호랑이를 볼모 삼아 수호랑이까지 잡고야 말겠다고 큰소리쳤던 타자부로는 화가 머리끝까지 솟구쳤다. 태어난 지 삼 개월 가량 된 암수 한 쌍의 호랑이들을 보며 그가 품었던 기대는 말로 다할 수 없는 것이었다. 한반도의 호랑이를 멸족시키겠다는 일념으로 사재를 털어

제국의 변방까지 달려온 그의 충정에 그보다 더 합당한 보상이 있겠는가. 더군다나 그가 그 찬란한 전리품을 배에 싣고 조국으로 향할 때, 그에게 쏟아질 관심과 찬사를 생각해보라(그는 그 호랑이들을 요시히토 천황에게 진상할 것이고, 현재 조영 중인 메이지 신궁에 특별 전시관을 마련해 일반인에게 공개할 계획을 갖고 있었다). 대단한 허영심은 아니라 할지라도, 그에 대한 상상은 그 자체만으로도 자부심을 충족시키기에 부족함이 없었다.

그런데 이 모든 것이 물거품이 되고 만 것이다!

암컷을 잃고 새끼들마저 빼앗긴 수호랑이는 제 피붙이들을 잔인하게 먹어치움으로써 누구도 꿈꿀 수 없는 복수를 가장 경악스러운 방법으로 해치웠는데, 과연 그것이 복수인지 광분을 못 이긴 자해인지는 누구도 단정할 수 없었다.

안드로비치는 자신의 불찰을 뼈저리게 뉘우쳤다.

타자부로가 두 마리의 새끼를 마을로 가져가고자 했을 때, 안드로비치는 수컷 호랑이의 복수를 분명하게 경고했었다. 호랑이의 사회에서 새끼들의 양육이 전적으로 암컷의 몫이긴 하나, 수컷이 제 혈육에게 닥친 참극을 모른 체하거나 외면할 리 없었다. 더욱이 이 일대에서 일어난 호환이 한 마리의 소행이 아닌 것으로 판단되는 상황에서, 지금껏 알려진 사실과는 달리 어떤 예외적인 현상을 가정에 두어야만 했다. 이를테면, 병든 암컷의 양육을 수컷이 돕고 있었을지도 모른다는 가정.

"그렇다면 이놈들을 그냥 두고 가자는 것이오?"

타자부로가 가당찮다는 표정으로 물었다. 안드로비치는 즉각 대답을 하지 못했다.

"이보시오. 이놈들은 식인 호랑이의 자식이오. 이유식으로 인육을 먹고 뼈가 굵은 놈들이란 말이오. 또, 누가 알겠소? 인육으로 배를 채운 어미의 젖으로 젖배를 채웠을지. 그러니 딴말 마시오. 이놈들이 선택할 수 있는 삶은 딱 두 가지뿐이오. 식인 호랑이로 쫓겨 다니다 사냥꾼의 총에 개죽음을 당하든지, 아니면 편안한 동물원에서 사람이 기른 가축의 고기를 배불리 먹으며 장수를 누리는 것!"

어쩌면 타자부로의 말이 옳은지도 몰랐다. 안드로비치는 자신이 없었다. 문제는 수컷의 존재였다.

암호랑이를 사냥한 결과는 만족스러웠다. 사건이 일어나 종결을 짓기까지 모든 과정이 군더더기 없이 효율적이었으며, 운도 따랐다. 추적대의 단합도 높이 사줄 만했다. 훈이라는 조선 청년의 사격술은 놀라웠다. 훈은 박 포수를 덮치려는 호랑이의 머리를 정확하게 꿰뚫어 단 한 발에 절명케 했다. 망원렌즈를 단 타자부로의 라이플총이 호랑이를 비껴 매복 중이던 그의 어깨를 꿰뚫었음에도 불구하고, 훈은 침착하게 자신의 임무를 완수했던 것이다.

호랑이를 둘러메고 사람들의 환호를 받으며 마을로 돌아올 때의 기쁨은 컸다. 식인 호랑이가 잡혔다는 소식이 전해지자 마을은 축제 분위기가 되었다. 꽉 닫혔던 집들의 문이 열렸고, 두려움에 움츠려 있던 사람들의 얼굴에 웃음꽃이 피어났다. 한 아이는 방 안에 꼭꼭 감춰두었던 강아지 한 마리를 안고 나왔다. 마을에 남은 유일한 개였다. 그것을 본 타자부로는 자신의 사냥개 중 한 쌍을 마을에 기증하기로 약속했다.

추적대는 암호랑이의 가죽을 벗겨 길게 펼쳐 들고서 마을사람들과 함께 기념 촬영을 했다. 타자부로는 병사들을 시켜 가까운 읍내에서 돼지 다섯 마리와 술을 사오게 했다. 그동안 발을 끊고 살았던 인근 마을 주민들도 초대되었다. 밤새 화톳불이 타올랐고, 술과 음식이 넘쳤으며, 풍악이 울려 퍼졌다. 타자부로는 풍산과 갑산 일대의 영웅이 되었다.

지금껏 사냥을 해오면서 그날만큼 보람을 느꼈던 적이 있었을까 싶을 정도로 안드로비치의 기쁨 역시 컸다. 하지만 그는 자신의 기쁨이 크면 클수록 더 큰 무게로 지지누르는 시름을 떨쳐버릴 수 없었다. 때문에 그는 사냥에서 돌아온 즉시, 함경도 일대에서 사용되는 수렵도구들을 총동원해 놈이 나타날 만한 길목에 덫을 놓았다. 하지만 그 모든 것이 무용했다. 놈은 그가 생각했던 것보다 영리했다. 그리고 포악했다. 놈은 무모할 정도로 공격적이었다. 놈의 단호함과 비정함은 상상을 초월하는 것이었다. 안드로비치는 혀를 내두르지 않을 수 없었다.

그러나, 그 모든 변수에도 불구하고, 그가 진정한 호랑이 추적자이고 동물의 행동을 이해하고 연구하는 사람이라면, 상상할 수 있는 온갖 가능성을 향해 마음을 열고 있었어야만 했다. 그가 자신의 불찰을 거듭 곱새기게 되는 것은 이러한 이유에서였다.

개과 동물이 공포의 표정을 지으며 공격성을 띨 때, 고양잇과 동물은 증오의 표정을 짓는다. 때때로 그것은 상대방에 대한 능멸처럼 보인다. 실제로, 궁지에 몰린 표범이나 스라소니는 살짝 얼굴을 외틀며 윗입술을 감아올리는데, 그때의 표정은 거의 비웃음처럼 보인다. 사냥꾼이나 추적자가 가장 조심해야 하는 것은 바로 그 순간이다. 평상심으로 돌아간 듯 다소 권태로운 표정으로 지그시 눈을 감으며 미소를 짓는 순간, 고양잇과 동물들은 분노에서 한 걸음 건너뛰어 증오의 단계로 넘어간다. 그때 우리 인간들로서는 그들이 취할 다음 행동을 상상할 수가 없다. 분노한 호랑이와는 싸워 이길 수 있으나, 분노에서 증오로 넘어간 호랑이를 인간이 이길 수 있는 확률이 희박한 것은 이 때문이다.

안드로비치는 숙고에 숙고를 거듭하며 자성의 시간을 가졌지만, 그의 실수는 그 후로도 계속되었다.

*

제 새끼를, 그것도 두 마리씩이나 한꺼번에 먹어치우고 걸어간 호랑이의 발자국은 더디고 무거웠다. 놈은 자주 멈춰 서서 몸을 돌려, 갈까 말까 망설이는 듯한 자세로 멈칫거리다가 다시 나아가곤 했다. 그럴 때의 발자국에는 바윗덩어리 같은 무게가 고스란히 담겨 있었다. 발자국과 발자국 사이에 꼬리가 끌린 흔적도 간간이 눈에 띄었다.

안개가 자욱한 아침이었다. 호랑이는 서리를 밟으며 천천히 걸어갔고, 서리는 아직 녹지 않고 바삭바삭하게 얼어 있었다. 더욱이 호랑이는 숲속을 헤쳐가거나 하지 않고 사람이 다니는 길을 따라 버젓이 걷고 있었다. 보폭은 크지 않았고, 힘이 없었으며, 일정하지 않았다. 이 정도의 속도라면 두어 시간 내로 따라잡을 수 있을 것 같았다. 네 사람은 의기투합하여 놈의 발자국을 쫓기 시작했다.

오늘의 추적대는 안드로비치와 박 포수, 통역관 한민석과 부관으로만 이루어졌다. 훈과 타자부로는 마을에 남았다. 훈은 어깨의 총상을 치료해야 했고, 타자부로는 전날 마신 술이 덜 깬 상태였다. 게다가 오늘처럼 속도전이 필요할 때 환갑에 가까운 타자부로의 나이는 적지 않은 부담이 되었다. 추적대는 수호랑이가 이 지역을 벗어나기 전에 사살해야만 했다. 네 사람은 몸을 낮추고 발소리를 죽이고서 거의 뛰듯이 나아갔다. 그렇게 두 시간가량 이동하던 추적대는 산등성이를 넘는 고갯길에서 이상한 흔적을 발견하고 걸음을 멈췄다.

언뜻 보아 그것은 곱게 저며 칼등으로 다져놓은 고깃덩어리 같았다. 간혹 터럭이나 불순물이 섞여 있긴 했으나, 선홍빛 고기는 부드러워 보였고 아직 온기가 남아 있었다. 좀 더 자세히 보기 위해 손으로 헤집던 안드로비치는 그 고깃덩어리가 다름 아닌 수호랑이가 먹어치운 새끼 호랑이들이라는 사실을 알았다. 덩어리째 삼킨 고기는 위산에 용해되어 흐물흐물해져 있었고, 반투명의 끈적끈적한 액체에 싸인 채 코를 찌르는 악취를 풍기고 있었다.

각기 덩어리가 다른 토사물들은 몇 발자국 건너 여러 곳에서 발견되었다. 마지막 장소에서는 혈흔이 비쳤는데, 그곳에서 안드로비치는 놈이 참을 수 없는 괴로움에 격렬하게 뒹굴다가 숲으로 뛰어든 흔적을 발견할 수 있었다.

그 흔적을 좇아 숲으로 들어간 추적대는, 길을 벗어난 언덕바지의 숲이 폭격이라도 당한 듯 쑥대밭이 되어 있는 것을 보았다. 나무들은 쓰러지거나 무참하게 꺾여 있었고, 아름드리나무들엔 거의 오 미터 높이에까지 발톱자국이 선명하게 찍혀 있었다. 어떤 나무들은 껍질이 발기발기 찢겨 있었는데, 코르크층이 완전히 제거된 굴참나무들도 눈에 띄었다. 입으로 물어뜯거나, 물어 당겨 뿌리를 뽑아버린 나무들도 있었다. 반경 십 미터의 숲이 이처럼 처절하게 망가진 것으로 보건대, 놈은 제 안의 지옥에서 온갖 악마들을 불러낸 뒤, 스스로 감당하기 힘든 분노와 광기를 이곳에다 모조리 쏟아낸 것 같았다.

달리 말이 필요 없었기에 박 포수는 물끄러미 주위를 둘러보며 담뱃대를 빨았다. 나머지 사람들도 잠시 바위 위에 걸터앉아 숨을 돌렸다.

제가 먹은 제 새끼들의 몸을 각혈하듯이 토해내고, 자기 안의 온갖 악마들을 불러내어 숲을 초토화한 수호랑이가 다음으로 할 수 있는 일은 무엇일까……. 안드로비치는 자문했다. 기다렸다는 듯 답이 나왔다.

'죽은 자들과, 그리고 악마들과 함께 걷는 일. 그렇다면…….'

안드로비치는 다시 호랑이의 발자국을 더듬어보았다. 광란의 춤에 의해 무질서하게 찍힌 발자국들 속에서 갈래를 잡는 일은 쉽지 않았다. 네 사람이 흩어져 한참을 뒤진 뒤에야 간신히 놈이 나아간 종적을 찾을 수 있었다.

이제 호랑이는 더 이상 사람의 길을 따라 걷지 않았다. 그의 발자국은 안개가 완전히 걷힌 숲속으로 스며들었고, 산중턱을 에돌며 둥글게

호를 그렸다. 보폭은 컸고, 가벼우면서도 힘이 실려 있었다. 놈은 가야 할 장소를 분명히 알고 있는 자의 걸음으로 숲을 헤치며 나아갔다.

짧은 해가 뉘엿뉘엿 저물기 시작할 무렵, 자기들이 떠나온 마을이 빤히 내려다보이는 산봉우리 위에 올라선 안드로비치 일행은 이미 한두 시간 전에 그곳에 머물다 간 호랑이의 흔적을 발견했다.

놈은 꽤 오랜 시간 그곳에 머문 듯이 보였다. 앞다리를 세운 채 먼 곳을 보거나 우두커니 서서 주위를 서성거린 흔적이 곳곳에 남아 있었다. 땅바닥에 쓸린 꼬리의 흔적도 보였다. 놈이 등을 곧추세운 채 그 긴 꼬리로 자신의 등과 배를 번갈아 후려치며 산이 울릴 정도의 분노를 속으로 밀어 넣었음을 짐작케 하는 흔적이었다. 안드로비치는 그 모든 모습을 눈으로 선명하게 보는 것만 같았다.

안드로비치는 슬픔과 두려움을 동시에 느꼈다.

끝없이 연좌한 산봉우리들 위로 붉게 퍼지는 노을을 보며, 이미 어스름에 잠긴 마을에서 군불을 지펴 밥 짓는 냄새를 맡으며, 또한 멀리서 울려 퍼지는 갈가마귀 울음소리와 발아래서 자분자분하게 올라오는 밥그릇 부딪는 소리를 들으며, 안드로비치는 사람이 사는 마을과 야생의 짐승이 사는 골짜기를 가리지 않고 빈틈없이 서려드는 이 육중한 어둠이 어떤 재앙의 징조처럼 여겨지는 것을 부정할 수 없었다.

가파른 경사면을 따라 곧바로 마을을 향해 간 호랑이의 자취를 쫓아 산을 내려가기 전에, 안드로비치는 열구름 사이로 보일 듯 말 듯 떠 있는 초승달을 눈여겨보았다.

복수

수호랑이가 물어간 사람의 시체에는 물어서 죽인 자리만 있을 뿐, 뜯어먹은 흔적은 없었다. 암호랑이는 뜯어먹어 뼈만 남겼지만, 수놈은 물어 숨통을 끊은 뒤엔 입도 대지 않았다. 암컷은 먹기 위해 물어가고, 물어간 뒤엔 반드시 먹었지만, 수컷은 죽이기 위해 덮쳤고, 죽음이 확인된 것은 물어가지 않았고, 물어간 뒤에 죽은 것은 입도 대지 않았다. 암놈은 피 칠갑이 된 누더기 옷과, 개들이나 부서뜨려 먹을 뼈와 인대 따위를 남겼지만, 수놈은 몸뚱이 전체를, 거의 언제나 머리부터 일격을 가하는 호랑이의 공격 성향에 의해 두개골이 바스러지거나 목이 너덜너덜하게 줴뜯긴 채 버려진, 때로는 2차 3차의 공격에 의해 늑골이 으스러지거나 허리에 커다란 구멍이 뚫린 몸뚱이를, 비록 걸레짝이 되었지만 그래도 누구인지 분명하게 알아볼 수 있는 그런 몸뚱이를 남겼다.

차이가 분명한 만큼 사실은 명료했다. 암컷은 먹기 위해 죽였고, 수컷은 죽이기 위해 죽였다. 암컷은 생존을 위해 죽였고, 수컷은 복수를 위해 죽였다.

생존 본능은 그 바닥에 생명의 가장 근원적인 사랑과 보전 욕구를 담고 있지만, 분노에 의해 표출된 복수에는 어떤 사랑이, 어떤 열정이 담겨 있는 것일까? 보전은커녕 회복될 수도 복원될 수도 없는 그 어떤 사랑에 대한 열망이, 아주 완전히 망가지고 재가 되어버린 것에 대한 그 어떤 환상이 놈을 이토록 거칠고 포학하고 맹렬하게 만드는 것일까?……

*

첫날, 놈은 마을 한가운데에 있는 느티나무 아래에서 보초를 서고 있던 병사 하나를 죽였다. 놈은 그 자리에서 병사의 죽음을 확인한 다음 마을을 빠져나가며, 마을 입구에서 경계를 서고 있던 병사 둘을 죽였다. 한 차례 총성이 울렸지만, 병사 하나는 그 자리에서 죽은 채로 발견되었고, 다른 한 명은 백여 미터쯤 끌려간 산길에서 시체로 발견되었다. 끌려간 병사는 탄띠와 군화가 벗겨졌고, 사력을 다해 맹수에게 저항했던 것으로 추정되었다. 산길에 뜨문뜨문 찍힌 호랑이 발자국 주위엔 몸부림친 병사의 흔적이 역력하게 남아 있었다. 팔뚝 하나가 나무토막처럼 끊긴 채 풀숲에 뒹굴고 있었는데, 피투성이가 된 손바닥과 손톱엔 맹수의 털이 한 움큼이나 엉겨 붙어 있었다. 더 이상 저항이 없는, 죽은 것이 확인된 병사를 호랑이는 길 한가운데에 던져놓았다.

둘째 날, 군인들은 바리케이드를 쳤다. 정호군 전체가 동원되었다. 군인들이 군견과 사냥개들을 거느리고 마을을 에워싸다시피 했다. 곳곳에 화톳불이 피워졌고, 마을사람들은 횃불을 들고 고샅길을 밝혔다. 어두워질수록 점점 커지는 계곡 물소리 속에서 온 마을이 불 그림자로

휘황하였다.

둘째 날의 피해는 첫날보다 컸다. 호랑이는 어둠이 물러갈 즈음에 나타났다. 사물과 사물의 그림자가 잘 구분되지 않는 시간이었다. 병사들은 지쳐 있었고, 어느 정도는 위험이 물러갔다는 안도감에 느슨해지기도 할 무렵이었다. 놈의 기다림은 집요했고, 그 집중된 기다림의 밀도를 두려움이 당해낼 수 없었다. 죽이고자 하는 자의 집념이 죽음에 대한 공포를 짓밟아버렸던 것이다. 병사들은 속수무책이었다.

호랑이는 스쳐 지나가는 그림자와 같았다. 어떤 자들은 울음소리를 들었다고 했고, 어떤 자들은 아무 소리도 듣지 못했다고 했다. 어떤 자들은 호랑이를 보았다고 했고, 어떤 자들은 호랑이를 보지 못했다고 했다. 희생자는 무려 다섯 명이나 되었다. 모두 총상에 의한 사망이었다. 호랑이의 이빨 자국이나 발톱 자국은 발견되지 않았다. 호랑이에게 물려간 사람도 없었다. 나중에 조사한 결과, 제 집 드나들 듯 마을을 헤집고 다닌 호랑이의 발자국이 어지럽게 흩어져 있었다. 분명 그놈이었다. 놈은 불과 불 사이에서 그림자를 흩뿌리며 질주했고, 빙글빙글 돌면서 환영(幻影)의 동심원들로 착시를 자아냈고, 병사들의 머리 위를 뛰어넘고 그들의 옆구리를 스치듯이 지나가며, 어둠과 불이 서로 더 큰 아가리를 벌려 제 안의 밑 뚫린 뱃구레를 드러내는 만화경 속에서 마술의 몸짓으로 꼭두각시들을 조종하였다.

눈은 표적을 보지 못했고, 총은 환영을 향해 방어적으로 반응했다. 무엇을 향해 불을 뿜어야 할지 갈피를 잡지 못한 총구들은 수없이 많은 과녁들을 향해 분산되었고, 누구의 총구에서 비롯되었는지 모를 단

한 번의 총성에 망설임과 갈급함으로 마음을 졸이던 모든 총구들이 일제히 불을 뿜었다.

타자부로의 부관은 육군 장교 출신이었다. 사나흘에 한 번씩 제 손으로 배코를 치는, 도무지 말수라곤 없어 아무도 그의 목소리를 들어본 적 없는 부관은 몹시 상기되어 병사들을 꾸짖었다. 그가 길길이 날뛰며 군모를 집어던지자, 알처럼 반짝반짝 빛나는 동그란 머리통이 드러났다. 거인 같은 체구에 걸맞지 않게 그의 목소리는 새된 소리로 찍찍거렸다. 부관은 전 병사들에게 총기 교육을 실시했다. 사격을 하지 않을 땐 안전장치를 잠그고, 습관적으로 방아쇠에 손가락을 걸지 말 것이며, 총구는 절대로 사람을 향해서는 안 된다는 등등의 교육이었다.

셋째 날, 호랑이는 초소 몇 군데를 덮쳤다. 총기 교육의 효과가 확실하게 드러났다. 병사들은 제 가슴팍까지 올라오는 목총의 안전장치를 풀기도 전에 변을 당했다. 총성 대신 호랑이의 포효가 쩌렁쩌렁하게 밤하늘을 울렸다. 비명소리는 초소에서 초소로 이어졌고, 어디선가 무차별적인 집중사격 소리가 들려오기도 했다. 총구는 사람을 향하지 않았지만 민가의 토담에 탄흔이 남았고, 마당에 나왔다가 총에 맞아 죽은 주민에 대해서는 변명의 여지가 없었다. 개들이 짖었고, 몇 마리의 개들은 종적을 감추었다.

그날 호랑이는 한두 시간 간격을 두고 여러 차례 병사들을 농락했다. 화톳불도 횃불도 소용없었다. 벌겋게 타오르는 불꽃은 오히려 그 불꽃 같은 짐승의 보호색이 될 뿐이었다. 휘휘 미친 듯이 널뛰며 수만 갈래의 혀를 널름거리는 불과, 그 불에 실려 어둠을 밀어내며 끌어당기는 그림자들은 어느 것이 사물의 실체이고 곡두인지 분간할 수 없게 만들었다. 불과 그 불의 필연적인 그림자가 만나면, 그곳엔 어김없이 한 마리의 거대한 살인 호랑이가 모습을 드러내는 것이었다. 보지 않으려 해도 보지 않을 수 없었고, 눈을 감아도 그 모습을 망막에서 들어 낼 수 없었다.

그것은 수백 마리의 호랑이였다. 눈으로 보는 자들은 눈으로 보는 만큼의 호랑이를 보았고, 꿈으로 보는 자들은 꿈으로 보는 만큼의 호랑이를 보았다. 그리고 그 호랑이들은 제가끔 그림자들을 가지고 있었고, 불빛이 비치는 방향이나 각도에 따라, 또한 불빛이 겹치고 어긋나고 접질리는 자리에 따라 그 그림자들은 하나 또는 여러 개의 그림자들로 증식되었고, 그 그림자들을 삼키면서 뱉어내었다. 그것은 수천, 수만 마리의 호랑이였다.

놈은 쉬지 않았다. 밤에는 마을을 급습했고, 낮에는 끊임없이 이동했다. 놈을 추적한다는 것은 불가능했다. 놈은 언제나 추적대 앞에서 걸었다. 행여 추적대가 낙심할까 저어했음인지 결코 너무 먼 거리를 앞서 가거나 하지 않았다. 놈은 아주 친절하게도 추적대가 길을 잃지 않고 쫓아오게끔 기다리고 시간을 벌어주었으며, 어두워질 때까지 끌고 다닌 다음에서야 마을을 덮쳤다. 추적대는 개가 닭 쫓듯이 그 꽁무니만을 쳐다볼 따름이었다.

놈은 쉬지 않았고, 사냥꾼과 병사들은 쉴 수 없었다.

*

나흘째 되는 날, 타자부로는 소대 병력만을 남기고 군인들을 철수시켰다. 남은 군인들은 민가에서 무장한 채 대기했다. 그날 밤엔 집 안의 호롱불을 비롯해 어떤 불도 피우지 못하게 했다. 사냥꾼들은 한 사람씩 흩어져 주요 지점에서 매복을 했다. 타자부로는 마을 정중앙에 있는 오백 년 묵은 느티나무 위에 걸터앉아 놈을 기다렸다.

칠흑 같은 밤이 왔다. 별들이 쏟아져 내릴 듯 무거웠다. 밤은 고요했다. 새 한 마리 울지 않았고, 쥐새끼 한 마리 바스락거리지 않았다. 숨쉬기가 버거웠다.

그날 밤 호랑이는 그림자도 얼비치지 않았다.

그렇게 사흘이 지났다. 호랑이는 움직이지 않았다. 놈은 소리를 내지도, 자취를 남기지도 않았다. 기이한 정적이 흘렀다.

"놈이 물러간 것일까?"

타자부로가 반신반의하며 물었다.

"아니오. 놈은 기다리기로 작정한 것이오."

안드로비치가 말했다.

"기다리다니? 무엇을 기다린단 말이오?"

"우리가 움직이기를. 기다리지 못하고 움직여 스스로 함정에 빠져들기를."

"빌어먹을! 그게 어디 말이나 될 법한 소리요? 놈은 한낱 짐승에 지나지 않소. 당신은 놈을 지나치게 과대평가하는 게 아니오?"

"한낱 짐승에 지나지 않는 자가 무장한 병사 열세 명을 죽음에 이르게 하였소. 어떤 지혜로운 인간도 혼자서는 하기 힘든 일이오."

타자부로는 헛기침을 하며 입을 다물었다.

안드로비치는 인간에 대한 증오에 사로잡힌 호랑이가 마을 전체를 죽음의 구렁텅이로 몰아넣은 사례를 몇 차례 들은 적이 있었다. 그때 호랑이는 사령(死靈)이자 악마의 화신 같았다고 목격자들은 이구동성으로 말했다. 그는 그 이야기를 할까 했으나 그만두었다. 대신 이렇게 말했다.

"놈은 기다리지만 결코 물러나진 않을 것이오. 놈의 목적은 오직 하나, 우리 모두의 죽음이오. 놈은 제 목숨이 다할 때까지 절대로 멈추지 않을 것이오."

호랑이의 출몰 소식은 그러나 다른 곳에서 왔다. 귀당골로부터 하루 거리로 떨어진 마을들이 호랑이의 표적이 되고 있었다. 놈은 자신의 존재를 간접적인 방식으로 알려온 것이었다. 어쩌면 유인책을 쓰고 있는지도 몰랐다.

작전을 바꾸어야만 했다. 놈이 움직이길 기다릴 게 아니라 놈을 움직이게 만들어야 했다. 추적대는 다시 초소를 설치하고 화톳불을 밝혔다. 사냥꾼들은 매복에 들어갔다.

이틀이 지났다. 달이 커졌다. 산과 산 사이를 건너가는 밭은 달빛 아래서 마을은 밤의 한가운데에 뚫린 몽유(夢遊)의 우물 같았다. 달빛이 스며드는 곳과 미끄러지는 곳, 달빛이 함몰되는 곳과 튕겨 나오는 곳, 그 자리에 따라 달빛은 전혀 다른 물질성으로 빛을 발했다. 중천에 뜬 높은 달 아래서 화톳불은 끌어올려진 듯 곧게 솟았다.

호랑이가 나타난 것은, 온달이 다 된 달이 구름 사이로 여러 가닥의 실폭포들을 드리우는 가운데, 골짜기로부터 희고 자늑자늑한 안개가 피어올라 마을을 휘감기 시작할 무렵이었다.

먹이 배어들 듯 달빛이 배어든 놈의 모습은 물에 비친 편월(片月) 같았다. 은빛으로 빛나는 털끝이 구름에 싸인 듯 몽롱했다. 놈은 아주 천천히, 너무나 태연자약해서 늘 봐왔던 익숙한 짐승 같은 걸음걸이로 고샅길을 빠져나와 병사들 쪽으로 다가왔다. 누군가 화들짝 놀라 소리를 지르지 않았더라면 놈은 왔던 것처럼 조용히 사라져갔으리라. 병사들이 일제히 총을 들어 겨누자, 호랑이는 아주 잠깐 번뜩이는 눈을 돌려 병사들을 응시한 뒤 어둠 속으로 사라졌다. 너무나 짧은 시간이었기에 병사들은 제 눈이 의심스러울 지경이었다.

그로부터 얼마 지나지 않아 호랑이는 다시 한 번 모습을 나타내었다. 놈은 길어지는 산 그림자의 경계를 따라 빠른 걸음으로 움직여 초소로 다가왔다. 훈은 장독대에 짚단을 덮어 설치한 위장막 사이로 놈을 보았지만, 병사들과 겹쳐진 실루엣을 향해 방아쇠를 당길 수는 없었다. 수호랑이는 병사들을 위협만 한 뒤 사라졌고, 혼비백산한 병사들이 달 그림자를 향해 총을 쏘았다.

총소리를 듣기 전까지만 해도 타자부로는 호랑이의 출현을 전혀 눈치 채지 못하고 있었다. 그는 느티나무 위에서 온몸을 외투로 감싸고 추위에 뒤척이다가 총성이 들려온 쪽을 향해 고개를 내밀었다. 그때였다. 나무밑동에서 어떤 둔팍한 울림 같은 것이 둥치를 타고 올라왔다. 황급히 발아래를 내려다본 타자부로는 호랑이의 커다란 머리통이 손에 닿을 듯한 거리에서 자기를 올려다보고 있는 것을 보았다. 타자부로는 흠칫 놀라 몸을 젖혔다. 나뭇가지를 더듬던 손이 허방을 짚었다. 호랑이의 앞발이 타자부로의 한쪽 다리를 후려쳤다. 그는 중심을 잃고 비틀거렸다. 라이플총이 땅바닥에 떨어졌다. 타자부로는 한 손으로 나뭇가지를 움켜잡고 매달렸다. 어느새 나무 위에 올라선 호랑이가 그를 노려보고 있었다.

바로 그때 한 방의 총성이 울렸다. 호랑이는 펄쩍 뛰듯이 하늘로 튕겨져 올라갔다. 나뭇가지들이 부러지는 소리와 함께 놈은 땅바닥으로 꼬꾸라졌다. 타자부로는 발아래서 으르렁거리는 호랑이를 내려다보았다. 지하의 암흑이 아가리를 벌리고 울부짖는 소리였다. 사람들이 달려오는 소리가 들렸다. 호랑이는 고통과 분노로 온몸을 뒤틀며 땅위를 뒹굴다가 어느 결에 몸을 추스르고는 황망하게 어둠 속으로 사라졌다.

*

핏자국은 선명했다. 출혈이 심했지만 목숨이 위태로울 정도는 아니었다. 호랑이는 왼쪽 뒷발을 끌고 있었다. 너덜경을 통과할 때도 그 발을 아랫배에 바짝 올려붙이지 못하는 것으로 보아, 대퇴골을 움직일 수 없을 정도로 상처가 깊은 것 같았다. 통증이 심했음인지 놈은 한동안 짧은 울음소리를 토해내었다. 입을 꽉 다문 채 흉곽을 부풀렸다 욱죄며 뱉는 신음소리가 밤의 산을 우렁우렁하게 울렸다.

놈의 상처는 깊지만 치유 불가능한 것은 아닐 거라고 안드로비치는 생각했다. 인육에 입도 대지 않던 그 자존심 강한 수호랑이도 이제는 사람의 가축을, 나아가 사람을 잡아먹어야만 살아갈 수 있을 거라는 생각이 들었다. 놈의 복수가 끝났다 할지라도 이 일이 이대로 끝날 수만은 없는 또 다른 이유가 생긴 셈이었다.

수호랑이는 지난날 추적대를 유인하거나 피하기 위해 이동하던 때와는 전혀 다른 방향으로 나아가고 있었다. 제 뒤를 쫓는 자들을 의식하고 있음에도 그들과 적당한 거리를 유지하기 위해 몸을 돌려 냄새를 맡거나 귀를 기울인 흔적은 보이지 않았다. 뒤에서 들리는 소리나 기척 따위는 귓등으로 흘리며 고통스러운 걸음으로, 서둘거나 숨으려는 기색도 없이, 예정된 무엇인가를 거둬들이듯 한 발 한 발 나아가고 있을 따름이었다.

고만고만한 높낮이의 순한 산턱을 따라 그렇게 몇 시간을 나아간 호랑이는 계곡을 하나 건넌 뒤, 덩굴과 고사목이 뒤엉켜 발 디딜 틈 없이 빽빽한 골짜기를 가로질러 서쪽 산등성이를 넘었다. 그때 비로소 안드로비치는 수호랑이가 가고자 하는 곳이 어디인지를 깨달았다. 놈은 암호랑이가 사살된 곳, 두 마리의 새끼 호랑이가 어미와 함께 살았던 바로 그 숲으로 가고 있었다.

보름쯤 계절이 깊어간 숲은 적막할 정도로 비어 있었다. 자작나무의 잎들은 죄다 떨어져 불그죽죽한 쇳물처럼 바닥에 쌓여 있었고, 유백색의 나무줄기들은 서릿발처럼 날이 서 있었다. 키 큰 이깔나무 숲은 여린 바람에도 휘우듬하게 기울며 삭정이와 갈잎들을 을씨년스럽게 흩뿌렸다.

바로 그곳, 개울 건너 늙고 옹색한 굴피나무 한 그루가 서 있는 초지에 수호랑이가 배를 깔고 누워 있었다.

어젯밤 달빛이 배어들었듯 햇빛이 배어드는 호랑이의 몸은 그윽하고 넉넉해 보였다. 몸 하나가 고을 하나를 이루고 있는 것 같았다. 산을 끼고서 들이 펼쳐지고, 산과 산이 나뉘며 물의 길을 열어주고, 그 모든 거스를 수 없는 움직임에 기대어 인간의 도성(都城)이 자리 잡은 거룩한 나라.

그러했다. 한창 나이의 젊고 늠연한 수호랑이는 그 자체가 대지의 온갖 등고선을 빼닮은 하나의 고을이자 나라처럼 보였다.

호랑이는 추적대를 보자 얼굴을 외틀며 낮게 으르렁거렸다. 쉬고 메마른 소리였다. 그러고는 별반 관심이 없다는 듯 머리를 뒤로 돌려 허벅지의 상처를 핥기 시작했다.

안드로비치는 피에 피를 부르며 그토록 집요하고 맹렬하게 복수를 행했던 맹수의 저 일상적인 몸짓에 돌연 모골이 송연해지는 것을 느꼈다. 양지바른 곳에 누워 지그시 눈을 감고 그르렁거리며 제 몸을 핥는 고양잇과 동물의 저러한 모습만큼 평화로운 광경이 어디에 있겠는가…….

순간, 그 어떤 공포보다 가공할 연민이 전신을 훑고 지나갔다. 안드로비치는 놈이 최후까지 이빨을 갈면서 인간에 대한 증오와 복수심을 불태워주기를 바랐었다. 아마 그랬더라면 놈의 심장에 총알을 박아 넣는 자신의 분노조차 명분을 가질 수도 있었으리라. 그런데, 체념이라니? 총을 든 인간의 등장이 무엇을 의미하는지 번연히 알고 있는 자가 취하는 저러한 행동과 태도는 도대체 무엇을 선동하려는 것일까? 자신의 죽음으로써 우리로 하여금 영원히 부끄러움 속에 얼굴을 파묻고 살게 하겠다는 것인가?

안드로비치는 놈을 내쫓기 위해, 그리고 달아나는 놈의 뒷덜미에다 총알을 갈겨주기 위해 허공을 향해 총을 한 발 쏘았다. 호랑이가 퍼뜩 고개를 돌렸으나 시선에 놀라움은 없었다. 환한 햇살에 동공이 오므라들었다 지그시 감기는 눈은 햇살을 감로처럼 받아 마시는 듯하였다. 호랑이의 눈은 물빛이었다.

누워 기는 뱀처럼 바람이 일었다. 개울에 닿자 바람이 높아졌으나 갯버들을 흔들지는 못했다. 바람과 바람 사이가 비어 있었다. 개울 건너 가랑잎들이 수군거렸다. 숲속 빈터에서 바람은 꼬리에 댕기를 단 고양이처럼 놀았다. 가랑잎들이 매암을 그렸고, 나무들은 꼼짝도 하지 않았다.

안드로비치는 문득 속눈썹과 눈꺼풀 언저리가 가려워왔다. 호랑이가 꼬리의 끝을 세웠다.

"이보시오."

안드로비치가 타자부로의 부관을 향해 말했다.

"당신의 상관은 저놈을 자기 손으로 죽이고 싶어 하지만, 아마 그 같은 영예는 그의 몫이 아닌 듯싶소. 그러니 상관을 모시는 부관으로서 대신 저놈을 처치하도록 하시오. 정확하게 머리를 관통시켜 단 한 방에 끝내준다면 저 맹수도 당신을 원망하진 않을 것이오."

안드로비치는 뒤로 물러나 바위 위에 앉았다.

그가 앉은 곳은 소나무 숲이었다. 머리 위에서 소나무 씨앗들이 바람개비처럼 돌면서 떨어져 내렸다. 솔방울의 포엽(苞葉)이 열리며 씨앗들이 출가하는 소리가 마치 수십 마리의 작은 새들이 머리 위에서 노니는 것 같았다. 박새와 곤줄박이, 오목눈이와 쇠딱따구리가 하나의 무리를 이루어 나무와 나무의 우듬지를 통과하는 소리…….

부관이 라이플총을 들어 호랑이를 겨누었다.

야유회

호랑이는 사살과 동시에 마을로 옮겨졌다.

밤길은 험했다. 장정 여덟 명이 네 명씩 조를 이루어 교대로 옮겨야 했다. 몸길이 삼 미터가 넘고 체중이 삼백 킬로그램쯤 되는 호랑이를 나무에 매달아 묶고, 앞뒤 두 명씩 어깨에 메고 산길을 걷는 일은 만만치 않았다. 호랑이는 육중하게 흔들리며 끊임없이 무게중심을 흩뜨려 놓았고, 좁고 가파른 산길에서 목도꾼들의 호흡은 자주 끊기며 버그러졌다. 발을 헛딛을 경우엔 벼랑 아래로 곤두박질칠 수도 있었다. 망건이 틀어져 쑥대머리가 되고 땀이 비 오듯이 흘러내렸다. 그래도 누구 하나 힘들다고 불평하는 사람은 없었다. 오히려 그 일을 맡지 못해 은근히 부러워할 정도였다. 지난번에 암호랑이를 같은 방식으로 운반해 본 적 있는 사람들이었고 통로도 같았으므로 이변은 일어나지 않았다.

호랑이로 말미암아 얻게 되는 부가가치 또한 사람들의 품앗이에 신바람을 불어넣었다. 암호랑이의 경우, 타자부로는 가죽을 제외한 모든 것을 마을사람들에게 넘겨주었다. 호랑이의 뼈와 내장 따위가 중국과 조선에서 어떤 대접을 받는지 모르는 바 아닌 타자부로였다. 하지만 그깟 푼돈에 눈독 들일 위인은 아니었다. 혀를 빼물고, 탈바가지에 박힌 의안 같은 눈을 둥그렇게 뜨고서, 땅에 닿을 듯 커다란 머리통을 늘어뜨린 채 건들건들 흔들리면서 실려 가는 호랑이의 모습도 진풍경이었지만, 이 거대한 짐승이 가져올 모꼬지와 두레상 또한 일상적이거나 평범한 기쁨일 수는 없었다. 호랑이 고기를 먹어본 적 있는 사람들은 벌써부터 입맛을 다셨다. 호랑이가 사살된 곳에서 마을까지, 횃불을 든 사람들이 앞서거니 뒤서거니 이어지는 산길은 밤새 불야성을 이루었다.

달 밝고 훗훗한 밤이었다.

군인 열세 명과 민간인 한 명을 직간접적으로 죽음에 이르게 한 식인귀의 최후는 이와 같았다.

이튿날 추적대는 죽은 호랑이를 앞에 두고 기념사진을 찍었다.

낮은 평상에 턱을 받치고 널브러져 누운 호랑이는 잠자는 것처럼 양순해 보였다. 등을 아래로 하여 뒤집어놓아도 별반 위용이 드러나지 않았다. 호랑이를 모로 누이고 머리를 앞으로 향하게 한 다음, 크고 날카로운 송곳니가 보이도록 벌린 입 사이에 나뭇가지 하나를 끼워 넣었다. 그리고 두툼한 앞발이 금방이라도 보는 이를 덮칠 것처럼 길게 뻗치게 한 다음, 축 늘어진 머리통 아래에 돌베개를 받쳐주었다. 그러자 조금은 살았을 때의 위압적인 모습이 살아났다.

사람들은 갖출 수 있는 가장 멋진 옷을 차려입고 카메라 앞에 섰다. 존 해리슨은 노포크 재킷에 플란넬 셔츠를 받쳐 입고, 단추가 달린 각반에 목이 짧은 구두를 신었다. 구스노키 요시노리는 캐시미어 셔츠에

니커보커를 입고 종아리까지 올라오는 사냥용 부츠를 신었다. 두 사람은 마치 유럽 귀족의 영지에 여우 사냥이라도 나온 것 같은 차림이었다. 반면에 타자부로는 어제의 부상으로 왼쪽 다리에 붕대를 감고 목발을 짚었는데, 그러한 그의 모습은 맹수와의 싸움이 얼마나 처절했는지 웅변적으로 말해주고 있었다.

타자부로의 오른쪽에 모피 외투를 입은 안드로비치가 섰고, 왼쪽엔 박 포수와 훈이 섰다. 박 포수는 자신의 총이 잘 보이도록 어깨에 비스듬히 걸고 장죽을 물었다. 한민석과 부관은 호랑이 양옆에 한쪽 무릎을 세우고 앉았다.

미국 아그파 사에서 나온, 붉은색 가죽 외장이 멋진 폴딩 카메라는 많은 사람들의 호기심을 자극했다. 특히, 케이스를 열면 그 작은 상자에서 튀어나오는, 고무로 된 시커먼 주둥이가 관심의 초점이었다. 문어처럼 먹물을 쏘아댈 것 같은 주름진 주둥이 한가운데에 달린 렌즈로 바깥세상을 본 적 있는 사람들은, 그 모든 것이 자기들이 늘 보아왔던 산이고 마을임에도 불구하고, 뭔가 정제되고 한 차원 높게 승화된 딴 세상의 이미지를 마주하는 것 같은 착각에 빠져들었다.

따라서 그 신비스러운 눈이 달린 주둥이 앞에 서는 영광이란 미지의 세계로 가는 특급열차의 티켓을 손에 쥔 것에 비할 만한 것이었다. 주민 전체의 촬영이 있겠다는 한민석의 안내 말이 전해지면 온 마을사람들—근엄하기 짝이 없는 촌장까지 포함해—이 앞 다투어 달려와 도열했는데, 되도록 카메라 가까이 자리 잡기 위해 호랑이 앞에 떡 버티고 선 아이와 노인들을 호랑이 뒤로 물러서게 하는 데 적잖은 시간이 소요되었다. 하지만 그 번다하고 시끌벅적한 행사가 불쾌하게 끝난 적은 없었다. 호기심 어린 웃음에서 동경으로 가득 찬 설렘으로, 거의 장엄하다고 할 침묵에서 서먹서먹한 현실감으로 이어지는 표정의 변화에서는 종교적인 카타르시스마저 느껴졌다.

호랑이의 가죽을 벗기는 일은 박 포수의 몫이었다. 박 포수는 손바닥만 한 크기의 작은 칼을 허리춤에 늘 차고 다녔는데, 닳아서 끝이 뭉그라지고 날이 울퉁불퉁한 칼은 한 치의 오차도 없이 호랑이의 살과 가죽 사이를 파고들었다. 피가 다 빠진 호랑이의 사체는 한 시간도 안 걸려 고깃덩어리와 한 장의 호피 담요로 분리되었다. 가죽을 벗기고 나면 또 한 차례 대대적인 기념촬영이 있었다. 이번엔 암호랑이의 가죽까지 동원되었다. 암수 한 쌍의 호랑이 가죽을 펼쳐 무늬와 외양이 잘 나오도록 사람들이 잡고 있으면 셔터가 눌러졌다. 끝으로, 호랑이의 몸뚱어리는 뼈와 고기로 해체되어 가가호호의 부엌으로 배달되었다.

문제는 호랑이의 생식기였다. 발정기를 앞둔 젊고 건강한 수호랑이의 생식기에 눈독을 들이지 않는 사람은 없었다. 잘 말려 약방에 내다 팔아도 후한 값을 받을 수 있는 물건이었다. 타자부로는 훈에게 기회를 주었다. 두 마리의 호랑이를 잡는 데 혁혁한 공을 세운 우리의 영웅에게 주어 마땅한 보상이라고 타자부로가 공표했다. 사람들의 선망 어린 시선이 훈에게로 향했다. 그러나 훈은 사양했다.

"아무렴. 아직 새파랗게 젊은 사람한테 그런 물건이 무슨 소용이람!"

누군가가 우스갯소리를 했다.

"범의 거시기보다 암팡진 처자가 있어야 할 텐데."

훈은 얼굴을 붉혔다.

농지거리가 길어지려는 찰나, 타자부로가 생식기 대신 다른 무엇이라도 좋으니 한 가지 선택해보라고 재우쳤다. 훈은 그마저도 사양했다. 그러자 타자부로가 부관에게 지시해 라이플총 한 자루를 가져오게 했다.

"내가 생각이 짧았네."

타자부로가 말했다.

"훌륭한 사냥꾼에겐 그가 가져 마땅한 무기가 있어야 하는 법. 화승총이라니, 그건 꿩 잡는 데나 쓰시게. 자, 이것이 자네의 전리품일세."

사람들이 일제히 박수를 쳤다.

호랑이의 생식기는 세 사람 몫으로 배분되었다. 가운데 것은 마을 최고 연장자(일흔다섯이라고 한다)의 자양강장제가 되었고, 불알 두 쪽은 촌장과 박 포수가 나눠 가졌다.

타자부로는 더없이 만족스러웠다. 겨울을 앞두고 털이 길게 자란 수호랑이의 가죽은 지금껏 보아온 그 어떤 물건보다 훌륭한 것이었다. 뿐만 아니었다. 타자부로는 무엇보다 놈의 송곳니가 마음에 들었다. 그는 고베의 한 친구가 호랑이의 송곳니로 만든 파이프를 자랑스럽게 가지고 다니는 것을 부러워해 왔었다. 대나무와 해와 달이 새겨진 파이프는 길이가 팔 센티미터쯤 되었는데, 지금 그가 보고 있는 송곳니는 전체적으로 그보다 더 크고 표면과 빛깔에도 흠결이 없었다. 타자부로는 일본으로 돌아가는 즉시 세공사에게 맡겨 파이프를 만들어야겠다고 생각했다.

*

그날 밤, 타자부로는 꿈을 꾸었다.

눈을 뜨자 천막 안이 환했다. 타자부로는 눈을 감았다가 다시 떴다. 그리고 한동안 둥그렇게 눈을 뜬 채 군용 천막의 지붕을 바라보았다. 잠시 후 그는 눈동자만을 움직여 좌우를 살폈다.

천막 안은 환했고, 아무도 없었다. 잠결에 들은 소리가 있었던 것 같으나, 천막 안을 울리는 것은 천막 밖에서 들려오는 계곡 물소리뿐이었다. 이번엔 약간 고개를 돌려서 부관을 찾았다. 출입구 쪽에 야전침대가 놓여 있으나, 부관의 반짝반짝 빛나는 머리통은 보이지 않았다. 모포는 침대 위에 잘 개켜져 있었고, 그 위에 베개가 놓여 있었다.

부관은 어디에 간 것일까?…… 나는 무슨 소리에 잠이 깬 것일까?…… 밤인데도 천막 안은 왜 이토록 밝을까?……

타자부로는 살그머니 몸을 일으켰다. 그는 아주 조심스럽게 군화를 신었다. 그는 자신의 조심스러움을 탓했다. 그러면서도 그래야만 한다고 스스로를 설득했다. 그의 조심스러움에는 까닭이 있었다.

그의 몸짓에 일어난 보풀들이 하얗게 반짝거렸다. 왠지 그것들의 움직임에서 소리가 들릴 것 같았다.

달빛은 뽀얀 속살처럼 접혀 있었다. 바위 위에 드리워진 그림자들이 몽고반점처럼 푸르스름했다. 그는 달빛 속으로 들어갔다. 계곡 위에 사리를 지은 이내 속에 들자, 밀생하는 흰 꽃밭에 안긴 것 같았다. 달빛은 투명했고, 바위는 희디희었고, 계류는 옥빛이었다.

희고 널따란 암반 위에 누군가 한 사람이 앉아 있었다. 타자부로는 흠칫했으나, 이내 안도하고 미소를 지었다. 그는 알고 있었다. 저 여자가 누구인지를. 그는 반가움에 그녀를 부를까 했지만, 참았다. 그는 놀래주려는 심중으로 발소리를 죽이고 다가갔다.

그런데, 저 여자가 누구란 말인가?…… 불현듯 그런 생각이 들었다. 하나코? 나오미? 그도 아니면……. 그런데 왜 저 여자는 이 한밤중에 달빛 아래 앉아 있는 것일까? 그것도 혼자. 그리고 그토록 아리땁던 기모노는 어디로 가고, 조선의 아낙들이나 입는 저리도 흉물스러운 소복 차림을 하고 있는 것일까?……

별안간 계류 소리가 커지는가 싶더니 싸한 정적 속으로 잦아들었다. 타자부로는 우뚝 걸음을 멈췄다. 게 뉘시오? 그가 물었다. 흰옷을 입은 여자는 꼼짝도 하지 않았다. 거기, 누구시오? 타자부로가 다시 물었다. 흰옷을 입은 여자가 천천히 고개를 돌렸다. 달빛을 등진 여자의 얼굴은 보이지 않았다.

갑자기 계류 소리가 커졌다. 그와 함께, 징소리가 울렸다. 스프링에서 튕겨 오르듯 여자가 바위를 박차고 일어났다. 여자의 손엔 금빛 찬란한 금속판 두 개가 들려 있었다. 여자는 믿을 수 없는 속도로 제자리 뜀을 하며 껑충껑충 솟아올랐다. 뛰면 뛸수록 뜀의 바닥이 깊어졌고, 뜀의 천장은 높아졌다. 금속판들이 맞부딪쳤다. 불꽃이 튀었다.

꿈은 되풀이되었다.

다음날 꿈에서 소복을 입은 여자는 나오미였다. 타자부로의 첫 번째 아내였다. 그녀는 조선말로 말했다. 여보! 여보! 타자부로가 소리쳤다. 나오미는 애절한 표정으로 간구하듯이 같은 말을 되풀이했다. 타자부로는 알아듣지 못했다. 아내를 부르는 타자부로의 목소리는 아내에게 들리지 않았다. 별안간 아내가 소리쳤다. 닥쳐!— 바카야로!— 칙쇼!— 그러고는 험상궂은 얼굴로 저주를 퍼부었다. 네 뒤에 사람들이 있어. 아주 많은 사람들이. 수십 명, 아니 수백 명. 뒤를 봐. 뒤를 돌아봐. 너를 보고 있는 사람들을 마주 보라고. 그 사람들이 어떤 얼굴을 하고 있는지. 봐! 보라고! 타자부로는 감히 돌아보지 못했다. 타자부로는 울기 시작했다. 여보! 여보! 돌연 계류 소리가 커졌다. 징소리가 울렸다. 아내는 스프링처럼 튕겨 올랐다. 금속판들이 부딪쳤다. 불꽃이 터졌다. 불꽃은 으르렁거림으로 바뀌었다. 두 개의 금속판은 두 개의 머리통이 되었다. 머리통들이 부딪쳤다. 포효가 터져 나왔다. 불의 호랑이 두 마리가 날아올랐다.

이튿날의 꿈에서는 두 번째 아내 하나코가 소복을 입고 나왔다. 꿈의 내용은 비슷했다. 아침에 눈을 뜨자 타자부로는 성황당으로 갔다. 무녀가 거기 있을 리 만무했지만, 타자부로는 그 요망한 계집을 베어버리고 싶은 살기에 사로잡힌 채 성황당의 문을 열어젖뜨렸다. 누가 켜놓았는지 양초 두 자루가 타고 있었다. 갓 불을 붙인 향 한 개비가 파란 연기를 피워 올리고 있었다. 타자부로는 그 어둡고 퀴퀴한 공간에서 어찌할 바를 몰라 우두커니 서 있다가, 허리에 찬 칼을 뽑아 단번에 두 자루의 촛불을 꺼버렸다. 두 번째의 칼놀림은 향을 동강내었다. 그러고도 분이 안 풀린 타자부로는 산신도 속의 염라대왕처럼 생긴 늙은 이와, 검은 줄무늬가 박힌 하얀 호랑이를 바라보았다. 그는 두 번의 칼질로 산신도에 ×표를 새겨 넣었다.

타자부로는 밖으로 나왔다. 그는 성황당에서 십여 미터쯤 떨어진 곳에 서 있는 장승들에게로 갔다. 타자부로는 '천하대장군', '지하여장군'이라고 쓰인 한 쌍의 목장승을 가증스럽게 올려다보았다. 왕방울 눈에 탐욕스러운 입, 귀살쩍은 표정 등 보이는 족족 우스꽝스럽고 유치하기 짝이 없었다. 남자로 보이는 장승은 수염을 기르고 관까지 쓰고 있었는데, 장승이 유래된 이야기를 잘 알고 있는 타자부로로서는 위엄과 모멸이 섞인 그 희화적인 몰골에서 조선 선비들의 위선을 읽을 수 있을 따름이었다.

"산신령 같은 수염에 대감의 모자까지 갖춰 쓴 이 패덕자야!"

타자부로가 소리쳤다.

"정승 벼슬에 오른 자가 무엇이 아쉬워 제 딸과 통정을 하였단 말인가. 근친상간의 죄가 얼마나 횡행했으면, 또 그렇듯 후안무치한 자들이 고관대작으로 군림하며 얼마나 뻔뻔스럽게 백주대낮의 거리를 활보했으면, 이처럼 마을의 들머리마다 장 정승의 입상을 세워 풍속을 바로 잡으려 했을 것인가. 오, 군자의 나라여! 은둔의 땅, 고요한 아침의 나라여! 양상군자들, 음욕과 위선의 위정자들이 은밀하게 방탕과 패륜의 술을 마시고, 그러고도 아침이면 의관을 갖추고 백의의 민족으로 저잣거리를 누비는 이율배반의 나라여! 내 그대에게 받아 마땅한 벌을 내리겠노라. 남성의 그것을 바르게 놀리지 못한 책임을 물어 모든 남자들을 대신해 너를 단죄하겠노라."

타자부로가 칼을 뽑아 들었다. 그리고 장승의 목에 칼을 들이대고 힘껏 올려치려는 순간, 움찔하며 동작을 멈추었다. 천하대장군의 '하'와 '대' 자 사이에 종이 한 장이 붙어 있는 것을 발견했기 때문이었다.

괘서는 조선말이 아니라 일본어로 쓰여 있었다. 내용은 다음과 같았다.

> 돌아가라. 왜구의 쓰레기야! 아니, 가지 말고 조금만 더 기다려라. 내 너의 목을 따고 네 가죽을 벗겨 냄새 고약한 타구로 만들 수 있도록. 네 썩은 이빨들을 모조리 뽑아 공깃돌로 만들고 네 몸뚱어리를 개와 돼지에게 던져 줄 수 있도록. 함경도 의병대장 손돌석.

*

지난주 총독부로 보낸 한민석의 보고에 회신이 왔다. 호랑이 토벌에 관한 조선 식자층의 여론이 좋지 않으니 속히 철수하라는 내용이었다. 한민석은 타자부로에게 회신의 내용을 보고했다. 타자부로는 잠시 생각에 잠겼다.

"때가 되었군."

타자부로가 말했다.

"그러지 않아도 철군을 생각하고 있었네. 더 이상의 북상은 무의미한 일이 되었어. 산들은 눈에 덮였고, 겨울은 코앞까지 밀려와 있네."

문득 그의 입이 실룩거렸다.

"내 이런 뒷담화가 나오리라 예상하고 있었지."

타자부로는 휘발성이 강한 향수 같은 미소를 지었다.

"거 누구더라……. 남선, 그래, 최남선이라는 자 말일세. 그자가 그린 호랑이 지도 말인데, 왜, 한반도를 호랑이가 발을 쳐들고 도약하는 형상으로 표현한 지도 말이야. 그 얼마나 황당하고 웃기는 장난질인가. 어리석은 치기도 유분수지, 그게 가당키나 한 발상인가. 아마 칠팔년 전의 일일 게야. 내 그 그림이 그려진 〈소년〉이란 잡지를 보고 다짐했지. 좋아. 한반도의 상징이 호랑이라면 내가 바로 그 호랑이를 때려잡는 사냥꾼이 되겠다고. 나와 정호군을 이곳으로 불러들인 건 다름 아닌 그 작자였다네. 내가 왜 이런 이야기를 하느냐 하면, 조선의 식자층이란 건 결국 최남선 같은 얼토당토않은 소인국의 과대망상증 환자라는 것이지. 단지 그뿐일세."

타자부로는 회의를 소집했다. 그는 경성으로 돌아가기 전에 호랑이를 몇 마리 더 잡고자 했다.

"아마 여러분도 이곳에서의 일을 마무리 지을 시간이 필요하리라 봅니다. 그래서 생각해보았죠. 철수하기 전 일주일간 저마다 자기 일을 정리하는 시간을 갖는 게 어떨까 하고."

반대가 있을 리 만무했다. 특히, 식인 호랑이로 인해 탐사와 채집이 불가능했던 해리슨과 요시노리는 쌍수를 들고 환영의 뜻을 밝혔다.
타자부로는 이 일주일 동안의 여가에 '야유회'라는 이름을 붙였다.

정호군 전체가 동원된 야유회는 무차별한 남획으로 귀결되었다. 대대적인 몰이와 밤낮을 가리지 않는 수렵의 결과, 호랑이 두 마리가 추가로 포획되었고, 반달가슴곰 세 마리, 표범 두 마리, 멧돼지 아홉 마리, 늑대 열두 마리, 여우 세 마리, 스라소니 두 마리, 삵 네 마리, 산양 여섯 마리, 노루 다섯 마리, 사향노루 한 마리, 고라니 일곱 마리, 붉은 사슴 세 마리, 꽃사슴 두 마리, 담비 열한 마리, 너구리 열일곱 마리, 오소리 여덟 마리, 산토끼 스물여섯 마리, 수달 열 마리, 꿩 스물두 마리, 독수리 네 마리, 말똥가리 다섯 마리, 두루미 열여섯 마리, 수리부엉이 두 마리, 산비둘기 쉰다섯 마리가 잡혔다. 그 밖에, 개가 물어오지 못한 짐승과, 집계에서 제외된 하찮은 동물까지 포함한다면, 동물원을 몇 개 만들고도 남을 정도의 수치였다.

타자부로는 호랑이를 잡은 즉시 가죽을 벗긴 다음 몸뚱이를 부위별로 잘라 함흥으로 보냈다. 함흥에서 호랑이 고기는 얼음에 재여져 경성으로 운송될 것이었다. 정호군의 해단식과 고별 만찬을 위한 요리의 주 메뉴는 호랑이가 될 것이었다. 곰 가죽과 표범 가죽을 뺀 모든 짐승의 가죽과 고기는 군인과 주민들에게 골고루 배분되었다.

끝으로, 타자부로는 안드로비치와의 약속을 이행했다. 그에게 자유를 준 것이었다. 타자부로는 그동안 협조해준 안드로비치의 노고에 감사를 표한 다음, 국경을 통과할 때 필요한 통행증을 써주었다. 일본어로 쓰인 통행증엔 다음과 같은 글이 적혀 있었다.

'유리 안드로비치. 러시아 인. 위의 인물이 국경 검문소에 도착하면 즉시 체포할 것. 도주 시엔 사살해도 무방함.'

타자부로와 한민석의 눈이 마주쳤다. 안드로비치의 시선이 한민석을 좇았다. 한민석은 안드로비치를 향해 말없이 고개를 끄떡였다.

서신 2

사랑하는 크리스틴.

어제 경성에 도착하였소. 날짜를 헤아려보니 63일 만의 귀환이었소. 경성역의 환한 불빛이 얼마나 반갑던지! 호텔에 도착했을 때는 이미 늦은 밤 시간. 모처럼 욕조에 버블크림을 풀어 목욕을 하고 시원한 맥주로 갈증을 푼 다음, 푹신한 침대에 누워 한껏 잠을 잤다오. 배가 고파 견딜 수 없을 때까지 뒹굴려 했건만, 그 바지런하고 방정맞기 짝이 없는 일본인이 내 달콤한 휴식을 흔들어놓았소. 야마모토 타자부로라는 정호군의 대장 말이오. 아침부터 내 방문을 두드리더니 함께 정구를 치자는 것이었소. 여독과 주독이 겹쳐 웬만한 체력이면 나가떨어질 판인데, 카이저수염을 기른 저 사무라이는 도무지 지치는 줄을 모르니, 옆에 있는 사람이 넌더리가 날 지경이오.

어찌되었든, 우리의 여행은 끝났소.

크리스틴, 기뻐해주오. 2년 3개월에 걸친 조선에서의 탐사는 이제 종지부를 찍기에 이르렀소. 그와 함께, 아시아에서 내가 추구했던 탐구와 모험도 일단락을 짓기에 이른 것이오. 아쉬움이 없지 않지만 미련을 두진 않을 것이오. 고통스러운 기억들, 인간에 대한 모멸, 문명의 음영들, 힘과 자본의 논리가 지배하는 세계, 이 모든 것이 나를 압박하지만, 나는 결코 굴하지 않을 것이오. 당신도 잘 알지 않소, 나 해리슨이 가진 불굴의 의지와, 그 의지만큼이나 강한 긍정과 낙천성을?

이제 제국의 탐조등은 지구상에 몇 남지 않은 은거지에조차 무참하기 짝이 없는 조명탄을 쏘아대고 있고, 박명에 익숙한 사람들을 강제로 깨워 자기들이 나아가고자 하는 식민의 대열에 노예처럼 줄을 세우고 있소. 탐욕에 눈먼 제국의 탐침(探針)이 대지의 오래된 꿈을 들쑤셔 놓고 있는 것이오.

이곳 조선 땅에서 벌어지고 있는 비극은 차마 말로 다할 수 없어 눈을 감고 싶을 지경이오. 일본은 이 나라를 삼키기 30년 전부터 밀정들을 파견해 한반도의 구석구석을 측량하고 지도를 만들었는데, 생각해보시오, 한 국가가 자기 나라의 국권과 자원을 지키지 못한 과오는 세대에 세대를 이어 책임을 추궁하여야 마땅하나, 멀쩡하게 외교관계를 유지하고 있는 이웃 나라에 측량 군인들을 밀파해 수만 장의 지도를 만들어 침략에 이용했다는 사실을.

일본 제국은 그 지도를 바탕으로 청일전쟁에서 승리의 교두보를 확보하였고, 한일합방과 동시에 봇물처럼 터져 나온 애국지사들의 저항운동을 처참하게 분쇄했던 것이오. 자국민보다 더 세밀하게 반도의 지형지물을 파악하고 있는, 잘 훈련되고 무장된 제국의 군대를 민간인이 어찌 당해낼 수 있겠소. 높게 치하해야 할 그 용의주도함에서 오히려 쓰디쓴 배신감과 통렬한 슬픔을 느끼게 되는 것은 이 때문이오.

어디서 읽었는지 기억나지 않지만, 새로운 밀레니엄은 언제나 지난 세기의 쓰레기 위에 구축된다는 말이 생각나오. 정곡을 찌른 말이 아닐 수 없소. 사실 인류가 입에 달고 있는 진보와 혁명의 정체 또한 그런 것이 아닐까 하오. 폐기물과 노폐물 위에 세워진 거대한 성채, 아마도 이것이 우리의 제국이자 코즈모폴리터니즘을 표방하는 범지구적인 도시들일 것이오.

인간 중심의 사고, 이른바 인본주의의 양 극단에는 자기중심주의와 사회주의가 존재하는데, 오늘날 인류가 앓고 있는 이 두 가지의 큰 병폐를 극복하기 위해서는 생물과 무생물 전체를 아우르는 생태 중심의 사고가 절실하다고 생각되오(이는 결코 내가 생물학자이기에 나온 당연한 발상이라고 생각지는 마시오).

자생지에선 절멸된 희귀 난초라든지 황실의 거대 동물원에서만 생존할 뿐인 동물들을 생각해보시오. 지금도 네팔의 오지와 아마존의 열대우림에서는 귀하디귀한 식물들을 발견하여 채취하고는, 행여 다른 탐험가들의 눈에 띌까 두려워 그 서식지를 철저하게 파괴하고 돌아가는 생태 약탈자들과 생물 도적들이 활보하고 있소. 나는 그 종족의 기원에 방금 내가 말한 제국주의의 사악함이 작용하고 있다고 보오. 인간의 얼굴을 한 사탄이 임하지 않고서야 어찌 이토록 공공연하고 파렴치한 범죄가 한낱 종이쪼가리에 지나지 않는 국제법과 외교문서에 근거하여 자행될 수 있단 말이오?

뿐만 아니오. 우리가 학교에서 배우는 지리학의 무수한 독선들을 돌이켜보시오. 이미 그 땅에 뿌리를 내리고 자기들만의 고유한 문화를 일구며 살아가는 사람들이 있음에도 불구하고, 자신들이 처음 발을 디딘 땅에 자신들의 언어로 이름을 붙이고, 그곳을 신대륙이라고, 신세계라고, 미개척지라고 말하는 자들. 그와 같은 자가당착을 세계 곳곳에서 목도해온 나로서는 늘 속이 뒤집히는 것 같은 분노와 구토에 시달리게 되는 것이오.

만약 나에게 그럴만한 여력이 있다면, 나는 세계의 모든 지명을, 그곳을 정복하고 지배한 자들, 즉 이주민들이 붙인 이름이 아니라, 그보다 훨씬 오래전부터 그 땅에 뿌리를 내리고 살아온 사람들, 즉 원주민들의 언어로 기록하고 싶소. 만약 그런 이름이 전해오지 않는다면, 차라리 그 자리를 괄호로 비워놓고 싶소. 지성과 양심과 진실에 근거한 지리학을 통해 새로운 세계지도를 만들 수 있는 뜻있고 용감한 젊은이들이 도래할 때까지 말이오.

미안하오. 나도 모르게 감정의 결이 거칠어진 것 같소.

지친 탓일까? 아니면…… 그렇소. 너무 오래 계속된 혼자만의 가슴앓이와 독백이 내 영혼을 황폐하게 만든 듯하오. 그러다 거의 두 달 만에 제국의 거점도시로 돌아와, 이제 내가 원하기만 한다면 당신을 향해 달려갈 수 있다는 사실에 내 마음이 무르녹기 시작한 것이오. 저 백두대간의 산 속에서 편지를 쓰던 때와는 달리, 당신이 내 앞에 있는 것 같은 착각에 왕왕 사로잡히곤 하니 말이오.

백두대간 이야기가 나왔으니 말이지만, 한반도의 영산 백두산까지 가려던 우리의 계획은 보기 좋게 어긋나고 말았소. 깊디깊은 산 속 오지마을에서 식인 호랑이를 만나 사투를 벌인 이야기며, 호랑이 사냥에 관한 에피소드들은 당신을 만나 직접 들려드리리다(기대하시오. 엄청난 이야기가 무궁무진하게 깔려 있다오).

물론 그때의 경험을 글로 쓸 수도 있을 것이오. 내 계획은 이렇소. 귀국하는 즉시 여행기를 써서 글과 사진을 신문사에 보낼까 하오. 일단 그렇게 분위기를 띄운 다음엔 여유를 갖고 한 권의 책으로 엮어내는 것이오. 장담컨대, 그 책은 언더우드 부인이 쓴 『상투잡이와 함께 보낸 십오 년』이라든지 매켄지의 『한국의 비극』과는 사뭇 다른, 아주 특별한 저술이 될 것이라 여겨지오(아니, 그것은 확신에 가깝소. 신종 식물을 찾아내는 내 감식안이 또다시 더듬이를 움직이기 시작했으니, 그 글의 성공 또한 틀림없을 것이오).

갑산에서 풍산을 지나 함흥으로 이동하며 돌아본 북방의 산들이 지금도 눈에 선하구려. 산봉우리에서부터 조금씩 낮아지던, 늙은 족장의 흰 수염 같은 설선(雪線)들. 엑스선이 투과한 흉곽처럼 앙상하게 골조만 남은 삼림 속을 저 혼자뿐인 양 우렁차게 내달리다가, 폐의 한쪽이 응고되듯 서서히 목청을 낮추며 얼어붙는 계류들. 겨울을 나기 위해 남하하는 새들이 구름처럼 머리 위를 덮고, 한바탕 난장판을 벌이듯 퍼붓는 눈보라…….

진정한 야성을 가진 자들—호랑이와 표범과 산양들만이 머무를 수 있는 저 설산의 고독 속으로 나 또한 얼마나 내달리고 싶었는지 모르오. 젊고 실팍진 대지의 근육과 혈맥을 타고, 머리 하얀 등고선의 꼭짓점에서 꼭짓점으로 옮겨 살며, 한 마리 이름 없는 짐승이 되어 사라지고 싶은 심정.

하하! 내가 너무 센티멘털해진 것 같구려. 용서하오. 하지만…….

지금 막 부관이 다녀갔소. 호텔의 특실에서 정호군의 해단식을 겸한 연회가 있기로 했는데, 잠시 후 시작된다는 전언이었소. 그런데 저 일말의 양심도 없는 제국의 개들은

(문득 존 해리슨은 펜을 움직이던 손을 멈추었다. 그리고 생각했다. 나와 저들이 다른 점은 무엇일까?…… 해리슨은 재빨리 머리를 흔들었다. 그리고 다시 쓰기 시작했다.)

오늘 저녁, 호랑이 고기를 주 메뉴로 한 만찬을 갖기로 하였다 하오. 총독부의 고관대작과 각국의 영사들, 친일 조선인 엘리트들, 식민지에서 떼돈을 번 경제인들과 거간꾼들, 바다를 건너온 갖은 지식인 나부랭이들—민속학자, 지리학자, 생물학자, 고미술연구가, 작가와 기자 등이 떼거리로 몰려들어 역사상 유례없는 호랑이 시식회를 갖는다 하니, 나 또한 그 구미 당기는 식탁을 마다할 순 없지 않겠소?

*

벌써 새벽 1시가 되었구려. 연회는 아직 끝나지 않았소. 대충 둘러대곤 연회장을 빠져나왔지만 무사히 지나갈지 의문이오. 먹고 즐기는 데

엔 아주 끈질긴 자들이니 말이오. 호랑이 고기 맛에 대해선 이따가 설명하겠소. 오늘 저녁에 만난 지식인들만으로도 내 배가 터질 지경이오.

지식인들?…… 하하, 그들은 자화자찬의 방식으로 서로가 서로를 그렇게들 불러대지만, 내 눈을 속일 순 없는 법. 나는 알고 있소. 그들이 고고학자임을 자처하는 도굴범이라는 사실을. 고미술연구가로 지칭되는 미술상들이며, 역사학자 또는 문화사학자라고 칭송되는 문화재 불법 반출의 전문가들이라는 사실을.

중년의 민속학자와도 인사를 나누었는데, 그는(이름을 잊었다오) 이미 조선의 풍속에 관해 여러 권의 저술을 간행했다고 하더이다. 풍수라든지 샤머니즘, 그 밖의 갖은 주술 행위에 대해 얼마나 해박하든지 혀를 내두를 지경이었소. 그는 내가 알고 있는 조선의 식물들보다 더 많은 귀신의 이름을 달달 외고 있었는데, 만약 그가 살아 있는 조선인의 이름을 그만큼만이라도 기억한다면 세상이 좀 더 아름다워지지 않을까 하는 생각이 들었다오.

한 가지 중요한 것은, 그의 그러한 연구 실적에는 자국 정부의 무한정한 지원이 있었다는 사실이오. 한 마디로, 그는 제국의 식민정책이 낳은 아주 뛰어난 어용학자였던 것이오. 한 학자의 연구 성과물이 제국주의의 수탈 정책에 이바지한다는 사실을 그도 알고 나도 알지만, 학자의 위신과 위선을 걸고 우리는 그에 대해 일언반구도 언급하지 않았다오.

다만, 구스노키 요시노리가 소개해준 그의 스승과는 꽤 진지한 대화를 나눌 수 있었소. 작은 키에 단아한 몸매를 가진 노령의 학자는 독일에서 생물학을 공부했고, 영어도 꽤 능숙하게 구사하였소. 그는 나와 비슷한 고민을 안고 있었는데, 자생지에선 멸종되고 다른 대륙에서 개량되어 관상용으로 재배되는 식물들과, 남획으로 동물원을 전전하다가 박제 몇 개만을 남기고 사라진 동물들에 대해 연구 중이라고 하더이다. 최소한도, 더 늦기 전에 그러한 생물들의 목록만이라도 남겨야 하지 않겠느냐는 것이었소. 그의 말을 듣자 왠지, 무방비상태에 있는 한 나라의 식생을 유린해본 적 있는 제국주의 생물학자의 씁쓸한 회한 같은 것이 느껴져 가슴이 뭉클해오더이다. 그는 먼저 자리를 뜨면서 나에게 이런 말을 하였소.

"지리학자가 타고난 정복자라면 우리 같은 생물학자는 약탈자의 천성을 물려받았다고 봐야 옳을 것입니다. 크기와 질량 사이의 갈등에서 우리는 기꺼이 후자의 손을 들어주지만, 수량과 질량 사이에서는 해법을 찾지 못할 때가 많습니다. 따라서 남획은 우리의 악덕이자 미덕이지요. 불가피한 일이 아닐 수 없습니다. 여러 물건 중에서 어느 것이 성공할지, 다시 말해서 어떤 종자가 우성이고 우리의 의도에 적합할지 결코 알 수가 없으니까요. 게다가 우리의 의도가 무엇이고, 무엇을 겨냥하고 있으며, 적중은 무엇을 의미하는지, 대체적으로 우리는 무지한 상태에서 시작하여 결과에 이르게 되니 말입니다."

뼈저린 참회보다는, 이것이냐 저것이냐는 고뇌 끝에 스스로에게 부과한 면죄부가 더 절절하게 느껴지는 이 말 속에서 나 또한 약간의 위안을 구해볼까 하였으나, 저 망할 놈의 왜구들이 벌인 막장 축하연을 대하자 완전히 기분을 잡치고 말았다오.

조선호텔의 특실 한쪽 벽면을 완전히 덮은 넉 장의 호랑이 가죽을 볼 때만 해도 그런대로 납득이 가지 않는 것은 아니었소. 호피는 명실공이 목숨을 건 싸움의 대가였고, 타자부로라는 한 인간이 엄청난 희생을 치러 일구어낸 결실이었으니 말이오. 호랑이 가슴살과 허벅지살로 만든 스테이크와 완자, 튀김 등이 나왔을 때도 그저 요령껏 먹는 시늉을 하며, 호기심과 꺼림칙함이 혼합된 미소를 주고받을 수 있었소. 그런데 스페셜 요리의 마지막 코스는—크리스틴, 너무 놀라지 마시오—다름 아닌 호랑이 사시미였소!

일본인이 즐겨 먹는 생선회처럼 호랑이의 생살을 회로 떠서 나온 것이오. 더 놀라운 것은, 그곳에 모인 잘나빠진 인텔리들—사내들만이 아니오. 귀족과 정치 명가와 졸부들의 부인들까지 포함해 수십 명의 남녀들이, 웨이터들이 줄을 지어 들고 나온 사시미 접시를 보고 일제히 박수를 쳐서 환영했다는 사실이오. 그러자 타자부로는 더없이 황홀한 표정을 지으며 자리에서 일어나 정중하게 인사를 했고, 그 인사에 꼬리를 물고 또다시, 마치 영원히 끝나지 않을 것처럼 우레와 같은 박수갈채가 쏟아져 나왔던 것이오.

크리스틴, 더는 참을 수가 없소. 이 세상의 부조리함과, 도무지 앞뒤가 맞지 않는 일그러진 인간성과, 그것들을 쏙 빼닮은 나 자신의 모순을.

깜박 잊고 이야기하지 않은 것이 있는데, 그 자리엔, 왜 왔는지 모르지만, 캐나다 출신의 감리교 선교사가 있었소. 마침 YMCA 교육국에서 나온 한 미국인이 영어책을 조선어로 번역할 계획을 세우고 그것의 어려움을 이야기하자 이렇게 대꾸하는 것이었소. "이제 머잖아 조선어는 부엌에서 아낙네들 사이에서나 쓰일 텐데, 조선어로 번역해서 무얼 어찌하려는 겁니까?"…… 이것이, 바로 이것이 그리스도의 사랑을 전파한답시고 태평양을 건너온 종교인의 입에서 나온 말이었다오.

그렇소. 어쩌면 그럴지도 모르오. 단발령에 이어 흰옷을 입는 것마저 금지당한 이 백의의 민족은 '황국신민서사'를 외며 내선일체의 국시를 따라 대일본제국의 신민이 되든지, 아니면 저 산 속의 호랑이들처럼 사살되거나 사냥꾼들의 몰이를 피해 눈 덮인 동토의 땅으로 달아나는 수밖에 없을 것이오. 호랑이의 길, 그것은 다름 아닌 조선 민중의 길인 것이오.

아, 내가 취한 것일까?…… 그렇소. 나는 오랫동안 취해 있었소. 그리고 좀 더 오래오래 취해 있고 싶었소. 지금도 나는 술을 마시고 있지만, 그동안 나를 그토록 강하게 하고 감미롭게 어루만져주었던 도취는 어디로 가버렸는지 알 수가 없소.

크리스틴, 이제 나는 더 이상 취할 수가 없게 되었소. 이것이 지금 나의 괴로움이오. 그리고 다만, 이 괴로움이 그저 오늘만의 것이기를 바랄 뿐이오.

1917년 11월 21일. 당신의 변함없는 사랑, 존 해리슨.

해후

정호군이 떠났다는 소식과 함께 장터에 파다하게 퍼진 소문에는 믿기 어려운 놀라운 사실들도 있었고, 믿을 수 없는 엉뚱한 이야기들도 있었다. 하지만 그것이 사실이든 지어낸 이야기든 간에, 소문만큼이나 장바닥에 파다하게 펴져 있는 진기한 물건들을 의심할 수는 없었다.

어떤 경로를 거쳐 좌판에 진열되었는지 알 수 없는 물건들 속에는 정호군이 흘리고 간 탄띠라든지 모자, 지갑, 회중시계, 나침반, 안경 따위도 있었지만, 사람들의 관심을 집중시킨 것은 뭐니 뭐니 해도 호랑이의 눈알이라든지 이빨, 발톱, 뼈, 말린 혓바닥과 고기 등이었다. 대량으로 흘러나온 짐승들의 모피도 눈길을 끌었는데, 그 속에는 곰 발바닥, 여우와 늑대의 앞발, 박제로 만든 검독수리와 수리부엉이와 두루미도 섞여 있었다.

가을걷이와 웬만한 과실수들의 갈무리도 끝나 노점에 진열될 상품도, 이렇다 할 볼거리도 없는 장터에서, 정호군에 얽힌 소문과, 그 소문을 뒷받침해주는 갖은 물건들은 뜨내기 구경꾼들의 여흥거리로 손색이 없었다. 특히 아이들은 자리를 뜰 줄 몰랐는데, 반짝반짝 빛나는 탄피와 총알에 맞아 죽은 호랑이의 눈알은, 그 두 물건이 같은 자리에 놓인 것만으로도 아이들의 상상력을 자극하기에 부족함이 없었다. 거기다가 군인들이 타고 간 수송트럭이나 기마병을 먼발치에서나마 본 적 있는 아이들의 입심이 가세하면, 바야흐로 한 편의 드라마가 펼쳐지는 것이었다.

때때로 흥분한 꼬마들이 저도 모르게 물건에 손을 대기라도 할라치면 어김없이 장사치들의 불호령이 떨어졌다. 파리라도 쫓듯 성가셔하는 장꾼의 퉁바리에도 불구하고 땅바닥에 퍼더버리고 앉은 아이들의 재잘거림은 그칠 새가 없었다.

눈발이라도 흩뿌릴 듯 새치름한 날씨였다. 바람은 잔잔했지만, 낮게 내려앉은 하늘 가장자리에 뙤창처럼 뚫린 태양에서 흘러나오는 햇살은 얼음 알갱이로 이루어진 듯 차갑기만 했다. 수연은 부르르 몸을 떨었다.

아이와 아낙 할 것 없이 온갖 사람들이 모여 수군대는 인파 속에 묻혀 훈을 기다린 지도 벌써 한겻이 지난 터였다. 정호군이 떠났다는 소식을, 훈을 다시 볼 수 있게 되었다는 반가움으로 돌려 들은 수연은 어쩐지 맥이 풀리는 기분이었다. 들고 나고 차고 비는 구경꾼들 속에서 수연을 눈여겨보는 사람은 없었지만, 그래도 마냥 기다리고 있을 수만은 없었다. 어른들의 발치에 앉은 아이들의 수다와, 그 뒤에 선 어른들의 입방아도 들을 만큼 들어 갑갑하기만 했다.

수연은 추위에 트고 갈라진 아이들의 손과, 밥풀을 짓이겨놓은 듯 허옇게 살갗이 일어난 불그죽죽한 볼을 보며, 어느새 겨울이 삶 속 깊숙이 파고들었음을 실감할 수 있었다.

수연은 고개를 들어 희뿌연 연무에 싸인 먼 산들을 바라보았다.

*

훈은 기분이 좋았다. 라이플총을 장터에 내다팔기로 한 자신의 결정을 다시 한 번 자찬하며, 훈은 어머니에게 드리기 위해 산 버선이며 동생들의 양말 따위가 든 보따리를 기분 좋게 어루만졌다.

정호군의 대장 타자부로가 준 라이플총은 탐나는 물건이지만, 훈에게는 과분한 것이었다. 몇 년 전부터 총기 소지가 엄격하게 금지되고 있는 상황에서 훈은 자신의 화승총조차 비밀리에 보관해오던 터였다. 정호군에 합류함으로써 총기를 소지할 자격이 주어졌다고는 하나, 훈으로서는 그 총에 필요한 탄알조차 충당할 형편이 못 되었다. 이래저래 그에겐 어울리지 않는 물건이었던 것이다.

총의 임자를 잘 만난 것도 행운이었다. 누가 봐도 눈에 띄는 물건을 장터에 가져 나갔을 때, 그것을 바라보는 사람들의 시선이 곱지만은 않았다. 어떤 이는 일본 순사를 조심하라고 귀띔해주기까지 했다. 그 말이 마음에 켕겨 훈은 일찌감치 자리를 접고 말았다.

그때 한 노인이 다가왔다. 중절모에 검은 구두를 신고 마고자에 두루마기까지 갖춰 입은 노인은 훈의 곁을 스치듯이 지나며, 마치 다른 사람에게 이야기하듯 앞만 보면서 낮은 소리로 속삭였다.

"총을 팔 요량이면 나를 따라오게."

노인은 뒷짐을 진 채 천천히 걸어 상설시장 한가운데에 있는 포목점 안으로 들어갔다.

"얼마면 되겠는가?"

노인이 물었다. 하얀 머리에 수염까지 백설처럼 흰 노인의 눈이 까만 뿔테안경 뒤에서 반짝거렸다. 훈이 대답을 못 하고 머뭇거리자, 노인은 금고를 열고 지폐 한 다발을 꺼낸 뒤 그 중 몇 장을 세어 훈에게 주었다.

"이 정도면 될 걸세. 단, 내게 팔았다는 건 비밀로 묻어두게. 또 한 가지—."

돌아서 나오려는데 노인이 말했다.

"오래 머물지 말고 장터를 떠나게."

그것이 전부였다.

훈은 노인이 보는 앞에서 감히 돈을 세어보진 못했지만, 지금껏 만져보지 못한 큰돈이라는 건 짐작할 수 있었다. 물물교환이나 동전푼 거래가 전부였던 그로서는 그야말로 횡재를 한 심정이었다. 벌렁거리는 가슴을 다잡고 포목점을 나선 훈은 허리춤에 찬 염낭에 돈을 넣을 생각도 못 하고 지폐 뭉치를 움켜쥔 손을 조끼주머니에 찔러 넣었다. 그는 그 많은 돈을 줍거나 훔친 심정이 되어, 누가 볼세라 빠른 걸음으로 장터를 빠져나가다가 불현듯 걸음을 멈췄다.

지금 내가 어디로 가고 있는 거지?…… 훈은 스스로에게 물었다. 그 물음은 별로 도움이 되지 않았기에 훈은 다른 물음 하나를 생각해내야만 했다. 그리고…… 지금 나는 무엇을 하고 있는 걸까?…… 훈은 생각하고 또 생각했지만, 단지 생각하려 애쓰기만 할 뿐 아무 생각도 하지 못하는 자기 자신을 깨닫고는 절레절레 머리를 흔들었다.

훈은 조금 전까지만 해도 자기가 들고 있었던 라이플총을 떠올렸다. 그 총은 그가 두 마리의 식인 호랑이를 쏘아 맞춘 공로—한 마리는 즉사했고, 다른 한 마리는 치명적인 상처를 입었다—에 대한 보상이었고, 타자부로의 선물이었다. 그것은, 말하자면 '내 것'이었던 것이다. 게다가 타자부로는 이 땅에서 누구도 손댈 수 없는 권력자이고, 바로 그 무소불위의 타자부로가 훈의 능력을 인정해서 선물로 주었던 것이다. 그러한 내가 무엇을 두려워한단 말인가?

그러했다. 두려워할 것은 없었다. 훈은 노인의 마지막 말을 떠올렸다. 오래 머물지 말고 장터를 떠나게. 돌연 코웃음이 나왔다. 훈은 갑자기 포목점으로 돌아가 노인에게 자기가 어떤 사람이고 그 총이 어디서 생겼는지 말해주고 싶은 강한 충동을 느꼈다. 그는 거의 그곳을 향해 발길을 돌릴 지경에 이르러서야 마음을 다잡고 스스로를 추슬렀다.

노인은 내가 총을 훔치거나 어떤 비정상적인 방법으로 손에 넣은 것으로 생각한 모양이지만, 생각이야 멋대로 하라지. 어차피 그 총은 이제 내 것이 아니니까. 나는 총을 팔았고 부자가 되었으니까. 훈은 우쭐해져서 장터로 발길을 돌렸다. 가는 도중에 막다른 골목길로 들어가 백 원짜리 지폐 열 장을 확인하고는 아홉 장을 염낭에 넣고 아가리의 끈을 단단히 묶었다. 나머지 한 장은 조끼주머니에 넣고 손으로 꼭 거머쥐었다.

훈은 싸전거리를 따라 걷다가 멍석 위에 펼쳐진 잡화점에서 어머니께 드릴 참빗과 손거울을 샀다. 조금 더 걷다가는 어머니의 버선과 덧버선을, 두 동생을 위해서는 털실로 짠 양말과 벙어리장갑을 샀다. 족제비 털로 만든 귀마개가 눈에 띄어 귀마개 두 벌을 샀다. 신발가게 앞을 지나다가 검정고무신이 맘에 들었지만, 동생들의 발 크기가 짐작되지 않아 흥정을 그만두었다. 이담에 녀석들을 데리고 나와서 사줘야겠다고 생각했다.

이것저것 내키는 대로 샀지만, 백 원을 깨서 쓴 돈보다 남은 돈이 많았다. 더 무얼 살까 기웃거리다가 훈은 여자들을 위한 노리개며 비녀, 화장품 따위를 파는 방물판 앞을 지나게 되었다. 그곳에는 향주머니와 은장도, 떨잠과 같은, 훈으로서는 이름도 용도도 모르는 물건들이 허다했는데, 하나같이 곱고 반지라운 빛깔이 수연의 모습을 떠올리게 했다.

훈은 어머니가 계신 행랑채를 드나들며 이따금 훔쳐보곤 했던 매월관의 사랑채가 생각났다. 분내와 향내가 은은하게 감도는 띠살무늬 분합문 사이로 보이던, 흰 종이를 바른 벽과 족자와 병풍들. 거울처럼 반질반질하게 윤이 나는, 기름 먹인 장판지와 화초장과 도자기들…….

불현듯 야멸치게 귓전을 때리는 수연의 목소리.

'오라버니 뜻이 정 그러시다면, 호랑이 가죽을 주시와요. 저의 손님맞이 방을 다 덮을 만큼 큰 놈으로요.'

훈은 자기도 모르게 미간을 찌푸리며 파르르 눈썹을 떨었다. 견딜 수 없는 모멸감에 방물판을 향해 걷어차듯이 발길질을 하고는 홱 몸을 돌려 종종걸음을 치기 시작했다. 몹쓸 말이 나오려 입이 근질거렸으나 훈은 꿰매듯이 어금니를 꽉 물고서 황소처럼 씩씩거리며 콧김을 뿜었다.

훈의 걸음은 점점 더 빨라졌다. 훈은 사람들과 부딪치는 것도 아랑곳하지 않고 땅만 보면서 성큼성큼 걸었다. 거쿨진 덩치에 쑥대머리를 하고 심술궂은 표정으로 걷는 품이 누구라도 당장 마주치기만 하면 모가지를 부러뜨려놓을 기세였기에 사람들이 알아서 길을 비켜줄 정도였다.

"차라리 내 가죽을 벗겨달라고 하지 그랬느냐, 이 요망한 것!"

마침내 그의 입에서 이 한 마디가 터져 나왔다.

훈은 울고 싶은 심정이 되어 두 주먹을 불끈 쥐고 길모퉁이를 돌다가 엿목판을 목에 멘 아이와 정면으로 딱 부딪치고 말았다. 머리가 훈의 허리에도 못 미치는 아이는 뒤로 벌렁 나가떨어지면서 훈의 발아래에 깔렸고, 그 통에 훈도 중심을 잡지 못하고 허우적거리다가 땅바닥에 나자빠졌다.

뒤로 넘어진 아이나 모로 쓰러진 사내나 둘은 서로를 보거나 상황을 살펴야 할 터인데, 그들의 시선이 일제히 쏠린 곳은 엿목판에서 쏟아져 흙투성이가 되어버린 엿가락들이었다.

아이의 두 눈이 휘둥그레지더니 볼이 실룩거렸다. 아이는 아픈 것인지 놀란 것인지 종잡을 수 없는 표정을 짓더니, 그것도 잠깐, 별안간 기차 화통 같은 울음을 터뜨렸고, 그와 동시에 단 일 초도 안 걸려 폭포수 같은 눈물이 쏟아져 나왔다.

훈은 도무지 어떤 반응을 보여야 할지 알 수 없어 계면쩍은 몸짓으로 엉거주춤 몸을 일으키고는 한 손으로 땅바닥을 짚은 채 아이를 바라보았다.

그것은 그야말로 눈물의 세수였다. 곱이 잔뜩 낀, 가느다랗게 째진 눈에서 흘러나온 눈물은 때 구정물로 꾀죄죄한 얼굴을 훑어 내렸다. 덕분에 얼굴 전체가 땟국으로 범벅이 되었지만, 동시에 얼굴의 밑그림으로부터 만질만질하고 발그레한 소년의 살갗이 드러났다.

사람들이 몰려들었다. 훈은 죄스러워 일어서지도 못한 채 앉은걸음으로 아이에게로 다가가 그 커다란 손으로 아이의 머리를 쓰다듬었다.

"울지 마."

훈이 말했다. 문득 아이가 울음을 멈췄다. 그러고는 눈물 사이로 훈을 보더니 더욱 크게, 이번에는 아주 쉽게 울음을 터뜨렸다. 완전히 낙담해버린, 가망 없는 울음이었다.

"울지 마라니까!"

훈이 좀 짜증스럽게 말했다. 그런데 이상하게도 울지 말라는 훈의 말은 아이의 울음을 더 복받치게 할 뿐이었다.

"엿은 내가 사줄게."

훈이 말했다. 그의 목소리는 왠지 자신이 없었으므로 아이는 그 말을 듣지 못한 것 같았다.

"엿은 내가 사준다니까!"

훈이 다시 말했다. 뱃속에서 으르렁거리는 듯한 목소리가 살아났다.

"이봐!"

훈이 아이의 어깨를 툭 쳤다.

"난 거짓말 안 해. 저 엿은 내가 사주겠다고. 알아? 내가 다 사준다고. 그러니 그만 울어. 사내자식이 왜 이렇게 눈물이 많아?"

훈이 다시 어깨를 툭 치자 아이가 뒤로 벌렁 나자빠졌다. 어느새 울음을 멈춘 아이는 또 어느새 웃고 있었다.

"얼마냐?"

훈이 주머니에서 돈을 꺼내며 물었다.

"저 엿 다 얼마냐고?"

아이는 훈이 쥐고 있는 돈과 엿을 번갈아 보았다. 그러더니 천천히 엿을 목판에 주워 담기 시작했다.

"야, 그건 못 먹어. 담지 마. 그건 그렇고, 얼만지 말이나 해. 야, 담지 마라니까!"

"몇 갠지 세어봐야 알 거 아네요!"

아이가 빽, 하고 소리를 질렀다. 귀청이 떨어질 정도로 새된 소리였다.

"자, 이거면 되냐?"

훈이 지폐 석 장을 내밀었다. 그는 어떡해서든 이 자리를 빨리 빠져나가고 싶었다.

"삼십 원이다. 이거면 되냐고?"

아이의 눈이 휘둥그레졌다. 그러더니 떼굴떼굴 눈을 굴리며 입을 앙다물었다. 눈물의 폭포가 씻어 내린 두 뺨에 홍조가 감돌았다.

"삼십오 원, 아니…… 사십 원이요!"

아이가 내뱉듯이 말했다. 훈이 똑바로 아이를 쳐다보자 아이가 눈을 돌렸다.

"아니, 삼십오 원만 줘도 돼요. 엿은 씻어서 먹어도 되니까요."

"알았어."

훈은 십 원짜리 한 장을 더해 넉 장의 지폐를 아이 손에 쥐어주었다. 아이의 얼굴이 달덩이처럼 환해졌다.

"종수야, 이거 먹어도 되냐?"

그때 한 아이가 옆에 있다가 땅에 떨어진 엿을 가리키며 물었다. 엿 목판을 멘 걸 보니 그 아이도 엿장수였다.

"안 돼!"

종수가 말했다.

"더러워. 먹지 마."

훈이 말했다. 그렇게 말해놓고 자세히 보니, 엿은 못 먹을 정도는 아니었다.

"먹어도 되겠네."

훈이 말했다.

"종수야, 이거 먹어도 되냐?"

아이가 다시 물었다.

"안 돼. 내 거야."

종수가 대답했다. 찔러도 피 한 방울 안 나올 녀석이로군, 하고 훈이 생각했다.

"야, 먹게 둬라. 나눠 먹어도 되지 않냐? 그리고 엿은 내가 산 거다. 네 게 아니라 다 내 거라고."

그제야 종수가 빙그레 웃으며 말했다.

"그래. 먹어도 돼."

이 말이 떨어지기가 무섭게 빙 둘러선 어른들의 가랑이 사이로 아이들의 손이 비집고 들어오더니 부리나케 엿가락을 집기 시작했다.

"나도 하나 줘."

훈이 종수에게 말했다. 종수가 흙이 묻은 엿을 후 불고 옷소매에 닦아서 훈에게 주었다.

"맛있다. 네 엄마가 만든 거냐?"

종수가 고개를 끄떡였다.

엿은 순식간에 동이 났다. 훈은 엿목판을 멘 아이를 돌아보며 물었다.

"네 엿은 다 얼마냐?"

아이는 귀가 번쩍 뜨인 듯 쭈뼛하니 까치발을 하고 서며 대답했다.

"이십 원이요! 이십 원만 주세요. 싸게 드릴게요."

"좋아. 이리 줘."

훈은 나머지 돈을 탈탈 털어 값을 치른 뒤 엿을 아이들과 주위에 있는 사람들에게 나눠주었다. 이십 명에 가까운 아이와 어른들이 둥그렇게 모여 쩝쩝거리며 엿을 먹고 있는데, 문득 사람들의 어깨 너머로 맑고 고운 여인의 목소리가 들려왔다.

"저어…… 저도 하나 주시면 안 될까요?"

훈은 앉은 채로 고개를 돌려 소리가 들려온 쪽을 바라보았다. 훈은 천천히 몸을 일으켰다.

사람들의 머리와 어깨 너머로 훈의 시선이 미치자 사람들이 몸을 틀어 틈을 내어주었다. 하나둘 비켜서는 사람들 사이로 장옷으로 얼굴을 가린 여자가 시야에 들어왔다.

훈의 눈길이 닿자 여자가 속고름을 여민 두 손을 살며시 펼쳤다. 희고 동그스름한 이마에 눈매가 서늘한 얼굴이 드러났다.

수연이었다.

백호

날개짓 치는 소리 없이 눈 덮인 땅을 스치듯 훑고 지나가는 부엉이의 날갯짓에 달빛이 흩어졌다. 들쥐의 외마디 비명이 땅바닥에서 나뭇가지 위로 날카로운 여운을 끌며 높아졌다가 사라졌다. 달의 포말이 눈송이처럼 부서졌다. 요기를 띤 숲의 한쪽에 멍든 자국처럼 흑점이 잡혔다.

순간, 박 포수의 눈썹이 파르르 떨렸다.

먹빛 어둠으로 눌러놓은 흰빛엔 광택이 없었고, 눈으로 누르고 달의 흡묵지로 빨아들인 어둠엔 소리가 없었다.

어둠 속에서 부엉이의 두 눈이 요지부동하게 빛을 발했다.

밤새 침엽수림에 내린 눈은 이튿날 아침, 숲의 우듬지를 흔드는 바람에 눈 포탄이 되어 쏟아졌다. 숲의 밀도에 따라 고르지 못하게 깔린 눈길 위에 눈의 낙관이 찍혔다. 파란 하늘은 순식간에 눈 폭풍에 휩싸였다.

바짝 다가붙은 멧부리가 빛의 뿌리를 잘라먹고 한낮의 골짜기들을 그림자 속에 가두면, 저물녘까지 한참 밝은 하늘이 아주 먼 딴 세상처럼 느껴졌다.

타자부로는 그 어둠과 빛이 못 견디게 낯설었다. 때때로 가슴을 후벼파는 것 같은 쓸쓸함이 마음의 적막함을 밀어낼 때면, 타자부로는 저 높은 하늘의 빛과, 바닥에 발이 닿지 않는 어둠 사이에서 자신의 이름을 잃어버린 것 같은 막막함에 빠져들곤 하였다.

두 세계 사이에는 경계가 보이지 않았다. 건너가고 다시 넘어올 수 있는 세계는 오래전에 풍화되어버린 것만 같았다. 그는 분열된 느낌마저 가질 수 없었다.

타자부로는 누군가를 그리워하듯이 자기 자신을 그리워했다.

밤이면 큰 불을 피웠다. 불을 중심에 두고 사람들이 둘러앉았다. 너울거리는 불꽃과 너울거리는 그림자들 너머엔 어둠이 있었고, 그 어둠 속엔 야생의 짐승들이 있었다.

불은 인간의 존재 증명이자 어둠 앞에 세우는 깃발이지만, 어둠은 불에 개의치 않았고, 존재를 증명하려는 인간의 노력에도 개의치 않았다. 불 밖의 깊고 막막하고 벽처럼 닫힌 세계와, 그 강렬하면서도 소모적이고 항구성과는 거리가 먼 불의 세계 사이에는 임계점이 없었다.

어둠은 발 디딜 틈 없이 빽빽했고, 불 밖으로 한 걸음 나선 사람은 직립해 있는 무수한 그림자들을 보았다. 그림자들은 소리 없이 움직였다.

*

"첫 번째 움직임과 두 번째 움직임 사이의 기다림에서 승부가 결정되지요……."

박 포수의 호랑이 이야기가 이어졌다.

"만약 놈이 먼저 나의 움직임을 보고 다음 동작을 기다린다면, 나는 놈의 수중에 떨어질 수밖에 없습니다. 반대로, 내가 먼저 놈의 움직임을 보고 그 다음 동작을 기다린다면, 놈은 나의 과녁 속에 놓이게 되지요. 만약 상대에게 먼저 눈에 띄고도 즉시 그 사실을 깨닫고 다음 동작을 취하지 않는다면, 그 찢어질 듯 팽팽한 기다림의 시간이 서로의 운명을 결정짓게 됩니다. 하지만 그날의 경우는 그것 아닌 다른 변수가 작용했지요. 짧은 겨울 해가 저물고 어둠이 내리기 시작한 것입니다. 그건 놈에게 유리한 시간이 왔다는 확실한 신호였지요. 나는 하는 수 없이 모닥불을 피우고 오직 청각에만 온 신경을 집중한 채 밤을 지새웠습니다. 맹수의 서늘한 입김이 목덜미를 핥는 것 같은 두려움에 진저리를 치면서……."

박 포수의 이야기는 계속되었다.

탁탁 튀는 불꽃 소리뿐인 어둠 속에서 박 포수의 목소리는 두근거리는 심장의 박동처럼 들렸다. 목소리는 높아졌다가 제풀에 놀라 낮아졌고, 그가 담뱃대를 빨기 위해 잠시 입을 다물 때면 장작불이 타면서 불똥을 튀겼다. 반면에, 박 포수의 이야기를 일본말로 통역하는 한민석의 목소리는 한결같이 낮고 침착했다. 한민석은 숲의 정적에 자신의 숨결을 띄우고 있었다.

자작나무 껍질로 불을 일으킨 뒤 소나무로 불땀을 돋우고 참나무 장작을 넣어 괄해진 불은 대담하고 향기로웠다. 그러나 찌르듯이 파고드는 추위에 불의 온기는 멀리 퍼지지 못했다. 허리를 펴고 고개만 들어도 코끝이 시려왔다. 먼데서 부스럭대는 기척이 들려올 때면, 불은 사방으로 잡아 늘인 기다란 귀가 되어 너풀거렸다.

탁, 하고 견과의 껍질을 깨는 소리와 함께 반딧불보다 작은 등황색 불티 하나가 항적을 그으며 밤하늘로 날아올랐다.

"…… 한밤중에 바람을 마주하고서 어둠보다 더 깊고 낮게 웅크린 채 눈 한 번 깜박하지 않고 표적을 응시하는 호랑이를 당해낼 수 있는 자는 아무도 없습니다. 그는 보지 않고도 볼 수 있으며, 두려움만으로도 상대를 제압할 수 있지요. 호랑이에게 인간이라는 존재는 기피나 혐오의 대상일 뿐, 그 이상의 의미는 없습니다. 놈에게 중요한 것은 인간을 이루고 있는 부품들, 파편들이지요. 이를테면, 당신의 체취, 땀, 트림, 방귀, 산 속 여기저기 흘려놓은 배설물 등이 바로 그런 것입니다. 놈은 그것들을 통해 당신이 어떤 존재인지 느끼고 그에 반응하는 것입니다. 당신들이 어제나 오늘 먹은 것, 그것이 당신들의 존재 전체일 수 있다는 것이지요. 놈은 인간을 아주 사소한 부품들로 분해해서 읽고, 그 냉철함과 비정함을 통해 인간을 굴복시킬 수 있는 것입니다……."

족제비 털로 만든 모자에 담비 목도리를 두른 박 포수는 하관이 빤데다 듬성듬성한 수염이 찌르듯 뾰족하게 솟아 있어, 그 역시 한 마리의 족제비과 동물로 보였다.

*

타자부로는 백두에 관한 이야기를 듣고 싶어 했다. 함경도 일대에서 널리 회자되고 있는 백두의 전설에서 그는 어떤 메시지를 읽은 것일까?

박 포수는 그러나 타자부로가 들은 근거 없는 이야기들을 가볍게 무시했다. 박 포수는, 백두라는 존재가 한 마리의 특정한 호랑이가 아니라 나이가 들고 기품 있는 다수의 호랑이들을 가리킨다며, 자기가 본 백두에 관해 이야기했다.

"호랑이는 나이가 들면 털빛이 엷어지면서 맑은 흰빛이 도드라집니다. 걸음은 크고 묵직해지는 데 반해 발바닥 살이 두툼하고 부드러워져 발자국이 거의 남지 않게 되지요. 눈썹은 희고 눈빛은 깊고 뚜렷해 결코 한눈을 파는 법이 없으며, 과녁을 꿰뚫듯이 사물을 정면으로 응시하지요. 내가 만난 백두는 그와 같은 모습이었습니다. 몸집이 유달리 크거나 날개가 달린 듯이 산을 뛰어넘는 그런 환상적인 호랑이가 아니었던 거지요. 호랑이와 나는 동시에 서로를 보았고, 바로 그 순간 그가 말로만 듣던 백두임을 알 수 있었습니다. 나는 그를 쏠 수 있었지만 쏘지 않았고, 백두 또한 나를 향해 이빨을 드러내거나 으르렁거리지 않았지요. 그 어떤 사냥꾼도 그런 호랑이를 잡는 법은 없습니다. 백두 또한 사람을 해코지하는 일이 없고요. 사냥꾼들은 누구나 이 사실을 잘 알고 있습니다. 우리의 사냥을 돕는 것은 백두이며, 그로 말미암아 사냥꾼들의 안전 또한 보장된다는 것을."

"그렇다면 백두는……. 그러지 말고 좀 더 이야기해보게. 백두가 산다는 그 골짜기의 이름이……."

타자부로는 호기심이 동하는 듯했다. 전에 없이 흥분하여 말을 더듬기까지 했다.

"아, 천문지곡 말씀이로군요?"

박 포수가 말을 받았다.

"네, 그래요. 백두대간 어딘가에 천문지곡이라는 골짜기가 있다고 들었습니다. 천 개의 문을 가진 골짜기, 또는 하늘로 통하는 문이 있는 골짜기로 알려져 있지요. 천 개의 문을 가진 골짜기는 찾기도 어려울 뿐더러, 자칫 길을 잘못 들어 그곳에 다다른 사람은 돌아 나오지 못한다고 들었습니다. 천 개의 문은, 들어갈 땐 모두 한곳으로 향하지만 나올 땐 제가끔 다른 곳으로 열려 있어, 자기가 들었던 곳으로 돌아 나오지 못하게 되는 것이지요. 또 때로는 하늘의 문이 열려 사람의 자취가 닿은 적도, 닿을 수도 없는 곳으로 홀연히 사라져버리기도 한다고 합니다.

천 개의 문을 통해 들어간 세계나 하늘의 문을 통해 다다른 세계 모두 이루 말할 수 없이 아름답다고 하나, 입에서 입으로 전해온 이야기일 뿐 실제로는 아무도 가본 적이 없기에, 그저 사람들의 마음속에 꿈의 장소로 존재한다고밖에 볼 수가 없습니다.

아주 옛적에는 병든 사람이나 노인들을 깊은 산속에 내다버리기도 했습니다. 그렇게 하면 병든 사람은 건강해지고 노인은 다시 젊어져 천문지곡을 찾아간다고 사람들은 믿었지요. 그래서인지 이따금 임종을 앞둔 노인들은 꿈속이나 생시에 그 골짜기를 보곤 하였는데, 그것을 본 사람들은 어김없이 그날로 세상을 떠났다고 합니다. 남은 자들은 그분들의 장례를 지내며, 이제 그분들은 천문지곡으로 떠났고, 따라서 더없이 행복할 것이라고 말하곤 하였지요.

예로부터 백두는 그곳에 살며, 오직 향기로운 풀 한 가지만을 먹는다고 전해져왔습니다……."

곰곰이 생각해보면 박 포수의 이야기는 백두의 전설과 결코 무관한 것이 아니었다. 박 포수는 함경도 일대에 널리 퍼진 전설이 호랑이 담배 피던 시절에나 나올 법한 이야기라고 폄하했지만, 타자부로는 오히려 그동안 자기가 주워들은 이야기들과 음과 양으로 이어져 있음을 느낄 수가 있었다.

가령, 효성이 지극한 한 선비가 불치의 병에 걸린 어머니의 병구완을 위해 몇날 며칠 산속을 헤매다가, 백두가 먹는 풀을 발견하곤 그 풀을 뜯어서 어머니의 목숨을 구했다는 이야기. 사냥꾼에게 희생당한 동물들이 백두에 의해 천문지곡으로 불림 받아 새로운 생명을 얻게 된다는 이야기. 또는(이게 제일 연관성이 희박하지만), 『산해경』에나 나올 법한 온갖 괴상망측한 외래 동물들의 침략으로부터 백두가 백두대간을 지켜낸다는 이야기 등등.

*

타자부로는 눈이 오지 않는 날엔 천막을 치지 않고 비박을 했다. 낙엽 위에 가문비나무나 분비나무의 잔가지들을 깔고 그 위에 곰 가죽 두 장을 겹쳐 놓고서 밤새 불을 쬐며 뒹굴었다. 때때로 그런 채로 술을 마시기도 했는데, 머리맡에 고이 모셔둔, 호랑이 가죽으로 만든 칼집 속의 칼을 어루만지며, 최후의 사무라이 중 한 사람이었던 자신의 조상이 어떻게 이 칼을 물려주었고, 사무라이 계급이 어떻게 메이지유신을 이룬 골수 왕당파들에 의해 몰락의 길을 걷게 되었는지에 대해 한민석을 상대로 지루하게 이야기를 늘어놓곤 하였다.

"자넨 카이샤쿠(介錯)에 대해 들어보았나? 사무라이 시대엔 할복을 도와 머리를 베어주는 사람이 있었지. 칼로 배를 가르는 것만으로 사람이 죽기엔 시간이 오래 걸리거든. 성공할 확률도 높지 않고. 그럴 때 카이샤쿠 역할을 맡은 사람이 시원스레 끝장을 내주는 거야. 단칼에 머리를 날려버리는 것이지. 이 칼은 마지막 사무라이의 죽음을 도왔던 카이샤쿠의 칼이라고 알려져 있어. 사무라이 시대의 종말을 목도했던 사무라이의 칼인 셈이지."

타자부로는 술기운이 뭉근하게 오르면 사무라이의 경전인 『하가쿠레(葉隱)』에 나오는 글귀들을 되뇌기도 했다.

죽을까 살까 고민할 때는 죽는 편이 낫다.

무사도란 죽음을 깨닫는 것이다.

반드시 죽는다는 생각을 날마다 되새겨야 한다…….

그럴 때면, 일본의 근대화를 이룬 것은 보수왕당파이고 지금의 군국주의자들이 그 직계 후손들이라면서, 천황의 복권을 통해 외세를 물리치겠다던 전통주의자들이 결국은 서양문명에 대한 열광적인 숭배자가 되어 나라를 말아먹었다고 질타했다.

"전통은 이렇게 변질되는 것이야. 재미있지 않나? 도쿠가와 이에야스가 사무라이의 영혼이라고 일컬었던 칼, 황실의 세 가지 보물 중 하나로 신성하게 모셔졌던 '구름무리의 칼(天叢雲劍)'의 정신을 이어왔던 무사도가 천황에 의해 멸해버린 것이야. 그리고 이 전체주의자들은 하늘 무서운 줄 모르고 세계를 상대로 전쟁을 벌이고 있어."

여행이 계속되면서 타자부로에겐 이것저것 재고해볼 일들이 많아졌다. 특히 그는 지난날엔 천옥과 같이 갑갑하기만 했던 한반도의 산하가 왠지 푸근하게 느껴지기 시작한 점에 주목했다. 믿기 어려운 변화였다.

타자부로는 생각했다. 산이 물을 풀어 사람들을 헤치면서 모으고 또한 그윽하게 품어주는 이 형국은 일본과 같은 화산섬에서는 발견하기 힘든 요소다. 강과 하천이 발달해 자주 큰물이 져서 땅이 비옥하고, 너른 들은 없어도 산과 들이 서로 등 돌리는 일이 없어 물살은 순하고 바람은 부드럽다. 많은 땅을 갖지 않아도 산자락이나 산골짝에 기대어 산의 것들을 캐어먹고, 산비탈에 자드락밭과 천둥지기를 일구어도 능히 살 수 있는 땅.

그러면서 타자부로는 마음 깊은 곳에서 열화와 같은 염원으로 들끓고 있는 욕망을 숨김없이 드러내는 것이었다.

소나무와 호랑이로 상징되는 이 땅에서 조선의 산하를 쏙 빼닮은 백두라는 놈을 마주할 수 있다면! 설산의 전설적인 호랑이를! 그리고 나아가, 놈을 내 손으로 잡을 수만 있다면…….
"나는 호랑이 가죽이 탐나지만 그 이빨이 무서워 침만 질질 흘리는 그런 소인배는 아니거든!"
이러한 기대감에 마음이 설렐 때면 가슴 한쪽에서 찌무룩하게 켕겨오는 통증 같은 것이 있었다. 타자부로는 더는 마음의 짐을 지고 다닐 수 없어 귀당골로 발길을 옮겼다. 타자부로의 도착은 마을의 잔치가 되었다. 타자부로는 먼저 촌장을 만나 마을의 안녕을 물은 다음, 성황당의 산신도를 훼손한 것은 다름 아닌 이 몸이라고 실토했다. 그리고 사죄의 뜻에서 산신도를 원형대로 복원해 드리고 싶다고 했다. 촌장은 그럴 필요까지 없다고 했지만, 타자부로의 뜻을 막을 수는 없었다.
타자부로의 현란한 칼놀림에 ×표가 그어진 산신도는 풀로 붙이고 종이쪼가리로 땜질을 해서 그런대로 벽에 붙어 있긴 했다. 타자부로는 그 그림을 떼어 원산 땅 최고의 화공에게 똑같이 그려오라고 부하들을 보냈다.
"단, 그림의 바탕은 종이가 아니라 비단이어야 한다. 최고급 비단! 알겠는가?"
그의 뜻대로 되었다. 비단 바탕에 세필로 꼼꼼하게 그려진 산신도는 살아 있는 듯 힘이 넘쳤다. 검은 줄무늬를 가진 흰 털의 호랑이는 관복을 입은 산신령을 감싸고서 침착하게 좌정해 있었다. 타자부로는 그림 속 백호에서 눈을 떼지 못했다.
비단 걸개그림을 거는 날, 타자부로는 잔치를 열어 마을사람들을 융숭하게 대접했다.

*

황토령을 지나 해발 2,309미터의 두류산으로 향할 때였다. 북방 기후에 의외로 잘 적응해왔던 타자부로는 돌연 감기에 걸렸다. 고열을 동반한 몸살이 며칠째 계속되더니 불면증까지 겹쳐 여행이 불가능한 상태에 이르렀다.

박 포수는 다시 황토령으로 돌아가 산막에서의 휴식을 권했다. 그곳은 황초령에서 이미 경험한 산막과 비슷했는데, 특이하게도 산막 안에 페치카 시설이 있었다. 박 포수는 페치카에 불을 피우고 벌겋게 달아오른 철판에 연신 물을 끼얹어 타자부로로 하여금 한증을 하게 했다. 그리고 땀에 젖은 몸을 잎이 무성하게 달린 자작나무 가지로 후려쳐서 몸의 독소를 빼게끔 했다. 또한 동계 사냥을 떠날 때면 늘 준비하는 비상식량을 꺼내 대접했는데, 소금에 절인 돼지비계와 마늘이 그것이었다. 타자부로는 땀을 빼며 돼지비계와 마늘을 먹었다. 그리고 편태 수도승처럼 자작나무 가지로 자신의 몸을 후려쳤다. 덕분에 열이 가라앉고 몸살 기운이 사그라졌지만, 몸이 허해졌음인지 식은땀을 흘리며 여전히 숙면을 취하지 못했다. 이대로 여행을 계속하는 것은 무리였다. 타자부로는 부관과 한민석을 대동하고 여덟 명의 호위 군인과 네 마리의 노새를 거느린 짐꾼들과 함께 함흥으로 떠났다. 훈과 박 포수는 황토령에 남았다.

망국지민

이른 아침, 송골매의 울음소리가 높았다. 울음소리는 산등성이를 뒤덮은 연무 위 높은 하늘에서 흘러내리는 쪽빛 물줄기 같았다. 매가 우는 아침엔 하늘이 높아진다는 것을 훈은 잘 알고 있었다.

정오가 되자 하늘이 갰다. 바람이 높게 불었다. 송골매는 눈길이 닿기 힘든 높이에서 가뭇가뭇한 반점이 되어 떠돌았다.

타자부로 일행이 돌아오길 기다리며 훈과 박 포수는 짬짬이 사냥을 했다. 몇 차례 푸지게 눈이 내렸으므로 추적은 용이했다. 반나절만 따라붙으면 어김없이 사냥감을 포착할 수 있었다.

무릎까지 빠지는 눈에 배를 깔고 나아간 짐승들의 자취는 안쓰러웠다. 골짜기를 향해 내려간 발자국들은 촘촘했지만 거슬러 올라온 흔적은 보이지 않았다. 눈 속으로 먹이를 구하러 나온 멧돼지를 잡는 것은 손쉬운 일이었다.

산막 앞 양지바른 곳에 다래덩굴을 엮고 바지랑대를 세운 건조대엔 노루와 멧돼지 고기가 얼며 녹으며 꾸들꾸들하게 말라갔다.

그런데 언제부턴가 주위를 기웃거리는 침입자가 있었다. 불곰이었다. 훈과 박 포수가 사냥을 나간 어느 날, 곰은 건조대에 널어놓은 고기들을 빨래 걷듯이 싹 먹어치웠다. 한 번 맛을 들인 곰은 그 후로도 틈틈이 산막 주위를 어슬렁거렸다. 발자국으로 보아 황소만 한 크기의 젊은 곰이었다. 동면에 들지 않고 떠도는 곰은 공격적이므로 최대한 조심해야만 한다. 춥고 배고픈 곰이 한밤중에 산막을 덮칠지도 몰랐다.

두 사람은 상의 끝에 곰을 잡기로 하고 매복에 들어갔다. 갓 잡은 사슴 고기를 건조대에 주렁주렁 매달아 놓았으므로, 개보다 몇 배나 뛰어난 후각을 가진 곰이 잘 차려진 밥상을 마다할 리 없었다.

곧 신호가 왔다. 놈은 산등성이 쪽이 아니라 골짜기에서 고갯길을 타고 올라왔다. 그것도 이른 아침에. 당돌하고 대범한 놈이라는 생각이 들었다. 아니면, 얼빠진 녀석이거나. 어쨌든 가파른 산비탈에서 헛딛고 미끄러지거나 부스럭대는 소리가 불곰 특유의 비둔한 인상을 주었다. 산막 좌우에 몸을 숨긴 훈과 박 포수는 눈짓을 주고받았다. 고갯길 쪽은 박 포수의 시야가 트여 있었으므로 첫 번째 사격은 그의 몫이었다. 훈은 가늠자에서 눈을 떼고 시선을 열어놓았다. 두 번째 사격은 첫 번째 사격에 대한 표적의 반응에 얼마나 민첩하게 대응하느냐가 관건이었다.

나뭇가지 부러지는 소리와 숨이 목에까지 차서 헐떡거리는 소리가 소란스럽게 들려왔다. 생각보다 놈은 덩치가 큰 듯했다. 암만 네 발 달린 짐승이라지만 좁은 산길을 헤집고 기어오르는 소리가 예사롭지 않았다.

덤불 너머로 곰의 머리가 보였다. 그런데 기다리던 불곰이 아니었다. 머리통이 새까맸다. 그렇다면 반달가슴곰일까? 아, 그런데…… 곰의 얼굴에 털이 없었다. 사람이었다. 검은 털모자를 뒤집어쓴 사람이었다. 훈은 벌떡 일어나 고함을 질렀다.

"쏘지 마세요! 사람이에요!"

다행히 총소리는 들리지 않았다. 훈의 고함소리에 기겁을 한 털모자가 벌렁 나자빠진 것을 제외하면 별다른 사고는 없었다.

고갯길을 타고 올라온 사람은 한 사람이 아니었다. 인솔자인 듯싶은 검은 털모자의 뒤를 이어 아이와 아낙과 노인 들이 봇짐이며 보퉁이를 지거나 이고서 꾸역꾸역 고개 위로 올라왔다. 지게 위에 솥단지나 이불보따리를 짊어진 사람들도 있었다. 한 집안의 식솔 전체로 보이는 무리만 해도 네댓 세대는 되는 성싶었다.

노인들은 고개 위에 올라서자 힘에 부친 듯 쉴 자리를 찾았다. 등에 업힌 아기들은 빽빽거리며 울었고, 코흘리개 아이들은 배고픔에 칭얼거렸다. 어른들이 박 포수와 이야기를 나누는 동안, 아낙들은 옷고름을 풀고 젖을 물리거나 솥을 걸고 감자를 삶았다. 훈은 그네들 속에 섞여 불 피우는 일을 돕다가 산막 안에서 번철을 가져와 건조대 위의 사슴고기를 구웠다.

이런저런 일을 하며 들은 대화를 통해 훈은 그들이 일본의 강제 동원과 공출을 피해 고향을 등진 사람들이라는 것을 알았다. 개중에는 의병들의 은거지로 의심받아 마을 전체가 불태워진 탓에 부득이 고향을 떠난 사람들도 있었다. 소나 닭과 같은 가축은 고사하고 세간조차 건지지 못한 사람들이 태반이었다.

"그러면 어디로 가려는 게요?"

박 포수가 조심스럽게 물었다.

"두만강을 건너면 간도 땅이 있다 들었소."

털모자를 쓴, 예순 줄에 눈이 퀭하고 입매가 강단져 보이는 사내가 대답했다.

"춥고 척박하나 땅이 넓어 부지런히 움직이면 토옥 한 칸에 입에 풀칠은 할 수 있다 하더이다."

그러면서 덧붙였다.

"만주든 연해주든 왜놈들이 지분거리지 않는 땅이면 발 뻗고 살 수 있지 않겠소이까?"

서둘러 끼니를 때우고 떠나는 사람들에게 박 포수는 말린 고기를 한 보자기 담아주었다.

"부디 좋은 세상 만나시기를."

박 포수가 말했다.

"고맙소이다. 먼저 자리 잡고 기다리지요."

털모자가 말했다.

"여기도 안전하진 않을 거요. 놈들은 어떤 구실을 대서라도 조선인들을 부리려 하지요. 산 속이든 땅속이든 샅샅이 뒤져 찾아내고야 만답니다."

훈은 멀어져가는 사람들의 뒷모습을 바라보며 왠지 가슴 한쪽이 허해지는 것을 느꼈다. 그는 남하하는 새들의 날갯짓조차 끊긴 먼 북쪽 하늘을 바라보았다.

동지와 함께 호랑이의 짝짓기 철이 다가왔다.

며칠 전부터 밤이면 '크으윽, 크으윽' 헛구역질 소리를 내며 호랑이 한 마리가 산막 주위를 배회하기 시작했다. 며칠이 지나자 그 소리는 낮에도 멈추지 않았다. 산봉우리를 중심에 두고 이 골짝 저 골짝을 넘나들며 느리지만 끊임없이 맴도는 울음소리가 지루하고도 처연하게 산등성이를 울렸다. 그 때문인지 불곰은 더 이상 나타나지 않았다. 그러던 어느 날 아침, 산막 문을 열고 마당에 나간 훈은 어른 손바닥보다 큰 발자국 몇 개가 덩그러니 찍혀 있는 것을 보았다. 호랑이였다. 얼고 녹길 되풀이한 눈 위에 깊숙이 찍힌 발자국들은 그 부드러운 발에 가해진 무게가 얼마나 대단했는지 웅변적으로 말해주고 있었다. 박 포수는 직감적으로 그것이 백두임을 확신했다. 두 사람은 사나흘분의 식량을 꾸린 뒤 서둘러 그 뒤를 추적하기 시작했다.

*

"놈이 우리를 현혹시키고 있어."

박 포수가 말했다.

"앞발자국에 뒷발을 겹쳐서 딛고 있군요."

훈이 말했다.

"산막을 떠난 뒤로 우리는 놈의 정체를 밝힐 만한 제대로 된 발자국 하나 찾지 못하고 있어. 하루하고 반나절 동안 흔적을 쫓고 있는데도."

"영리한 놈이에요. 되도록 흙을 딛지 않고 바위와 계곡을 이용해 이동하고 있어요. 간혹 뒷걸음질 치며 발자국을 지운 흔적도 눈에 띄고요."

"그래. 발자국만으로는 놈이 간 방향을 알 수 없어. 일부러 찍어놓고 엉뚱한 곳으로 달아난 것일 수도 있고."

"대책 없이 빠져드는 기분인데요."

"좀 쉬어가세. 요기도 하고."

훈과 박 포수는 시야가 확보되는 장소를 골라 주위를 살피며 말린 고기에다 삶은 감자를 먹었다.

"할아버지는 가끔 집에 오시는가?"

박 포수가 물었다.

"그이가 있으면 이깟 호랑이 뒤를 쫓는 것은 식은 죽 먹기일 텐데. 할아버진 호랑이의 길목을 훤히 꿰고 있었지. 때문에 인근 마을을 포함해 어느 곳에서도 호환을 입은 마을이 없을 정도였었지."

"영감님도 이 바닥에선 소문이 자자하잖아요?"

"다 옛날이야기지. 풍산개 두 마리에 창과 활을 들고 곰이나 멧돼지를 잡곤 했었지."

"호랑이는 몇 마리나 잡으셨어요?"

"딱 한 마리. 소문이 부풀려졌었지. 한창때 관군들과 함께 호랑이 사냥에 참가하긴 했으나, 그때 잡은 호랑이를 내가 잡았다고는 할 수 없지. 게다가 난 원칙적으로 호랑이 사냥은 하지 말아야 한다고 생각하거든."

박 포수는 칼로 돼지비계를 잘라 훈에게 한 덩이를 건네주고는 자기도 한 입 베어 물었다.

"근데 이번엔 왜……."

"왜 왜놈들하고 한 편이 되어 사냥에 나섰느냐고?"

훈은 대답하지 않았다.

"충인이 때문이지. 큰집 도령이 부탁해오는데 내 원칙만 고집할 순 없지 않나?"

박 포수 집안은 대대로 최 참판 댁 청지기로 살아왔었다. 반상차별이 폐지되고도 박 포수의 형님은 한동안 마름으로 문간방 생활을 했으나, 최충인이 논마지기와 집 한 칸을 떼어주며 자유롭게 해주었던 것이다.

"최 도령이 불러 당부를 하더군. 호랑이가 들고나는 길목을 지킬 수 있는 사람은 영감뿐이다. 도와 달라. 아무도 일본인들의 동원에 응하지 않는다면 그 피해는 고스란히 우리 읍내와 인근 주민들에게 돌아갈 것이다. 이건 호환보다 무서운 왜란이다. 호랑이 몇 마리쯤 거두고 나면 저들도 물러갈 것 아닌가. 이번엔 백두를 노린다지만, 있는지 없는지도 모를 전설 속의 짐승을 누가 잡는단 말인가……. 틀린 말은 아니었어. 그래서……."

박 포수의 말꼬리가 훈에게로 돌려졌다.

"그런데 자넨……."

훈은 자신의 물음이 되로 주고 말로 받는 격이 되었음을 깨달았다.

"임 노인은 이 사실을 알고 계신가?"

훈은 자기도 모르게 진저리를 쳤다.

달포 전이던가. 훈은 할아버지가 은거해 있는 산 속 토방으로 갔다.

훈은 성장하면서 지금껏 한 번도 표출하지 못한 거부의 몸짓으로 할아버지에게 대항했다. 벼르고 별렀던 담판이었다. 물론 정호군 이야기는 입 밖에 내지도 못했다. 조선인의 성정을 논하기 위해서는 반드시 백두대간을 통해야 하며, 조선인으로서의 올곧은 성정을 이루기 위해서는 저마다 자기 자신의 바탕 위에 자기만의 백두대간을 일으켜 세워야 한다고 입버릇처럼 말해온 당신에게 호랑이 사냥이란 맞아죽을 짓이었다.

훈은 되도록 에둘러서 자신의 처지를 이해시키려 했으나, 그의 푸념은 상투도 못 튼 어린것의 어리광으로 비쳤고, 할아버지의 논법은 비집고 들 틈새 없이 강고했다.

"하나의 산이 나뉘어 각기 다른 봉우리를 이룰지라도 두 산이 흘려보낸 물줄기들은 하나 되어 근본이 다르지 않음을 말하는 법이다."

훈은 물러서지 않았다. 훈은 이번만큼은 각오한 바가 있었다.

"한 개의 산을 넘으면 하나의 물을 만나고, 물 하나를 건너면 산 하나를 만나는 것이 이치라 하지 않았습니까? 그런데 어찌 이 못난 놈의 삶은 산 너머 산이요 물 건너 물이란 말입니까?"

훈은 의병으로 활동하다 왜경에 쫓겨 만주로 간 뒤 소식이 끊긴 아버지를 생각했다. 뱃속에 있던 민이가 일곱 살이 되도록 그림자조차 얼비치지 않은 아버지였다. 훈은 날을 세웠다.

"할아버님께서 그토록 주장하신 정도(正道)의 삶이 이런 것이라면 저는 사양하겠습니다. 이 궁핍과 편모슬하의 서러움이 그 고매한 민족정기와 백두 정신의 결실이란 말입니까?"

"어허! 말이 경솔하구나. 높은 산을 올라 산과 산 사이의 재를 힘들여 넘지 않고, 큰 여울을 돌아 나루를 찾으려 하지 않는 너의 경박한 요령을 탓하여라. 산허리를 잘라 길을 내고 물길을 돌리려 제방을 쌓는 자들과 네 소행의 다름이 무엇이냐?"

"솔잣새의 부리가 여느 새들과 달리 아래위가 어긋나게 생겨난 것은 솔방울 속의 솔씨를 빼먹기 위한 노력의 결과입니다. 입을 똑바로 다물 수 없음에도 불구하고 스스로를 조건에 맞는 존재로 만든 것에도 진리는 존재할 것입니다. 이십여 년 제가 살아온 삶이 어떤 조건을 걸고서 저를 시험하고 있는지 이제는 알 것 같습니다. 아니, 그 어느 때보다 활연하게 그 조건을 통찰할 수 있게 되었습니다. 솔잣새의 부리로만 열 수 있는 솔방울에 멧비둘기와 까치의 부리를 요구할 수는 없는 법입니다."

"어리석은 놈! 온유와 인내로 견뎌야 할 일을 분노와 성급함으로 탓하고, 네가 삿대질하며 손사래 치는 세상이 어찌 너의 편이지 않음을 원망하느냐? 눈비를 눈비라 하면 될 것을, 눈이 오면 비의 이로움을 논하고 비가 오면 눈을 그리워하는 너의 변덕이야말로 환란이니, 시대를 탓하지 말라. 누가 너를 버렸더냐? 너를 버린 세상은 정체가 없다. 네가 부둥켜안지 못한 세상 또한 헛것에 지나지 않는다. 그리 알라."

그리 알라? 무얼 그리 알라는 말인가? 할아버지의 지조 높은 고절(孤節)과 아버지의 목숨을 건 유랑과 어머니의 생활고와 훈의 고독 사이에는 근접점이 없었다. 스물한 살의 그는 아무 짝에도 쓸모없는 경서(經書) 몇 줄로 배움을 마감한 시골 무지렁이에 지나지 않았다. 그는 가난했고, 친구도 없이 외로웠다. 그런데 무엇을 그리 알라는 말인가?……

훈은 그날 다 뱉지 못한 말들이 찐 감자와 함께 목에 걸려 꺽꺽대는 것을 느끼며 벌컥벌컥 물을 들이켰다.

당신의 말씀이야말로 현실을 도외시한 궤변이 아닌가. 눈비를 눈비라 하지 않고 자기를 버린 세상을 등지고 정체 없는 또 다른 세상에 집착하는 것은 오히려 할아버지가 아닌가. 아흔아홉 칸 저택의 팔작지붕을 닮은 정자관을 머리 꼭대기에 쓰고 책상다리를 하고 앉은 잔반의 반대편에서, 길게 머리를 늘어뜨리고 온갖 격식과 의례를 팽개치고서 구름과 바람과 물의 길에 스스로를 내맡긴 사람…….

"무슨 생각을 그리 골똘하게 하나?"

박 포수가 입맛을 쩝쩝 다시며 담뱃대를 꺼내 물었다. 훈은 흘러내리는 머리를 털듯이 고개를 내둘렀다.

"지난번에 잡은 암호랑이 말인데……."

박 포수가 말꼬리를 끌었다.

"놈의 왼쪽 앞발에 난 상처가 총상임이 틀림없다고 노스케 사람이 말하더군."

"그래요?"

"자네도 모르고 있었는가?"

"네. 정말 뜻밖인데요. 그렇다면 결국……."

"내 말이 그 말이야. 새끼 둘을 부양해야 하는 어미호랑이를 식인으로 내몬 것은 결국 사람이었다는 거지."

훈은 '그렇구나!' 하는 표정으로 고개를 끄떡였으나 말을 잇진 못했다. 두 사람은 그런 채로 말없이 앉아 있었다.

"근데…… 타자부로라는 자 말이야. 자넨 어떻게 생각하나?"

이번에도 박 포수가 먼저 말문을 열었다.

"무얼 말인가요?"

"그자의 흉중 말일세. 난 아무래도 믿음이 가질 않아. 믿음은커녕 겪으면 겪을수록 오리무중인 느낌이야. 그자의 선량한 체하는, 짐짓 호방한 체하는 행동에는 너무 많은 그림자들이 어른거리고 있어. 그건 어쩌면…… 그자의 생각이나 행동이 그처럼 잘게 쪼개져 장작개비 같기 때문이 아닐까? 무엇보다 난 그자가 이곳에 다시 나타난 까닭을 알 수가 없어. 호랑이 네 마리의 가죽을 홀라당 벗겨 갔으면 된 일이지 더 무엇을 바란단 말인가. 백두라고? 허, 기가 막힐 노릇이지! 아니, 과연 그렇다면 그자는 진정 백두의 존재를 믿기라도 한단 말인가?…… 그럴 리가 없어. 그건 단지 구실에 지나지 않아. 예전에 최 참판 댁 어른한테 들은 이야기가 있어. 한참 잊고 있었는데, 요즘 들어 새록새록 기억이 새롭구먼……."

박 포수는 담배연기를 길게 뿜으며 생각을 더듬었다.

"도요토미 히데요시라고, 임진왜란을 일으킨 수괴가 있지 않나? 그런데 그자가 그렇게 호랑이 고기를 탐했다고 하더군. 고기뿐만이 아니야. 머리와 뼈는 물론이고 간, 쓸개 등 거의 모든 내장을 약으로 썼다고 하였어. 그자의 생김새가 꼭 원숭이 같은 게 작달막하고 똥똥했다고 하더군. 그러한 자가 대륙을 삼키겠다는 야욕을 품고서 호랑이 가죽을 깔고 앉아 막후에서 전쟁을 지휘하며 호랑이 고기를 통째로 뜯어먹고 있었던 것일세. 소금에 절여서 보낸 고기와 내장을. 간과 쓸개를. 눈알과 뼈를……. 그래, 나는 저 타자부로라는 자를 보노라면 왠지 자꾸만 그 이야기가 생각나곤 해. 일본은 한반도의 호랑이에 대해 미치광이에 가까운 집착을 가지고 있다는 참판 댁 어른의 말씀과 함께……."

박 포수는 기분 나쁜 한숨을 내쉬며 장죽의 재를 떨었다.

*

훈과 박 포수는 호랑이의 흔적을 더듬으며 하루 더 산중을 헤쳐 나갔다. 사흘째 이어지는 추적이었다. 첫날밤은 벼락을 맞은 고목의 그루터기 안에 불을 지피고 교대로 눈을 붙이며 밤을 지냈다. 둘째 날은 운좋게도 동굴을 발견했다. 퇴석층 지대를 통과하는데 발목 깊이로 쌓인 눈 아래서 웅숭깊은 공명음이 들렸다. 발을 구르자 울림은 크고 분명해졌다. 켜켜이 쌓인 바위 아래를 요리조리 비집고 들어가자 암혈이 나왔다. 지난봄에 산양이 새끼를 키우다 간 자리인 듯 길고 가느다란 회백색 털이 흩어져 있었다. 암혈은 입구가 좁아 바람이 들이치지 않았고, 보온이 잘 되어 불을 피우지 않고도 잘 수 있었다. 셋째 날이 왔다.

바람이 낮은 날이었다. 바람은 옆구리를 후비듯 얕게 파고들어 숲의 아랫도리를 흔들었고, 눈을 떠들쳐 가랑잎들을 흩뿌렸다. 온 산이 풍이 든 듯 허하게 울었다. 큰 눈이 오고, 그 뒤를 이어 한파가 덮칠 조짐이었다.

"산울림이 크군. 산이 몸부림을 치고 있어."

박 포수가 바람을 안고 말했다.

"돌아가야 하지 않을까요?"

훈이 물었다. 박 포수는 눈을 내리뜨며 쓰디쓴 표정을 지었다. 사흘간의 피로가 한꺼번에 몰려드는 것 같았다. 박 포수는 자기에게 찾아온 그 놀라운 직감을 포기하기 싫은 눈치였다.

"다시 한 번 백두를 내 눈으로 보고 싶었는데……."

그러나 드문드문 이어지는 놈의 발자국이며 오줌자국, 나무둥치에 남은 발톱자국과 털 몇 가닥에 의존해 추적을 계속한다는 것은 무리였다. 준비해온 식량은 동이 나고 있었고, 이대로 폭설이나 한파가 들이닥친다면 산막으로 돌아갈 기회를 놓칠 수도 있었다. 또한 만에 하나, 호랑이가 추적당하고 있다는 사실을 알고서 역습을 감행한다면 최악의 상황을 고려해야만 했다.

"놈의 신중함에 비춰볼 때 우리가 노출되었을 가능성이 큰 것 같습니다."

훈이 말했다. 박 포수도 동의했다.

"그래. 자네 말이 옳아. 놈이 우리의 그림자를 밟고 있어."

이런저런 이야기를 나누며 두 사람이 바위너설에 앉아 요기를 하고 있는데, 문득 코를 찌르듯 매캐한 냄새가 주위를 감돌기 시작했다. 뭔가 타는 듯 역하고 뒤틀린 냄새였다. 냄새는 저 아래, 골이 다하고 산문이 넓어지며 새로운 산줄기들이 시작되는 산자락에서 올라오고 있었다. 두 사람이 좀 더 높은 곳으로 올라가 아래를 살피자 거무스름한 연기가 피어오르는 것을 볼 수 있었다.

산모퉁이를 몇 개 돌아 산턱에 다다르자 냄새는 확연해졌다. 뿐만 아니라, 쇠와 쇠가 맞부딪고 벼락 치듯 돌들이 부서지는 굉음들이 골짜기를 쩌렁쩌렁하게 울려대었다. 궁금증이 더한 두 사람은 걸음을 서둘렀다. 그러나 몇 발짝 나아가기도 전에 지축을 뒤흔드는 거대한 폭발음에 머리를 감싸고서 땅바닥에 털버덕 주저앉고 말았다. 폭발음에 뒤이어 무엇인가 무너져 내리는 소리들이 들렸고, 다시 한 번 크고 작은 진동들이 지각을 흔들었다.

훈과 박 포수는 서로의 얼굴을 마주 보았지만 단 한 마디의 말도 할 수 없었다. 폭발 현장에서 또다시 쇳소리며 거친 마찰음들이 살아났다. 그 속에는 호각 소리와 사람들의 목소리도 섞여 있었다.

도대체 무슨 일일까?…… 두려웠지만 호기심을 억누를 수 없었다. 두 사람은 최대한 몸을 낮추고서 소리가 들려오는 곳을 향해 조심스럽게 나아갔다. 그리고 잠시 후, 눈을 의심하지 않을 수 없는 광경을 앞에 두고 얼어붙은 듯이 걸음을 멈추었다.

그곳은 이천 미터가 넘는 산의 허리쯤에 자리 잡은 협곡이었다. 깎아지른 산중턱을 감아 돌며 띠 모양의 절개지가 이어졌고, 그 아슬아슬한 낭떠러지를 옆에 끼고서 수많은 사람들이 개미떼처럼 움직이며 길을 내고 있었다. 조금 전에 들린 폭발음은 산부리에 터널을 뚫기 위해 폭탄을 터뜨린 소리였다. 바위투성이 산의 한쪽 면 전체가 속살을 드러낸 곳에서는 아직도 흙먼지와 연기가 뒤엉킨 구름장이 사람들의 머리 위를 뒤덮고 있었다.

한 번도 기차를 타본 적 없는 두 사람이었지만, 그곳이 말로만 듣던 철도 부설 현장이라는 것을 짐작할 수 있었다.

공사장 주변엔 나무판때기로 얼기설기 지어놓은 사각형의 집들이 십여 채 보였고, 곳곳에 큰 불을 피워 무엇인가를 태우거나 끓이고 있었다. 훈과 박 포수를 이곳으로 이끈 역한 냄새는 바로 거기서 비롯되고 있었다.

두 사람은 사람들의 목소리를 들을 수 있는 곳으로 좀 더 가까이 다가갔다. 늑대만 한 개들을 거느린 군인들이 곳곳에 눈에 띄었다. 군인들은 모두 일본인이었고, 무릎까지 내려오는 방한용 외투에 긴 장화를 신고 총을 메고 있었다.

또 다른 무리의 군인은 공사현장에 집중되어 있었는데, 그들 역시 방한용 외투를 입고 총을 메고서 인부들의 작업을 감독하고 있었다. 비좁고 가파른 벼룻길에서 무너져 내린 돌 더미를 손수레에 실어 절벽 아래로 쏟아 버리는 일은 끝도 없을뿐더러 참혹하기 이를 데 없었다. 인부들은 대부분 홑저고리에 종아리의 맨살이 드러난 잠방이를 입고 짚신감발을 차고 있었는데, 몰골은 피폐했고, 몸의 균형만 흩뜨려져도 그 자리에서 폭 꼬꾸라질 것처럼 지쳐 있었다. 그럼에도 그들의 작업은 쉴 틈 없이 이어졌다. 감시가 소홀한 틈을 타서 잠시 숨을 돌릴라치면 여지없이 호각소리가 울렸고 발길질이 가해졌다.

동원된 인부들은 조선인이 대부분이었다. 민간인 십장들이 주고받는 언어로 보아 그 중에는 만주족과 중국인도 섞여 있는 듯했다. 하지만 일본인들은 알아듣든 말든 상관없이 오직 제 나랏말만을 거침없이 질러댈 뿐이었다.

"돌아가세."

인부들의 숙소인 듯싶은 바라크 뒤에 숨어 상황을 살피던 박 포수가 말했다. 이토록 참혹한 지옥이 이처럼 가까운 곳에 있었다는 사실이 믿기지 않아 두 사람은 쉬이 발이 떨어지지 않았다.

바로 그때 등 뒤에서 누군가가 들릴 듯 말 듯한 목소리로 중얼거렸다.

"이보시오."

두 사람은 깜짝 놀라 뒤를 돌아보았다. 십여 동의 바라크가 쭉 이어진 언덕바지에 드럼통들이 산더미처럼 쌓여 있었는데, 그 통들 사이에 한 사내가 모로 쓰러진 채 그들 쪽을 향해 고개를 돌리고 있었다. 빡빡 깎은 머리에 얼굴 전체가 피딱지로 뒤덮인 사내는 한쪽 볼을 땅바닥에 붙인 채 꼼짝도 하지 않았으므로 두 사람은 그를 거적때기인 양 신경도 쓰지 않았던 터였다.

"도와주시오."

사내가 다시 말했다.

훈과 박 포수는 주변을 살피며 조심스럽게 사내 곁으로 갔다. 사내는 손과 발이 꽁꽁 묶여 있었고, 목사리가 달린 동아줄이 일 미터쯤 떨어진 나무에 그를 매어놓고 있었다. 사내 앞에는 놋그릇이 하나 놓여 있었는데, 그 안에는 뭔지 모를 음식찌꺼기가 얼어붙어 있었다. 하지만 그나마도 손이 닿기에는 멀어 보였다.

"이보시오, 대체 어찌된 일이오?"

박 포수가 물었다.

사내는 무슨 말인가를 하려는 듯 눈을 치떴지만, 더껑이로 앉은 눈곱과 피딱지로 말미암아 앞을 볼 수 없는 듯싶었다. 박 포수가 허리춤에서 칼을 꺼내 사내의 손발을 풀고 목사리를 끊어주었다. 그런 뒤 그를 부축해서 드럼통 뒤로 몸을 숨겼다. 밧줄에 팬 자국이 깊어 사내는 한동안 손과 발을 움직이지 못했다. 훈과 박 포수가 손목과 발목 주위를 비비고 주물러 피와 체온이 돌게 하고, 박 포수가 쌈지에서 꺼낸 환약과 물을 먹이자 사내는 조금씩 기력을 회복했다. 세 사람은 보다 안전한 산자락으로 자리를 옮겼다.

"고맙소."

훈이 모피외투를 벗어 어깨를 감싸주자 사내가 힘겹게 말했다.

"하지만…… 시간이 없소. 저들이 곧 내 뒤를 쫓을 것이오."

"도대체 무슨 일이 있었던 거요?"

박 포수가 재차 물었다.

"모르시오? 그렇다면 당신들은 행복한 사람들이오."

사내가 심하게 기침을 했다. 박 포수가 목을 받치고 물통을 입에 대어주자 그는 어렵사리 몇 모금을 삼켰다.

"일본은…… 압록강과 두만강 일대의 삼림과 석탄을 갈취하기 위해 철도를 깔고 있소. 벌써 오래전의 일이오. 우리는 그 노역에 강제 동원된 사람들이고요. 나로 말하자면, 본보기가 된 셈이지요. 이곳에서 탈출하려는 자가 어떻게 되는지 보여주기 위한……. 그런데 성냥 있으시오?"

사내는 소리 죽여 기침을 했다.

"성냥은 무얼 하시게? 이럴 게 아니라 어서 여길 떠납시다."

박 포수가 말했다.

"아니오. 나는 틀렸소. 이 다리로는 멀리 걸을 수 없소이다. 다만, 내 부탁을 들어주구려."

사내는 곁부축하는 두 사람의 손을 밀어내며 스스로 몸을 가누었다.

"난 더 잃을 게 없는 사람이오. 처자식은 죽임을 당했고, 집안 전체가 멸문을 면치 못했을 것이오. 놈들은 우리 문중의 뿌리까지 들어내고 그 자리에 독을 쏟아 부었으니……."

말라붙은 사내의 눈이 잠시 아득해졌다. 그러나 몸과 마음의 진액이 다 빠져나간 그의 시선에서는 눈물 대신 한 줄기 불꽃이 심지를 세운 채 파르르 떨고 있었다.

"서둘러야 하오. 나는 저들의 폭약이 어떻게 사용되는지 보아두었소. 탄약고도 알고 있고요. 이제 해가 지고 사람들이 숙소로 돌아오면, 놈들은 인부들을 불러다 내 앞에 세워놓고 을러댈 것이오. 탈출하려는 자는 탈출하라. 단, 우리 손에 잡히는 날엔 개밥 신세보다 더 처참한 꼴을 당할 것이다, 라고. 그런데 내가 보이지 않으면 놈들은 즉시 개들을 풀어놓을 것이오. 그래서 부탁하건대, 내 옷가지들을 산길 여기저기에 흘려주었으면 하오. 나는 저 공사장 어딘가에 숨어 개들과 군인들이 떠나길 기다렸다가 놈들의 상황실은 물론이고, 저들이 애지중지하는 폭약 전체를 날려버릴 것이오. 그뿐이오……."

박 포수는 망연한 표정으로 눈을 깔고 생각에 잠겼다. 그러더니 모피 외투 안에 입은 적삼을 벗어 사내에게 입혀주고는 사내의 옷을 받아들었다. 훈이 조끼주머니에서 당황을 꺼내 사내에게 주었다.

"좋은 물건이군!"

사내가 반색을 했다.

"되었소. 이젠 되었소."

사내의 얼굴에 미소인지 분노인지 모를 표정이 떠돌았다. 곡읍하듯 복받친 신음소리가 그의 입에서 새어나왔다. 훈은 목젖이 걸근거려 자기도 모르게 고개를 돌렸다.

"내 몸이 성치 않으니 오래오래 움직여야만 할 것이오. 허니…… 내 먼저 떠나리다. 두 분은 한시도 지체 말고 이곳을 떠나시오."

사내는 몸을 일으켜 한 발짝 떼려다 말고 엉거주춤하게 돌아서더니 박 포수에게 손을 내밀었다.

"내 이름은…… 함(咸)가요. 길(吉)자 식(植)자를 쓰오."

훈과 박 포수는 숲길을 내달렸다. 사내가 준 옷가지는 되도록 황토령과는 먼 방향에다 여기저기 던져놓았다. 날이 저물자, 아니나 다를까, 산 아래서 떠들썩한 소리가 들려왔다. 사이렌이 울리고, 호각소리, 개 짖는 소리가 산등성이까지 올라왔다. 어둠이 내렸다. 훈과 박 포수는 공사현장이 어렴풋이 내려다보이는 산마루에 앉아 숨을 돌렸다. 두 사람은 아무 말도 하지 않았다.

온종일 옆구리로 바람이 치받고 허하게 산이 울었던 하루가 놀빛도 없이 어둠 속으로 가라앉았다. 크게 동하던 산울림이 멈추고 함박눈이 내렸다. 그리고 잠시 후, 온 산을 뒤흔드는 굉음과 함께 천지개벽을 하는 듯한 불길이 저 아래 협곡에서 솟구쳐 올랐다.

살풀이춤

함홍 땅 최고의 안식처는 어디요, 최 선생이 이끄는 곳이면 어디든 가리다, 라고 타자부로가 말했을 때, 충인은 매월관이 아닌 다른 곳으로 그를 이끌고 싶었다. 하지만 이내 드러나고 말 자신의 거짓에 대한 우려 때문에 그는 마지못해 매월관으로 향했다.

"매월관이라. 이름이 아름답고 향기롭소이다."

타자부로가 열띤 코맹맹이소리로 주절거렸다.

"그 유곽의 매화는 누구며, 달은 어디서 떠올라 빙혼(氷魂)을 어루만지는지 내 오늘밤 확인해 보리다."

타자부로의 는적는적하고 뭉근한 콧바람이 기분 나쁘게 목덜미에 스치는 것을 느끼며, 충인은 어쩐지 자신이 넘지 말아야 할 문턱을 넘고 있다는 묘한 예감에 사로잡혔다.

그 문턱은 몰락한 사대부의 유서 깊은 솟을대문으로 이루어져 있었고, 사인교(四人轎)가 드나들 만큼 너른 문을 들어서자 시인 묵객들의 시회(詩會)와 주홍으로 떠들썩하던 사랑채가 이어졌다.

"유곽이 장중하오이다."

솟을대문 앞에 관솔불을 밝힌 정료대(庭燎臺)며, 안채와 사랑채를 잇는 일각문, 후원의 연당과 장명등을 밝힌 석가산 등을 돌아보며 타자부로가 탄복했다.

"그러하지요. 옛 선비의 유구한 가풍이 묻어 있는 고택이올시다."

"아, 그렇구려!"

타자부로가 맞장구를 치는가 싶더니 문득 하이쿠 한 구절이 그의 입에서 흘러나왔다.

"선비는 어디 가고, 겨울 후원의 옛 영화는 시든 국화꽃 같구나."

그의 읊조림대로 화단에는 꽃잎 다 저문 두상화의 꽃대들이 을씨년스럽게 말라붙어 있었다.

"곳곳에 등불은 환한데 주인이 없는 것 같소이다. 이토록 적요하니."

"아마도 사랑채에서 손님 맞을 채비로 분주한 것이겠지요. 아랫것을 시켜 좀 전에 귀띔을 주었던 터라."

"호오, 그렇군요."

"거, 계신가?"

사랑채에 딸린 내루에 이르자 충인이 헛기침을 하며 하문했다. 그러자 불발기창이 달린 미닫이문이 열리며 곱게 한복을 차려입은 여인이 대청마루로 나왔다.

"오셨습니까?"

여인이 댓돌 위로 내려서며 공손히 인사했다.

"자, 드시지요."

충인이 손으로 길을 텄다. 허드렛일을 하는 아낙 둘이 서둘러 방을 나왔다. 방 안엔 은은한 불빛 아래 주안상이 차려져 있었다. 타자부로가 병풍을 등지고 가운데자리에 앉자 충인이 마주 앉았다. 통역관과 부관은 단칠을 한 교자상 양옆에 자리를 잡았다.

"어찌 자리가 공소해 보입니다. 내빈들이 많으리라 여겨 큰상을 보았습니다만."

충인이 말했다.

"허언만 일삼는 부박한 자들은 부르지 않았소이다. 내겐 최 선생과의 독대만으로도 광영인데 더 무엇이 필요하겠습니까? 그리고 보십시오. 여기 내 오른팔인 부관이 있고, 또한 통역관 한 군이 왼쪽 날개를 펼치고 있지 않소이까?"

사분합이 열렸다. 싸락눈 스치는 소리를 내며 여인 둘이 방 안으로 들어왔다.

"아, 오셨는가? 인사들 드리시게. 이분은 일본에서 오신……."

"아니, 됐소이다. 난 그저 장사치에 지나지 않은 몸. 내 소개는 면괴스러우니, 아리따운 여인들의 곱디고운 이름부터 들어보십시다."

"옥매이옵니다."

자줏빛 저고리에 남색 치마를 입고 트레머리를 한 여인이 살포시 치맛자락을 들며 인사했다. 옥매는 서툴지만 일본말을 할 줄 알았다.

"존함은 익히 들었사옵니다. 그 무서운 식인 호랑이를 두 마리나 처치하셨다고요."

"호오, 소문이 빠릅니다! 여인네의 귀에까지 사내들의 허황된 무용담이 전해지다니요."

타자부로가 우쭐해하며 반색을 했다.

"아무쪼록 편안히 지내십시오. 계시는 동안 평강과 안락을 책임지겠습니다."

충인이 타자부로에게 무슨 말인가를 속삭이자 타자부로가 고개를 끄떡였다.

"마담이시군요. 역시 미모가 출중하십니다. 이 한 몸 잘 부탁드리겠습니다."

타자부로가 콧방울을 벌렁거리며 미소를 지었다. 옥매를 바라보던 그의 시선은 어느새 그 옆에 선 젊은 여자에게로 건너가 있었다. 번질번질하게 젖은 그의 입술이 벙긋이 벌어졌다.

"수연입니다."

청자 빛 저고리만큼이나 냉염하게 입을 다물고 서 있던 여인이 인사했다. 숱진 속눈썹 그늘에 감추고 있던 눈을 살며시 치뜨자 타자부로의 눈이 휘둥그레졌다.

"수연이라……. 거 무슨 뜻인지요?"

타자부로가 물었다. 그는 앵두 빛깔의 그 뽀로통한 입술에서 흘러나온 여리면서도 야무진 목소리를 다시 한 번 듣고 싶었던 터였다.

"이름은 제가 지었답니다."

수연이 머뭇거리자 옥매가 거들었다.

"이 아이가 워낙 여윈 데다 말수가 없어 놀린답시고 지었지요. 파리할 수(瘦)에 예쁠 연(娟) 자를 쓴답니다."

"이름과 자태가 하나로군요. 마담은 작명에도 탁월한 재능을 타고

났소이다. 자, 그러지들 말고 앉으시오. 앉아서 긴긴 동지 밤의 좌흥을 한껏 즐겨보십시다."

*

타자부로는 수연에게서 눈을 떼지 못했다. 옥매가 채워주는 술잔을 받으면서도, 그녀와 시시덕거리며 희롱을 하면서도, 또 자신의 무용담을 기고만장하게 펼쳐대면서도 제 것 아닌 것을 넘보는 자의 아찔한 즐거움으로 수연을 바라보았다. 스멀거리며 거머리처럼 들러붙는 시선이었다. 주위에 앉은 사람들의 처신이 거북스러울 지경이었다.

충인은 그 눈에 담긴 노골적인 욕망과, 욕망만큼이나 무렴한 공허에 전율을 느꼈다. 핥고 물고 빨고 깨물며 잠시도 멈추지 않는 시선의 꿈틀거림이, 핏발 선 두 눈과 관자놀이의 힘줄과 실룩거리는 안면 근육에서 맥놀이 칠 때면, 불현듯 들고 있던 궐련의 불로 지져버리거나 젓가락으로 구멍을 뚫어놓고 싶은 참기 힘든 충동에 휩싸였다. 그러면서도 한편으론 그 시선을 바라보는 자신의 시선을 통해 충족되지 못한 스스로의 욕망을 확인할 수 있었는데, 수연의 머리를 올려준 장본인이자 그녀의 첫 남자임에도 불구하고, 충인은 수연을 곁에 두고 싶은 바람을 지금껏 이루지 못하고 있었던 것이었다.

수연과 충인의 관계는 오래된 것이었다. 어쩌면 수연이 여성으로서의 삶에 눈뜨기 시작함과 동시에 비롯된 인연이었는지도 몰랐다. 충인은 수연을 본 순간, 바로 저 여자야말로 내 여자로구나, 하는 직감에 사로잡혔다. 그러나 그는 이미 처자식이 딸린 몸. 충인의 열정과 진정성은 탐나는 것을 향한 사내들의 입질로밖엔 받아들여지지 않았다. 그가 가진 부와 명예조차 수연의 마음을 사로잡지 못했다.

수연은 충인과의 관계에서 언제나 적정 거리를 유지하고자 했다. 수연은 충인을 '오라버니'라고 부르며 사심 없이 자신의 고민을 털어놓고 충인의 이야기를 들어주었지만, 결코 그 이상의 관계로 확대되길 원치 않았다. 충인은 충인대로 그러한 그녀의 강단진 태도에 어쭙잖은 추파를 던지거나 우격다짐을 행하지 못했다. 원산 땅 최고 명문가의 종손으로서 사실 충인이 가질 수 없는 것은 존재하지 않았다. 또한 그가 소실 한둘쯤 거느린다고 손가락질할 사람도 없었다. 딸아이 하나 낳고 아기집이 닫힌 아내는 자신의 죄스러움을 면키 위해서라도 충인에게 시앗을 두라 권고해 오던 터였다. 그러나 수연의 반응은 매몰차기만 했다.

"오라버니, 부디 오라버니와의 인연을 그러한 얽힘으로 갈무리하지 마십시오."

충인은 탄식했다.

"너는 어찌 그리도 네 생각뿐이란 말인가? 너의 매정함이 시리도록 안타깝구나. 내 젊은 날, 저 남쪽 여행길에서 매화라는 꽃을 본 일이 있었더니라. 매화 중에서도 으뜸을 설중매로 꼽더라만, 너를 보노라니 눈 속에서 피어난 그 얼음 꽃이 눈에 선연하구나."

때로 충인은 어설픈 넋두리에 실어 수연의 마음을 사려고도 해보았다.

"내 나이 열다섯에 사모관대를 하고 혼례를 올렸었다. 상투를 틀고

갓끈을 매고서 일 년에 열두 번도 넘는 문중 제례에 절하고 술 치는 일로 나의 삶이란 애당초 존재하지도 않았었다. 나는 그저 최씨 가문의 삼대독자 종손일 뿐, 최충인이라는 화상은 존재한 적도 없었다는 말이다. 이제, 그런데 상투를 자르고 양이의 옷을 입고서 왜놈 장단에 춤을 춰야 하니, 내가 누구인지 더더욱 알 수 없구나. 내 호적을 파서 저 구름 속 어딘가로 망명이라도 할 수 있다면 좋으련만. 나라 잃은 백성이 기댈 곳 어디에 있겠느냐……."

이처럼 절절한 사설에 눈시울을 붉히는 사내의 애틋함이 통할 만도 할 터인데, 수연의 반응은 의외로 강고했다.

"오라버니, 인생 세간의 이치는 크지 않다 들었습니다. 크다 해도, 큰 이치는 결코 복잡하지 않다 들었습니다."

"허, 그게 나라 잃은 백성의 처지와 무슨 연관이 있단 말이냐?"

"오라버니, 강산은 누구의 것도 아니옵니다. 하늘과 땅 사이에서 사람은 뼈를 묻을 수 있을 뿐, 어느 누구도 소유할 수 없는 것이라 들었습니다. 일본이 이 땅을 제 것이라 우기지만, 그들의 뼈는 이곳에 묻히지 않았고, 그들의 근원은 멀고 흐리고 점점이 흩어져 있어 결코 이 강산에 닿지는 못할 것이옵니다. 나라를 잃고 주인이 바뀌고 가문이 멸한다 해도, 소리와 가락과 춤사위가 바뀌고 말과 말하는 입이 바뀌어도 강산은 누구의 것도 아니니, 하늘과 땅 사이에서 우리가 잃은 것은 없는 것이옵니다."

그것이 수연이었다. 한 떨기 빙화(氷花) 같은 여자. 산자락의 잔설을 밀어 올리며 피어나는 이른 봄꽃 같은 여자. 그런데…… 바로 그러한 여자를 저 짐승 같은 왜놈이 침을 질질 흘리며 탐하고 있는 것이었다. 지금까지 충인이 그러했고, 지금도 여전히 그러하듯이.

'시선이 연장이 되고 무기가 되는구나…….'

충인이 입속말로 혼자 웅얼거렸다.

연장과 무기는 몸의 연장(延長)이 되고 마음의 연장이 되어, 몸을 꼼짝하지 않고도 마음대로 놀릴 수 있는 또 다른 몸 하나를 만들어내는구나. 그리하여 시선은 손이 되고, 구석구석 더듬으며 적확하게 파고 찌르는 손가락이 되고, 또 시선은 혀가 되고 입이 되고 이빨이 되어, 핥고 물고 뜯고 씹어 삼키는구나.

그렇구나. 소 한 마리를 통째로 뜯어먹고도 굶주림에 헐떡거릴 저 욕망. 시뻘겋게 충혈되어 발한하며 몸 안의 온갖 액을 쏟아내는 탐욕과 탐닉…….

*

타자부로는 쉬이 취했다. 신열에 몸을 가누기도 힘든 듯했다. 수연을 바라보는 시선은 짓물러져 혼탁했고, 취기와 열기가 뇌리에서 부항이라도 뜨는 듯 갈피를 잡지 못한 말들이 횡행했다. 그는 연신 코를 풀어대다가 등으로 병풍을 밀어 거의 누운 자세로 손을 짚고 앉아서는 옥매로 하여금 다리를 주물러라 일렀다. 타자부로의 시근벌떡한 숨결이 방 안을 가득 메웠다.

"영감, 고뿔이 심하시옵니다."

옥매가 그 추하고 뒤퉁스런 행동에 내색을 하지 않고 짐짓 간드러진 목소리로 운을 띄웠다.

"그래, 그러하네. 내 벌써 보름째 이 지경이네. 의원을 드나들며 침에다 갖은 약을 써도 차도가 없다네. 이젠 귀울음에 불면까지 겹쳐 하루에 단 두 시간도 잠을 이루지 못한다네. 그러니…… 이보게, 노래를 불러주게. 조선의 자장가를. 저 현해탄 건너 내 조국의 노래는 약발이 듣질 않는구먼. 자장가, 이 땅의 자장가를 불러주게."

타자부로는 턱에까지 차오른 숨을 가쁘게 뱉어내고는 흥얼흥얼 자장가를 부르기 시작했다.

> 넨넨코로리요 오코로리요
> 보-야와 요이꼬다 넨네시나
> 보-야노 오모리와 도꼬에 잇따
> 아노야마 코에떼 사토에 잇따
> 샤토노 오미야게 나니모로따
> 덴덴 다이코니 쇼-노 후에

조국의 노래를 부르자니 향수가 동하는 듯 타자부로는 격해진 감정에 아주 풍부한 표정을 지으며 자장가 중에서 슬픈 대목을 되풀이해서 불렀다.

> 아가는 착한 아기 잘 자거라
> 아가의 엄마는 어디로 갔나

저 산 너머 고향에 갔다네

아가의 엄마는 어디로 갔나
저 산 너머 고향에 갔다네

"제가 보기에 영감께선 감기가 아닌 듯하옵니다."
노래가 끝나자 옥매가 말했다.
"아니라니? 그러면 무엇이란 말인가?"
"산매(山魅)가 들린 듯하옵니다."
"산매라니? 그게 무엇인가?"
"산도깨비지요. 산에 사는 도깨비한테 홀린 듯하옵니다."
"그래? 거 재미있군. 내 이곳저곳 의사들한테 들은 바가 많다만, 너의 앵두 같은 입술에서 흘러나온 진단만큼 괴이쩍은 것은 없구나. 그래, 산매가 들렸다면 그로부터 헤어나는 처방도 있다더냐?"
"그럼은요. 있고말고요."
"호오, 그게 무엇이더냐?"
"저희 기방엔 예로부터 내려오는 귀한 춤이 있습지요."
"춤이라고? 춤으로 병을 고친단 말인가? 그것도 도깨비한테 홀린 병을?"
"그냥 춤이 아니랍니다. 액을 풀고 살을 물리치는 그런 춤이지요. 살풀이춤이라고 하옵니다."
"살풀이춤이라. 어쩐지 저 산중 오지에서 보았던 바라춤인지 뭔지

하는 으스스한 춤이 생각난다만."

"그와 맥은 같습니다만, 바라춤은 죽은 자들을 위한 춤이고, 살풀이춤은 산 자들을 죽은 자들로부터 자유롭게 하기 위한 춤이랍니다."

"죽음이 너무 가깝지 않은가? 춤에 어이 죽음이 닿아 있단 말인가?"

"최고의 흥은 슬픔을 바탕으로 피어나고, 최고의 춤은 이승과 저승 사이를 오가지요."

"너의 말이 무겁구나. 어쨌든, 그렇다면 그 춤을 추어주겠는가?"

"여부가 있겠습니까, 영감. 궁중의 교방에서 맥을 이어 내려온 기방 살풀이춤의 고수가 매월관에 대령해 있답니다."

"그래? 거 반가운 소식이로군. 그가 어디에 있는가?"

"벌써 영감의 뜻을 받잡고 문 앞에 대기 중이라 하옵니다."

"들라 이르게."

그러나 옥매의 부름이 떨어지기도 전에 미닫이문이 드르륵 열리며 불을 환히 밝힌 대청마루가 드러났다. 마루는 곧바로 내루로 이어졌고, 내루에는 가야금과 장구, 해금과 대금을 든 네 명의 악사와, 쪽을 진 머리에 옥비녀를 꽂은 무희가 대기하고 있다가 공손히 절을 했다.

바람이 찼다. 옥매가 두툼한 담요로 타자부로의 어깨를 감싸주며 다독거렸다.

"조금 춥더라도 참으시와요."

"그래. 고맙네. 내 이 정도의 추위야."

음악이 울렸다.

네 개의 악기가 제가끔 달리 열고 들며 한 악절을 돌았다. 그러는 동안 흰 천을 든 오른손을 엇비스듬히 뻗고 왼손으론 치맛자락을 가볍게 홀쳐 쥔 무희는 꼼짝도 하지 않았다. 소리와 부동의 정적이 함께 전율했다.

홀연히 무희의 흰 천이 솟구쳐 올랐다. 그것이 시작이었다. 음악과 춤이 비로소 어우러졌다.

음악은 신중하나 무겁지 않았고, 곡절(曲折)이 많으면서도 유려했다. 맺고 어르고 푸는 소리와 소리 사이로 춤사위가 더없이 유연한 몸짓으로 맺고 으르고 풀며 자신의 공간을 획득했다. 그 공간은 흰 천이 나부끼며 손짓하는, 도무지 닿을 수 없을 것 같은 공간 속으로 아스라이 파문을 던졌다.

불빛이 미치지 못하는 밤의 공간은 춤의 여백이 되었다. 그 여백에서 신생하는 불꽃들처럼 소리가 솟아나왔고, 점화되면서 서서히 사위어갔다.

춤은 아주 천천히 절정을 향해 고조되어갔다.

휘감기는 치맛자락을 물결이나 구름처럼 타고 날아오를 것 같은 몸짓이 여러 차례 되풀이되었다. 한 발을 들었다 물러서고, 물러설 듯하다가 나아가고, 허공의 현을 타듯 손가락을 오그렸다 퉁겨내고, 흰 천을 앞으로 쭉 뻗으며 반걸음 내디뎠다 원을 그리면서, 무희는 휘감고 휘감기는 힘에 의해 매암을 그리며 문득 휘발될 듯 아득해졌다가는 아주 사뿐히, 마루 위에 서려 앉았다.

음악이 멎었다.

사분합이 닫혔다.

나락

함흥에서 흥남 항까지는 넓게 신작로가 뚫려 있었다. 도로는 포장이 잘 되어 있어, 화물을 싣고 읍 소재지와 항구 사이를 오고가는 트럭이 많은데도 흙먼지로 불쾌해지는 일은 없었다.

수연은 차창을 반쯤 내렸다. 금세 매서운 바람이 파고들었다. 그러나 들판 가득히 내리쬐는 햇살은 따스했고, 짚가리며 마른 수숫대 냄새가 향기로웠다. 들판 끝 먼 산들은 하얗게 눈에 덮여 있었다. 하늘은 맑았고, 빛과 향기와 추위가 함께 진동하고 있었다. 크게 숨을 들이쉰 뒤 '아!—' 하고 소리를 지르면 그 메아리가, 빛과 향기와 추위가 어우러져 만든 소용돌이를 타고 하늘에 닿을 것만 같았다.

낮게 까마귀 떼가 나는 들녘에서 새 몇 마리가 쭈뼛하게 목을 뽑고 서서 수연 쪽을 바라보았다. 수연은 깜짝 놀라 창에 얼굴을 들이대었다.

'어머, 두루미야, 두루미!'

수연은 속으로 탄성을 질렀다.

'아, 너희들, 올해도 어김없이 찾아주었구나. 꺽다리 키다리 두루미들아!……'

수연은 충인의 지프를 타는 것이 즐거웠다. 함께 여행을 떠난 적은 없었지만, 오늘처럼 이렇게 읍내를 빠져나와 바다를 향해 달리는 것은 기분 좋은 일이었다.

충인은 이따금 지프를 보내 수연에게 데이트를 청하곤 하였다. 좁은 읍내에서 사람들의 시선을 피해 만나는 것에 둘 다 지친 탓이었다. 매월관을 벗어나 이처럼 탁 트인 공간에서 바람을 쐬는 것은 수연에겐 기분전환이 되었다. 다만, 가끔씩 침묵이 자리 잡으며 입에 담지 못한 생각들로 불편해지는 일이 있었으나, 한두 번 사르디디듯 넘긴 이후로는 그런 일도 이 같은 외유가 갖는 즐거움의 일면이 되었다.

충인은 정중하고 사려 깊었으며, 수연의 입장에서 배려할 줄 아는 사람이었다. 그는 다정다감했고, 때로는 지나칠 정도로 섬세했다. 혹여 그에게 상처를 주지 않을까 수연이 조심스러워지곤 했다. 하지만 충인은 이렇게라도 수연과의 만남을 이어나가고자 했다.

두 사람의 만남은 단순했다. 요정의 별실에서 식사를 하며 이러저런 화제로 대화를 나누고 바닷가를 따라 한 바퀴 산책을 하고 나면, 충인이 매월관으로 수연을 바래다주었다. 그것이 전부였다. 까만 양복에 넥타이를 매고 일본 순사들이나 쓸 법한 모자를 쓴 운전기사는 입을 벙긋하는 법이 없었다. 그는 충인이 준 쪽지를 밀서 건네듯 내밀고는 수연의 채비가 끝나길 기다렸다가 자동차를 몰았다. 수연과 충인이 함께 타면 뭐라 말하지 않아도 매월관으로 향했다. 수연은 운전사의 목소리를 들은 기억이 없었다. 그는 기침소리도 내지 않았다.

읍내를 빠져나오며, 동헌을 중심으로 이어진 장터가 회갈색 들판 너머로 멀어지는 순간, 수연은 훈과의 약속을 떠올리고는 손가락으로 날짜를 꼽아보았다. 사흘 뒤, 그러니까 오는 27일이 훈과 만나기로 한 날이었다. 장터에서의 해후가 있은 지 어느덧 한 달이라는 세월이 훌쩍 흘러간 것이었다.

수연은, 자기가 무슨 목석이라도 되는 양 퉁명스럽게 굴다가 금세 머쓱한 얼굴로 웃음을 터뜨리는 훈의 모습을 떠올려보았다. 울림이 크고 기분 좋게 묵직한 그의 목소리도 떠올려보았다. 못 할 짓이라도 하다 들킨 양 눈을 들지 못하고 고개를 돌리는 몸짓이며, 선뜻 다가서지 못하고 거리를 두는 태도 등은 수연에겐 신선한 매력으로 다가왔다.

댕기머리 소녀시절을 풋바심해버리듯 등지고 떠나 한 여자로서의 삶을 온전히 살고자 했던 수연은 훈과 함께 보낸 어린 시절이 전생의 일인 양 아뜩했지만, 비록 돌이키고 싶지 않은 기억일지라도 자신의 근원이 거기에 있음을 잘 알고 있었다. 아흐니골의 떳집과 화전. 임종은커녕 상례도 지키지 못한 아버지의 뫼와 늙은 어머니가 계신 곳. 그리고 어느새 하나하나 지워져가는 빛바랜 기억들 속으로 해맑은 웃음을 지으며 달려오는 떠꺼머리 소년…….

수연은 자기도 모르게 미소를 지으며 장옷을 여민 두 손으로 자신의 가슴을 꾹 눌렀다. 옷소매에 닿은 솜털들에서 자릿자릿한 떨림이 느껴졌다. 수연은 지난번 장터에서 아이들과 땅바닥에 널브러져 앉아 엿을 나눠먹던 훈의 모습을 떠올렸다. 풋, 하는 웃음이 절로 터져 나와 수연은 장옷으로 입을 가리고 혹여 운전기사가 듣지나 않았는지 백미러로 눈치를 살폈다.

그나저나 타자부로라는 일본인은 이곳에 와 있는데 훈은 산 속에서 무엇을 하고 있는 것일까? 사흘 뒤에 때맞춰 이곳에 올 수나 있는 것일까?

수연은 이담에 훈을 만나면 더 이상 호랑이 사냥꾼들과 어울려 다니지 말라고 단단히 일러주리라 맘먹었다. 특히 그 던적스러운 일본인과는 상종도 못 하게 하리라고.

그런데 오늘따라 내 가슴이 왜 이리도 콩닥콩닥 뛰는 것일까?…… 수연은 입술을 감쳐물며 차창 너머로 마전 해변의 송림이 스쳐가는 것을 무심코 바라보았다. 자동차가 멈추고서야 그녀는 목적지에 다다랐음을 깨달았다.

이 길은 너무 짧단 말이야, 하고 수연은 생각했다. 좀 더 멀리, 밤이 내리고 다시 새날이 밝아오도록 길을 달릴 수 있다면 얼마나 좋을까? 매월관으로 돌아가지 않아도 되고, 만나야 하는 사람들과의 일정에 매여 씻고 단장하고 기다리는 일 없는 곳으로 떠날 수만 있다면…….

자동차 문이 열렸다. 송림 한가운데에 자리 잡은 요정으로 향하며 수연은 모래톱에 부서지는 먼 파도소리를 들었다. 그녀는 가슴을 펴고 소금 냄새와 향긋한 해초 냄새를 들이켰다. 그리고 무의식적으로 주위를 돌아보다가, 송림 한쪽에 서서 수연을 바라보고 있는 사내 둘을 발견했다. 지난번 매월관에서 본 적이 있는 사람들이었다. 일본인 부관과 통역관이라는 조선인.

그런데 저 두 사람이 무슨 연유로 이곳에 와 있는 것일까? 그리고 저토록 파렴치하게 빤히 쳐다보는 시선은 무얼 뜻하는 것일까…….

*

별실 밖에서 들리는 소리에 촉각을 세운 채 마주 앉은 두 사람 사이에서 대화가 끊긴 지는 이미 오래된 터였다. 찌걱거리는 침묵에 날이 설 대로 선 두 사람 중 어느 누구도 감히 입을 열지 못했다. 담배연기 가득한 허공으로 딴전 부리듯 시선이 겉돌았다.

"감기가 많이 나으셨군요?"

두 사람의 첫 번째 대화는 이렇게 시작되었다.

"그렇소. 그날의 살풀이춤이 명약이었던 셈이오."

타자부로는 외투를 벗어 안락의자의 등받이에 걸쳤다. 최충인은 코트를 벗지 않았다. 타자부로가 무슨 말인가를 하려는 듯 멈칫거렸다. 충인이 시선을 깔았다. 대화는 이어지지 않았다.

그렇게 몇 분가량 침묵이 흘렀다.

"최 선생은 일본말이 능한데, 어디서 배웠습니까?"

"배우긴요. 그저 귀동냥해 듣고 어깨 너머로 익혔을 뿐입니다."

이것이 두 사람이 마지막으로 나눈 대화였다.

타자부로는 자기가 던진 물음에 답한 최충인의 말을 곱새겨보았다.

그저 귀동냥해 듣고 어깨 너머로 익혔다……. 새기면 새길수록 뒷맛이 개운치 않은 대답이었다. 아니, 대답이라고 하기엔 어딘지 도발적인 데가 있는 빈정거림처럼 들렸다.

녀석이 벌써부터 내 앞에서 엉너리치며 건방을 떨겠다는 것인가, 하고 타자부로는 생각했다. 아니면, 우리 대일본제국의 나랏말이 귀동냥과 어깨너머공부로도 충분할 만큼 만만하다는 것인가? 그도 아니면, 삼 개월이 넘도록 조선 땅에 머물면서 현지어라곤 단 몇 마디도 읊조릴 줄 모르는 나의 아둔함을 비웃자는 것인가?

생각이 여기까지 미치자, 타자부로는 왠지 이 침묵이야말로 놈이 자기에게 던지는 냉소이자 도전이라는 생각이 들었다. 그리고 좀체 눈을 드는 일 없이 전방 45도 각도로 시선을 깔고, 입아귀에 팔자 주름을 잡고서 꼼짝 않고 앉아 있는 놈의 근엄한 자세가 무례와 무엄함의 극치라는 생각마저 들었다.

새파랗게 젊은 것이 어른을 앞에 두고 온갖 무게를 잡고서 침묵으로 일관하려 들다니. 침묵에는 존대도 하대도 없으니, 그냥 맞장을 뜨자는 얘기 아닌가.

타자부로는 콧바람을 쌩하니 뿜고는 엉덩이를 들썩거리며 마른기침을 했다. 하지만 충인은 그 소리를 듣지도 못한 듯 지그시 감은 눈을 슴벅거릴 따름이었다.

타자부로는 여성스러우면서도 이목구비가 뚜렷한 충인의 얼굴을 독살스럽게 쏘아보았다.

앞가르마를 타고 포마드를 발라 빗어 넘긴 머리로 인해 확연히 드러난 이마는 어딘지 우스꽝스러워 보였다. 납작한 정수리와 지나치게 넓은 이마의 부조화. 타자부로는 내 언젠가 저놈의 반반한 얼굴에 침을 뱉어줄 날이 있을 거라고 어금니를 맞부딪치며 생각했다.

그러나 사실이 그러했다. 충인의 일본어 공부는 독학에 의한 것이었다. 1905년 을사늑약이 있자, 환갑을 며칠 앞둔 부친은 이른 아침 목욕재계를 하고 사랑채에서 목을 매달았다. 충인의 나이 열여섯의 일이었다.

부친의 유서는 장문이었다. 집안의 대소사를 총괄했던 부친은 저승길을 떠나는 마당에도 일가붙이에게 책임을 다하지 못한 부덕함을 일일이 이름을 들어 사죄했다. 충인에게 남겨진 말은 단 두 줄이었다.

"일본을 알고 서학을 배워라. 성급함을 경계하며 참고 익혀라.'

부친의 유지를 받들어 충인은 일본에 대해 공부하기 시작했다. 코쟁이 학교에도 다녔다. 서학을 아는 데는 일본어만큼 요긴한 것이 없었다. 충인은 서양의 사상과 역사를 일본 서적을 통해 배웠다. 회화를 익힌 것은 한일병합이 있고 조선 각처에 일본인들이 살기 시작하면서부터였다. 일본인 관리들은 누구나 할 것 없이 충인을 찾아왔고, 그때마다 충인의 일어 실력과 지식은 그들의 감탄을 자아냈다.

최충인과 일본어와의 관계에는 이처럼 우여곡절이 있었던 것이다.

충인은 타자부로와의 대화가 끊긴 길지 않은 시간 동안, 유명을 달리하신 아버지를 생각했고, 열여섯 나이에 아버지 대신 걸머져야 했던 종가의 일을 생각했고, 아버지의 유언을 생각했고, 이제 스물여덟이라는 나이에 자기를 찾아온 야마모토 타자부로와, 그가 물고 온 비루하고 비열한 거래와, 그로 말미암아 추악하게 얽히기 시작한 인연과, 나락을 앞에 둔 청춘과 열정과 이상을 생각했던 것이다.

땀구멍이 성성하고 콧방울에 개기름이 번질번질한 타자부로와 함께 매월관의 솟을대문을 들어서던 날 밤 자신을 사로잡았던 몰락의 예감을, 충인은 그 어느 때보다 여실하게 체감할 수 있었던 것이다.

노크 소리가 들렸다. 문이 열렸다. 수연이 들어왔다. 두 남자가 동시에 일어났다.

*

"잠시 나갔다 오겠소."

충인이 자리에서 일어났다. 코트를 벗지 않은 상태였기에 그의 거동은 자연스러웠다. 수연은 눈동자만을 움직여 충인을 살폈다.

충인은 문을 열기 전에 잠시 머뭇거렸다. 그의 머리가 코트 깃 위에서 움찔거렸다. 문이 열렸다. 충인은 등 뒤로 손을 내밀어 가만히 문을 닫았다. 수연의 시선이 닫힌 문 위에서 떨어질 줄 몰랐다.

충인은 곧장 바다로 향했다. 자동차 안에서 대기 중이던 운전기사가 나와 뒷문을 열었지만 충인은 보지 못했다. 충인은 구두가 젖는 줄도 모르고 바다 가까이 갔다가 뒷걸음질을 쳤다. 불현듯 그가 고개를 홱 돌려 뒤를 돌아보았다. 입술 끝에 달려 있던 궐련이 바람에 날려 백사장에 떨어졌다. 그가 등진 바다는 눈이 시리도록 푸르렀다. 쪽빛 수평선 위에서 태양이 유리조각처럼 작열했다.

충인은 요정의 본관으로 들어갔다. 그는 술을 마셨다. 보드카를 작은 유리잔에 부어 마시다가 병째 들이켰다. 옥렴이 드리워진 객실에서 혼자 술을 마시는 충인을 살펴보던 마담이 객실로 들어섰다.

"최 선생님……."

오래전부터 충인을 알고 지낸 마담은 전에 보지 못한 충인의 행동에서 사위스러운 기운을 느꼈다. 그녀는 선 채로 허리를 굽히며 조심스럽게 물었다.

"무슨 일이 있으세요?…… 별실에 가지 않으시고 왜……."

순간 충인이 고함을 질렀다. 보드카 병이 맞은편 벽에 부딪쳐 산산조각이 났다. 험상궂은 얼굴로 정면을 노려보는 충인의 눈은 타는 듯했으나 초점이 풀려 있었다. 충인은 벌떡 자리에서 일어났다. 그의 눈앞에는 이제 아무것도 존재하지 않는 듯했다. 충인은 칸막이 기둥이나 의자에 부딪치며 성큼성큼 홀을 가로질러갔다.

요정의 본관 뒤로는 송림 속에 세 동의 별실이 자리하고 있었다. 이미 해가 기운 뒤여서 외등이 밝혀져 있었다. 충인의 눈앞에서 외등들이 너울너울 춤을 추었다. 등불과 등불 사이, 나무와 나무 사이가 가늠되지 않았다. 바다가 어느 쪽인지도 알 수 없었다. 충인은 등불이 환히 밝혀진 가까운 별실로 갔지만, 한눈에 봐도 그곳은 아니었다. 충인은 비틀거렸다. 그의 입에서 신음소리가 흘러나왔다.

"수연!…… 수연이!……"

수연을 부르던 소리는 불현듯 욕설이 되었다.

"타자부로…… 이 개새끼!…… 개만도 못 한 새끼!……"

불빛을 좇아 휘청거리며 나아가던 충인은 몇 미터 떨어진 가등 아래에 한 남자가 서 있는 것을 보았다.

남자는 꼼짝하지 않았다. 충인은 남자를 향해 다가갔다. 남자의 빡빡 깎은 머리통이 반짝거렸다. 남자는 웃고 있었다. 불빛에 눈과 코와 입이 지워진 얼굴로 남자는 파안대소하고 있었다. 웃음만이 있는 텅 빈 얼굴. 남자가 한 손을 들어 충인을 향해 손목을 까닥거렸다. 불빛을 받아 손목이 번쩍거렸다. 거리가 좀 더 가까워지자 번쩍거리는 손목은 쇠붙이로 바뀌었다.

방아쇠에 손가락을 걸고 권총을 빙글빙글 돌리며 서 있던 부관은, 충인이 다가오길 기다렸다가 돌연 총을 움켜잡더니 그 손으로 냅다 충인의 머리통을 후려쳤다.

충인은 비명도 지르지 못하고 앞으로 푹 꼬꾸라졌다.

은장도

등불이 환히 밝혀진 매월관 어디에도 수연은 없었다.

죽담을 따라 조심스럽게 사랑채를 돌아 나온 훈은 그림자처럼 후원의 덤불 속으로 스며들었다. 오죽(烏竹)의 서걱거림이 멎자 훈은 웅크렸던 몸을 펴고 배롱나무에 등을 대고 섰다.

수연에게 무슨 일이 생긴 것일까, 훈은 생각했다.

훈은 장터에서 정수라는 엿장수 꼬마로부터 건네받은 수연의 쪽지를 펼쳐 다시 한 번 읽어보았다.

'훈, 피치 못할 사정이 생겨 약속을 못 지키게 되었어. 다음 달 같은 날 같은 곳에서 만나. 수연.'

이미 수도 없이 읽어 머릿속에 각인된 글귀였다. 그럼에도 훈은 수연이 떠오를 때마다, 그리고 수연과의 만남이 무산되었음을 기정사실로 받아들여야 할 때마다 거듭 쪽지를 펼쳐 확인하지 않을 수 없었다.

무슨 일이 일어난 것일까? 피치 못할 사정이라니, 그건 무엇을 뜻하는 것일까? 수연은 왜 매월관 어디에도 없는 것일까?……

이 모든 물음에 훈이 답할 수 있는 것은 없었다. 그 점이 그의 안타까움을 견딜 수 없는 것으로 만들었다.

이틀 동안 설렘과 두근거림을 안고 밤낮 없이 걸어온 길의 피로가 한꺼번에 엄습해왔다. 게다가 온종일 먹은 것 없이 장터를 서성거린 터였다. 수연의 쪽지는 저물녘에서야 훈에게 전해졌다. 훈은 쪽지를 받자마자 엿장수 꼬마를 앞세워 쪽지를 전한 사람을 찾으려 했으나 찾지 못했다. 그가 취할 수 있는 유일한 방법은 매월관을 뒤져보는 것이었다.

훈은 어두워지길 기다려 매월관의 담장을 넘었다. 매월관은 예와 다를 바 없었다. 풍악이 울렸고, 웃음과 교성과 큰소리들이 오갔다. 훈은 청지기의 눈을 피해 뒷간을 따라 돌며 안채와 사랑채에 딸린 방들을 샅샅이 살폈다. 창호에 비치는 그림자들을 헤아려보고, 방문과 교창에 귀를 대고 수연의 기척이나마 확인하려 해보았다. 그러나 그러한 시도는 공연한 헛수고에 지나지 않았다. 빠뜨린 곳이 있나 싶어 몇 차례 되짚어본 매월관 어디에서도 수연의 자취는 찾을 수 없었다.

어찌된 일일까?…… 훈은 가슴이 타는 것 같았다. 뭔가 잘못된 것이 아닐까 하는 의구심에 아랫도리가 후들거렸다. 훈은 지금껏 이 같은 고통을 느껴본 적이 없었다. 누군가, 알지 못할 무엇인가가 자신의 몸에 대롱을 꽂고 힘과 의지를 모조리 빨아가는 것 같았다. 뿐만 아니었다. 그 도적은 훈의 마음속에까지 구멍을 뚫고, 그가 마지막까지 거머쥐고 있었던 희망을 뿌리째 들어내고 있었다.

훈은 배롱나무에 등을 댄 채로 스르르 무릎을 꺾으며 땅바닥에 주저앉았다.

이제 더 이상 그가 할 수 있는 일은 없었다. 또다시 한 달이라는 시간을 영문도 모르는 채 기다리는 것뿐. 설렘과 두근거림에 곱절의 안타까움과 두려움을 덧대며.

훈은 손에 쥐고 있던 쪽지를 펼쳐 뺨에 대어보았다. 밤의 찬 기운과 함께, 바위나 이끼에서 풍길 것 같은 향기가 어렴풋이 느껴졌다. 수연의 향기일까? 훈은 손바닥만 한 종이를 두 손으로 감싸 쥐고서 코언저리에 대고 깊게 숨을 들이켰다. 그러자 조금씩 마음이 차분해지며 아랫배에서 훈훈한 기운이 올라왔다.

훈은 나무들 사이로 비치는 장명등에 기대어, 결이 거친 종이 위에 또박또박 적힌 수연의 글씨들을 한 자 한 자 눈으로 새기듯이 들여다보았다. 연필로 쓰인 글자들은 마치 오랜 습작의 결과인 듯 고른 크기에 자간과 행간이 일정했다. 연필심에 침을 묻히며 써내려갔을 수연의 모습이 보이는 듯했다. 훈은 그 정겹기 짝이 없는 글자들을 눈으로 더듬다가 소리 내어 읽어보았다.

한 번. 또 한 번. 그리고 다시 한 번…….

그렇게 회를 거듭할수록 글귀들은 더 이상 글자이기를 멈추고 음성으로, 수연의 육성으로 살아났다. 그러자 훈은 자기에게로 향하던 수연의 목소리며 눈빛, 숨결 같은 것을 선연하게 느낄 수 있었다. 지난달 장터에서 있었던 해후와, 살얼음판 위를 걷듯 곤혹스러웠던 배회, 열에 들떠 황망하게 주고받았던 이야기, 그들 두 사람을 에워싸고서 크고 작은 원을 그리며 맴돌던 사람들…… 이 모든 것이 하나하나 되살아나기 시작했다.

*

훈은 허청거리며 조금 다급하게 걸었다. 어디에 놓아야 할지 몰라 가지고는 있지만 곧 내려놓아야 될 위험하고 깨지기 쉬운 물건을 손에 든 사람 같았다. 괜스레 앞서가다 머쓱하게 고개를 돌려, 뒤따라오는 수연을 흘금흘금 곁눈질해 보는 자신의 모습이 군색스럽게 느껴졌다.

그날따라 장터에는 낯익은 얼굴들이 많았다. 모두들 일없는 사람처럼 자기를 눈여겨보는 것만 같았다. 알은체하며 말을 걸어오는 이가 없는 것만으로도 다행스러웠다. 그나마 사람의 이동이 많은 중앙통로를 따라 걸을 때가 좋았었다. 장꾼들의 시선이 성가셔 한갓진 곳으로 들자, 두 사람의 존재는 한 두름에 엮인 듯 사람들의 이목을 집중시켰다. 훈은 얼굴이 후끈 달아올랐다.

저 아이는 어쩌자고 예까지 날 찾아왔단 말인가. 훈은 원망스럽게 중얼거렸다. 그러면서도 행여 수연이 시야에서 사라져버릴까 두려워 힐끗거리는 고갯짓을 멈추지 못했다. 가슴은 두방망이질 쳤고, 두 다리는 구름 위를 걷는 것 같았다.

"아, 저 아이는 곱구나! 참 아리땁구나!……"

훈은 자기도 모르게 중얼거렸다. 그러자 까닭 모를 자랑스러움에 가슴이 부풀어 올랐다.

땔나무를 파는 나무장은 이미 파장을 준비하고 있었다. 푸성귀를 줍던 아이들도 돌아가고, 옴이 올라 군데군데 털이 빠진 개들이 골목 모퉁이에 코를 들이대며 배회하고 있었다. 건어물상의 좌판이 지나고 어물전의 해감내도 멀어져갈 즈음, 돌연 누군가가 훈의 손목을 잡아챘다. 수연이었다. 훈은 화들짝 놀라 수연의 손을 뿌리쳤다. 그러고는 창망하게 주위를 돌아보았다.

"왜, 왜 그래?"

훈이 입속말로 더듬거렸다. 수연은 장옷을 어깨까지 늘어뜨리고 훈을 빤히 쳐다보았다. 훈은 자기도 모르게 한 걸음 뒤로 물러섰다.

"나, 배고파!"

수연이 말했다.

"뭐?"

훈은 알아듣고도 못 알아들은 양 되물었다.

"그 말이 어려워? 나, 배고프다고!"

훈은 뻘쭉이 고개를 빼고 주위를 휘돌아보았다. 그러고는 또다시 앞서 걷기 시작했다. 훈이 수연을 이끌고 간 곳은 메밀 부침개나 수수부꾸미를 파는 노점이었다.

"이런 거 싫어."

수연이 말했다.

부침개 가게 옆에는 인절미와 왜떡장수도 있었다. 수연은 그것도 마다했다.

"그러면…… 무얼 먹고 싶은데?"

훈의 말에는 짜증이 묻어났다. 그는 자기에게로 쏟아지는 견디기 어려운 시선들로부터 벗어나기 위해 안간힘을 다하고 있는 터였다. 수연이 넌지시 훈의 소맷자락을 잡았다.

"나만 따라와."

두 사람의 발걸음이 멈춘 곳은 주막집이었다. 훈은 아연실색해서 수연을 돌아보았다.

"여기야. 내가 장터에서 제일 가보고 싶은 곳."

수연이 웃음을 지으며 천연덕스럽게 말했다. 훈은 설상가상이라는 표정으로 하늘을 보았다. 다행히 주막 안은 한산했다. 문간을 지나던 주모가 주렴을 걷고 들어오라고 손짓을 했다. 주막 앞까지 따라온 하릴없는 구경꾼들을 뿌리치기 위해서라도 안으로 들어가는 수밖에 없었다.

11월의 흐린 오후, 노루 꼬리만 한 빛이 간신히 스며드는 실내인지라, 앉고 보니 생각만큼 불편하진 않았다.

훈과 수연은 돼지국밥을 시켜 먹었다.

"아, 맛있다!"

수연은 이 말을 수도 없이 되풀이했다.

"얼마 만에 먹는지 기억도 안 나네. 훈아, 그런데……."

문득 두 사람의 눈이 마주쳤다. 어둑한 곳인데도 훈은 못 볼 것을 본 듯 퍼뜩 눈을 돌렸다. 그러고도 계면쩍어 주위를 두리번거리다가 주모를 불러 막걸리 한 되를 시켰다. 수연이 갑자기 풋, 하고 웃음을 터뜨렸다.

"이럴 땐 맘이 통하네. 나도 그 말을 하려 했는데."

"뭐라고?"

"국밥엔 막걸리가 최고지. 내가 널 기다리느라 얼마나 춥고 배고팠는지 알아? 아, 이젠 좀 살 것 같으네. 아무튼 한 잔 하자."

훈은 오랜 친구처럼 너나들이하는 수연을 눈이 휘둥그레져서 바라보았다.

"왜요? 오라버니께서 바라시던 분위기가 이런 게 아니었나요?"

수연이 또랑또랑한 목소리로 면박을 주었다. 훈은 빙그레 웃음을 지었지만, 짚이는 일이 있어 얼굴을 붉혔다.

"그건 그렇고, 호랑이 사냥 갔던 이야기 좀 들려줘. 가긴 갔던 거야? 그 정호군인가 뭔가 하는 사람들하고. 근데 몇 마리나 잡았어?"

훈은 처음엔 조금 어색하게, 그 다음엔 다소 우쭐해져서 호랑이 사냥 이야기를 했다. 열두 살짜리 소녀를 잡아먹은 식인 호랑이 이야기를 하자 수연의 눈이 똥그래졌다. 자기 새끼를 잡아먹은 수호랑이와 그의 죽음은 수연의 눈물을 자아냈다. 훈은 자신의 이야기가 이처럼 수연의 마음을 움직일 수 있다는 사실에 놀라움을 금치 못했다. 훈은 신바람이 나서 한껏 떠들어대었다.

금방 시간이 흘렀다. 수연은 돌아가야 했다.

둘은 동헌 앞까지 함께 걸었다.

"여기서부턴 혼자 갈게."

수연이 말했다. 훈은 머뭇거렸다.

"말해봐."

수연이 바투 여민 장옷 사이로 두 눈만을 비치며 말했다.

"무얼……?"

"하고 싶은 말. 또 언제 만날까 라든지 뭐, 그런 거."

"만날 수…… 있을까?"

훈이 더듬거렸다. 수연의 두 눈이 웃음으로 빛났다.

"우리, 이렇게 하자. 다음 달 27일, 어때? 그날은 아침부터 만나는 거야. 이곳 장터에서. 그날도 장이 서는 날이고, 그리고…… 네 생일이잖아."

"그걸 어떻게 알았어?"

"바보! 매년 그날이면 너희 어머니께서 우리 집에 미역국 한 냄비를 가져다주셨잖아. 가자미 넣고 끓인 미역국. 내가 그걸 얼마나 좋아했는데. 나는 늘 네 생일이 오기만을 기다렸었지."

"그래……? 그랬었구나. 그런데 그걸 다 기억하고 있다니……."

훈은 헤벌어진 입으로 발음도 정확하지 않은 혼잣말을 중얼거리며, 동헌 모퉁이를 돌아 저녁 빛 속으로 사라져가는 수연의 뒷모습을 바라보았다. 돌아서지도, 한 발짝 따라가지도 못하고 그림자를 좇듯이 망연하게.

*

쪽문을 밀고 들어선 행랑채는 불빛 없이 어두웠다. 어머니는 찬간에 매여 있을 터이고, 어린 두 동생은 잠들었으리라. 훈은 쪽마루에 걸터앉아 문고리를 당겨보았다. 어둠 속에서 잘 데워진 아랫목의 열기가 훈훈하게 번져 나왔다. 방 안은 텅 비어 있었다. 온종일 한데서 서성거리다 불기운을 쐬자 취기처럼 피로가 몰려왔다.

석이와 민이는 어디에 간 것일까? 양이 야소장이들이 연 학교에서 먹여주고 재워주기도 한다더니, 거기에 간 것일까?……

두 동생의 얼굴이나마 보고 가려던 생각은 접어야 할 것 같았다. 훈은 문을 밀어 닫고 무릎에 팔꿈치를 괴고서 아무 생각 없이 한참을 앉아 있다가 몸을 일으켰다. 그때 디딤돌에 놓인 신발 한 짝이 미끄러져 훈의 발등 위로 떨어졌다. 훈은 신발을 집어 제자리에 놓으려다가 손에 닿는 느낌이 살가워 잠시 머뭇거렸다.

코가 낮고 울이 깊은 가죽신이었다. 안쪽에 부픗한 천이 덧대어 있어 가죽의 질감이 부드러웠다. 당혜였다. 꽃무늬가 많이 들어간 것으로 보아 아이들 신발 같았으나, 볼이 좁고 길고 갸름했다. 여자들이 신는 신발이었다. 어머니가 꽃당혜를 신으시다니. 훈은 좀 의아했지만, 어머니께 가죽신 한 켤레 해드리지 못한 자신의 변변치 못함에 면구스러움이 앞섰다.

훈은 때라도 탔을까 소매로 신발을 닦아 디딤돌 위에 놓았다. 바로 그때였다. 아무도 없으리라 여겼던 방 안에서 인기척이 들렸다. 부스럭대는 소리. 눌리는 무게에 장판지가 우는 소리. 낮은 신음소리. 훈은 털끝이 쭈뼛해졌다. 그는 손을 뻗어 문고리를 잡으려다가 순간적으로 동작을 멈추었다.

신음소리가 커졌다. 아랫배에 힘을 주어 내지르려 하면서도 바위 하나 올려놓은 무게에 짓눌린 통성(痛聲). 여자의 소리였다.

훈은 신발을 벗고 방 안으로 들어갔다. 그리고 큰방에 딸린 골방의 미닫이문을 조심스럽게 열었다.

못 쓰게 된 세간이나 이불 따위를 둥쳐두는 곳이려니 생각했던 골방에 한 사람이 누워 있었다. 오래 자리보전한 사람의 퀴퀴한 체취와 열기가 느껴졌다. 훈은 놀랍기도 하거니와 왠지 두려운 생각이 들어 뒷걸음질을 쳤다.

혼자 신음하며 끙끙거리던 여자가 이상한 낌새를 느낀 듯 고개를 돌렸다. 순간 훈은 방으로 들어오며 문을 닫지 않았다는 사실을 깨달았다. 차가운 바깥 공기가 여자의 의식을 흔들어 깨웠으리라.

"누구……?"

여자가 말했다. 입 안 가득 거미줄이 쳐진 목소리였다. 훈은 꼼짝도 하지 않았다. 열린 골방 문에서 비켜선 채 눈동자만을 돌려서 본 마당은 의외로 환했다. 그만큼 방 안이 어두웠던 것이다. 마당을 등지고 선 자신의 모습이 여자에겐 어렴풋한 윤곽으로나마 보이리라는 것은 자명했다.

"민이 어머니……?"

여자가 다시 입을 떼었다.

"아니오. 저는……."

훈이 말문을 열었다.

"저는……."

"훈……?"

여자가 말했다.

별안간 훈은 제자리에 얼어붙고 말았다.

"훈!……"

여자가 다시 그의 이름을 불렀을 때, 훈은 몸의 온갖 관절들이 꺾여

낱낱의 뼈로 쏟아져 내리는 것만 같았다. 그는 부들부들 떨다가 몸을 숙이고 무릎걸음으로 여자에게로 다가갔다.

"너…… 수연이야……?"

비로소 그의 입에서 목소리가 흘러나왔다.

"네가 어떻게……."

훈은 어찌할 바를 몰라 주위를 더듬거리다가 등잔을 찾아 불을 붙였다.

"안 돼! 불 꺼!"

수연이 소리쳤다. 훈이 등불을 치켜들자 수연이 이불을 뒤집어썼다. 이불 속에서 오열하는 소리가 새어나왔다.

"왜 그래? 수연아, 무슨 일이야?"

훈이 어리둥절해하며 물었다. 그러나 수연은 이불을 뒤집어쓴 채 하염없이 흐느껴 울 뿐이었다.

훈은 등불을 끄고 마당으로 난 방문을 닫고서 골방 문턱을 앞에 두고 앉았다.

골방의 낮은 반자에 붙여 만든 봉창으로 미광이 스며들었다. 늦은 달이 떠오르는 듯했다.

얼마 후 울음을 멈춘 수연이 이불을 걷고 일어났다. 창호지로 스며드는 달빛이 속속곳 언저리에서 보풀이 되어 일었다. 수연은 허리를 곧추세우고 반듯한 자세로 훈을 향해 앉았지만, 훈으로선 수연이 자기를 보고 있는지 어떤지 알 수 없었다.

별안간 수연이 낮은 소리로 웃기 시작했다. 갈라져 쇳소리가 날 뿐인 목청에서는, 그러나 웃음소리가 흘러나오지 않았다. 수연은 쭉정이뿐인 이삭처럼 어깨를 흔들며 공허하게 웃었다.

"무슨 일이냐고?"

수연이 입을 열었다.

"아무 일 없었어. 아무 일도……."

수연은 또다시 어깨를 흔들며 소리 없이 웃었다.

"놈은 내 몸에 손도 대지 못했어. 날 덮치려 했지만 손도 대지 못했어. 봐, 이 칼을."

수연이 베갯머리에서 무엇인가를 꺼내 들며 말했다.

"놈이 다가오는 순간 이 칼을 빼들고 찔렀어. 알 리 없었지. 조선 여인들이 품에 지닌 은장도를."

수연은 갈매기가 끼룩거리듯이 가쁜 웃음을 토해내었다.

"그놈은 내 몸에 손도 댈 수 없었어."

"그놈이라니? 대체 누굴 말하는 거야?"

참다못해 훈이 물었다.

"……."

"누구야? 누가 너를 이렇게 만든 거야?"

"알려 하지 마. 너완 상관없는 일이야. 설령 있다 해도 내게 맡겨둬. 놈은 내 몸에 손끝 하나 대지 못할 테니까. 나는 이 칼로 놈을 찔렀어. 욕을 퍼부어주었지. 금수만도 못 한 놈이라고. 그러니……."

수연이 훈을 향해 손을 내밀었다.

"이리 와. 왜 그렇게 멀리 떨어져 있어?"

훈이 팔을 뻗어 손을 맞잡자 수연이 훈의 손을 움켜잡았다.

"이리 와. 와서 날 안아줘."

수연이 훈을 끌어당겼다. 훈은 멈칫거렸다.

"안아줘! 날 안아줘!"

수연의 목소리는 절박했다. 수연은 훈의 팔을 끌어당겨 그의 가슴에 얼굴을 묻었다. 그러고는 훈의 손을 자신의 몸 안으로 끌어넣었다.

"수연아!"

훈이 말했다. 수연은 멈추지 않았다. 문득 훈의 손바닥에 뭉클한 살이 만져졌다. 훈은 화들짝 놀라 몸을 일으켰다. 그러고는 뒤도 돌아보지 않고 밖으로 뛰쳐나왔다.

한동안 방에서는 아무런 소리도 들리지 않았다.

울음소리는 한 식경이 지나서야 터져 나왔다.

뒤틀린 고목이 신음하는 것 같은 소리였다. 자기 안에 박힌 돌덩어리를 게워내기 위해 꺽꺽대는 소리.

훈은 생각했다. 어미가 죽고 마을로 끌려온 새끼 호랑이 두 마리가 수호랑이의 포효에 답하며 울던 소리를.

훈은 다시 방 안으로 들어갔다. 그는 천천히, 그렇지만 망설임 없는 몸짓으로 수연을 감싸 안았다. 무릎을 꿇은 채 바닥에 엎드려 있던 수연이 다소곳해졌다. 울음이 멈추고 어깨의 떨림이 멎었다. 수연은 누군가 보듬어 일으켜주기라도 한 듯 상체를 세웠다. 수연의 숨 끝이 파르르 떨렸다. 훈은 용서를 구하듯 수연을 가슴에 안았다. 그리고 그녀의 입술을 찾아 그 떫고 메마른 숨결을 가슴 깊숙이 들이마셨다. 훈의 흉곽이 수연의 숨결로 부풀어 올랐다.

훈이 말했다.

"울지 마. 내가 함께할게."

자장가

닫힌 눈꺼풀 안쪽에서 동공이 휘돌며 눈자위가 까물거렸다. 무엇엔가 찔린 듯 입술이 움찔거렸고, 동시에 볼 살이 실룩거렸다. 장막을 찢고 나오듯 훈이 번쩍 눈을 떴다. 그의 두 눈은 활짝 열린 채 한동안 못 박힌 듯 어둠 속에 고정되어 있었다.

이곳이 어디일까?

훈은 희번덕거리며 허공을 더듬다가 곁에 누운 수연을 보았다. 그는 안도의 한숨을 내쉬며 다시 눈을 감았다.

얼마나 잔 것일까?…… 훈의 몸은 흠뻑 젖어 있었다. 봉창으로 얼비치던 달은 이미 지붕을 넘어간 뒤였다. 사위는 고요했다.

훈은 살며시 고개를 돌려, 그의 왼팔을 베개 삼아 가슴에 얼굴을 묻고 잠든 수연을 보았다. 팔베개에 한쪽 볼이 눌려 입술이 벌어져 있었다. 목덜미로 흘러내린 머리채가 날개를 펼친 듯 이부자리를 덮고 있었다.

훈은 깊이 숨을 들이쉬며, 곁에 누운 수연의 숨결을, 너무 밀착되어 있어 제 살과 구분되지 않는 수연의 살을, 그 체온과 박동을 다시 한 번 오롯하게 느끼기 위해 지그시 눈을 감았다.

분리될 수 없는 하나의 삶 속에 영원히 결박되고 싶다는 욕망이 불현듯 그를 사로잡았다. 훈은 수연의 몸 안으로 빨려 들어갔던 자기 몸의 일부분이 찌릿찌릿해 오는 것을 느꼈다. 행여 수연을 깨울까 봐 아무런 행동도 취하지 못한 채 훈은 심호흡을 했다.

바로 그때 꿈결에서인 듯 수연의 목소리가 귓전을 울렸다.

— 놈이 다가오는 순간, 나는 칼을 빼들고 놈을 찔렀어. 놈이 알 리 없었지. 조선 여인들이 품에 지닌 은장도를…….

별안간 머릿속에서 한 줄기 섬광이 번뜩이며 벼락을 치는 것 같은 굉음이 울렸다.

훈은 조심스럽게 수연의 머리 밑에서 팔을 빼고 일어나 골방 문 옆에 걸린 등잔에 불을 붙였다. 어둠 속에서도 그토록 마주하길 저어했던 수연의 얼굴이 불빛 아래 서서히 드러났다. 순간 훈은 심장이 멎는 것 같은 충격에 자기도 모르게 외마디 비명을 질렀다.

수연의 얼굴은 알아보기 힘들 정도로 일그러져 있었다. 이마에서 시작된 찢긴 자국이 콧잔등을 지나 턱 밑까지 이어졌고, 눈두덩에서 목으로 이어지는 검푸른 반점들이 그녀의 얼굴 전체를 보기 흉하게 일그러뜨리고 있었다. 훈은 보지 말아야 할 것을 본 사람처럼 재빨리 불을 끄고 무너져 내리듯이 방바닥에 무릎을 꿇고 앉았다.

훈은 한동안 숨을 죽이고 울었다.

역류하며 도는 피의 윙윙거림 속에서 이제는 단 한 마디의 말만이 그의 귓전을 울리고 있었다.

— 놈이 알 리 없었지. 조선 여인들이 품에 지닌 은장도를…….

이제 그는 알 수 있었다. 수연에게 무슨 일이 있었는지를.

훈은 황급히 옷을 꿰입고 방을 나왔다.

*

한 차례 눈을 퍼붓고 난 뒤 구름은 멀고 높아졌건만 홀연히, 낙백한 그림자처럼 눈송이 하나가 눈앞을 휘 긋고 지나갔다.

측간에 들렀다 뜰로 나선 한민석은 발아래서 기분 좋게 뽀드득거리는 눈을 밟으며 콧노래를 흥얼거렸다.

눈이 멎음과 동시에 맑게 하늘이 열린 저녁이었다. 구름과 구름 사이는 멀었고, 동짓달의 달은 비스듬히 누운 채 중천에 걸려 있었다. 티 없이 까만 어둠 속에 발자국 하나 찍히지 않은 마당이 은빛으로 빛났다.

아가의 엄마는 어디로 갔나
저 산 너머 고향에 갔다네

한민석은 얼근하게 오르는 술기운에 갈지자걸음을 걸으며 연신 콧노래를 흥얼거렸다. 타자부로 곁에서 수차례 듣다 보니 귀에 익다 못해 입에 배고 만 일본의 자장가였다.

한민석은 무심코 노랫말을 읊조리다가, 이 대목이면 눈물 콧물을 쥐어짤 것처럼 우중충해지는 타자부로의 얼굴을 떠올리고는 실소를 터뜨렸다.

"바카야로!"

그는 이 한 마디를 내지르고는 신발 굽 높이로 쌓인 눈을 밟으며 유곽의 앞마당을 나와 고샅길로 나섰다.

채 젖도 못 뗀 늙은이 같으니라고. 돌고래 육포를 씹으며 어린 시절을 그리워하고, 사무라이의 칼을 차고서 쇼군 시대의 옛 영화를 떠올리는 자.

"한물 간 로맨티스트 같으니!"

한민석은 허리를 굽혀 두 손으로 눈을 퍼 올려 주먹만 한 눈덩이를 뭉쳤다.

> 아가의 엄마는 어디로 갔나
> 저 산 너머 고향에…….

한민석은 문득 조선의 자장가에는 어떤 것이 있을까, 하는 생각이 들었다. 어렸을 때 들은 기억이 있을 법도 하고, 아낙들이 아기를 재우느라 부르는 노래를 한두 번은 주워듣기도 했으리라. 하지만 무엇 하나 떠오르는 것이 없었다.

"조선, 조선의 자장가라……."

한민석은 고샅길을 나와 들이 펼쳐지는 개울 옆에 이르렀다. 개울 건너편에 괴괴하게 서 있는 나무 한 그루가 보였다. 그는 단단하게 뭉쳐진 눈덩이를 그 나무를 향해 힘껏 던졌다. 눈덩이는 간발의 차이로 나무를 비켜갔다. 한민석은 다시 눈덩이를 뭉쳤다.

"이번엔 기필코!"

그는 몇 차례 예비동작을 취한 뒤 눈덩이를 던졌지만 이번엔 아주 어림없이 빗나가고 말았다.

한민석은 은근히 부아가 치밀었다. 한때는 돌팔매질이라면 당할 자가 없던 그였다. 어려서부터 힘으로 이길 수 없는 놈은 손에 쥘 수 있는 온갖 것으로 앙갚음을 했었다. 돌멩이든 사금파리든 무엇이든 꼬나쥐면 암만 먼 거리에서도 상대의 머리통을 정확하게 맞출 수 있는 능력은 한민석의 자랑이었다. 그런데 개울 건너 꼼짝 않고 서 있는 나무 하나 못 맞히다니.

한민석은 뭉근하게 올라오는 술기운을 누르고 몸의 중심을 가누면서, 이번엔 좀 더 크고 단단하게 뭉친 눈덩이를 움켜쥐고 나무를 향해 있는 힘껏 던졌다. 눈덩이는 나무의 허리께에 적중했다. 한민석은 쾌재를 불렀다. 그의 환호성이 너무 컸음인지 근처의 민가에서 개 한 마리가 짖기 시작했다. 동시에 그의 머릿속에 자장가의 한 대목이 기적처럼 떠올랐다.

마루밑에 삽살개도 멍멍멍멍 짖지말고
앞뜨락의 꼬꼬닭도 꼬꼬댁댁 우지마라

"그래, 바로 이거야!"

한민석은 다시 한 번 탄성을 질렀다. 그러고는 불현듯 떠오른 가락이 달아날까 조심하며 자장가의 한 마디 한 마디를 더듬어가기 시작했다.

자장자장 자장자장 우리아기 잘도잔다
마루밑에 삽살개도 멍멍멍멍 짖지말고
앞뜨락의 꼬꼬닭도 꼬꼬댁댁 우지마라
뒷동산의 꾀꼬리도 꾀꾀꼴꼴 울지말고
나무섶에 참새들도 짹짹짹짹 우지마라
앞집개도 잘도잔다 뒷집개도 잘도잔다
우리아기 잘도잔다 어여쁘게 잘도잔다

자장가가 마지막까지 무사히 마무리가 되자 한민석은 이루 말할 수 없는 행복감에 젖어들었다. 그는 개울 건너 미루나무 한 그루가 우뚝 서 있는 캄캄한 들녘을 마주 보며 처음부터 다시 큰소리로 자장가를 불렀다.

노래의 끝에 이르자 또다시 눈이 내리기 시작했다. 고개를 들어보니 어느새 달은 구름에 가려져 있었다. 고개를 든 채 지그시 눈을 감고서 하늘을 올려다보는 한민석의 눈가로 눈물이 번졌다. 뒤늦게 그 사실을 깨달은 한민석은 저도 모르게 웃음을 터뜨렸다.

"저 사무라이를 우스꽝스럽다 비웃을 일이 아니로군. 나마저 멜랑콜리에 흠씬 젖어드니 말이야. 그런데 자장가들은 왜 이처럼 구슬픈 것일까?"

한민석은 스스로 묻고 스스로 답했다.

"그건 그렇지 않을까. 깸과 잠의 경계가 삶과 죽음의 그것처럼 아스라하기 때문이……."

그러고는 또다시 자문했다.

"그런데…… 대체 이런 노래를 들으면서 아기들이 잠들 수나 있는 것일까?"

한민석은 문득 생각난 듯 허리띠를 풀고 바지춤을 내린 뒤 자장가를 흥얼거리며 오줌을 누었다.

"그런데 이 자장가는 누구의 것인가? 누구의 입에서 흘러나와 내 기억 속에 각인된 것인가?……"

한민석은 알지 못했다.

한민석의 삶에서 피붙이에 대한 기억만큼 무관한 것은 없었다. 사랑, 우의, 배려와 같은 말들은 낯설고 이해되지 않는 만큼 폭력적인 것으로 와 닿을 따름이었다. 한민석은 근본이 없는 자였다. 종로 육조거리에서 태어났다고는 하나, 임오년의 군란인지 동학의 난인지 모를 난리에 휩쓸려 아비는 죽고, 어미는 그를 버렸다. 그는 문경새재 어름의 산골에서 외할머니의 손에 맡겨져 어린 시절을 보냈다. 외할머니는 유일한 피붙이였으므로 노인이 작고하자 그는 혈혈단신이 되었다. 괴산과 문경의 고갯길을 오고가던 보부상이 한민석의 덜미를 낚아챘다. 객사에서 잔심부름을 하고 봉놋방에 끼어 풍찬노숙을 면했다. 열두 살의 나이에 그는 큰 세상을 보았다. 광무(光武)에서 융희(隆熙)로 연호가 바뀔 즈음의 부산은 신세계였다. 개항장 주변은 무수한 사람들과 진기한 물건들로 북새통을 이루었다. 알아들을 수 없는 외국어 대신 손짓과 발짓이 오고갔다. 처음 접하는 바닷가의 억척스러운 억양도 물 건너온 언어들만큼이나 생경했다. 한민석은 빠르게 말들을 익혔다. 눈치껏 보부상의 손아귀에서 벗어난 소년은 외국인 거주지에서 갖은 허드렛일을 도맡으며 살길을 찾았다. 등 붙일 곳 없는 고독이었고, 피 끓는 투쟁이었다. 적의와 살기를 비상식량처럼 먹으며 그는 독을 품었다. 그러던 어느 날이었다. 조선의 민화와 골동품 따위를 수집하며 부산과 나가사키 사이를 왕래하던 한 일본인이 한민석을 눈여겨보았다. 영민하고도 강인한 소년의 생존본능이 그의 주의를 끌었다. 소년은 열다섯 나이에 일본 땅을 밟았다. 나가사키. 그 둥그런, 어머니의 품과 같은 항구에서 그는 주경야독의 삶을 살았다. 코쟁이들과의 거래를 통해 그들의 언어를 배웠고, 조선과 일본을 오가며 주인의 사업을 도왔다. 소년의 성실함과 충성심은 주인의 마음을 움직였다. 주인은 그에게 일과 자유를 주었다. 벌며 공부하고, 벌어서 자유로워져라. 이것이 주인의 원칙이었다. 한민석은 조선인 앞에서는 일본인으로 군림하며 권력과 복종의 메커니즘을 익혔고, 일본인 앞에서는 조센징으로 멸시당하며 자신의 정체성을 부정하고 또 확인했다. 그는 자신의 적의와 살기가, 그리고 그가 그 둘을 비상식량으로 섭취하며 품어온 독이 현실에서 발현되는 것을 보았다. 그는 쥐도 새도 모르게 두 사람을 죽였다. 한 명의 일본인과 한 명의 조선인. 대학을 졸업할 무렵, 임종을 앞둔 주인은 한민석을 불러 말했다. 가거라. 너의 조국으로. 그 땅은 대륙으로 열려 있다. 대륙은 벽으로 막아설 것이나 숨통을 죄진 않을 것이다. 돌아가 조국에서 시작하되, 징검돌 이상의 것을 기대하지는 말라. 러시아를 거치면 유럽으로 간다. 아들아(스스로 감정에 겨웠음인지, 아니면 임

종을 앞두고 실성했음인지 그는 한민석을 '아들'이라고 불렀다. 그러나 아들은 별안간 아버지로 자처하는, 오랜 세월 종자(從者)로서 섬겨 온 주인 앞에서 눈곱만큼도 마음이 동하지 않았다), 제국에 기대지 말라. 이 제국은, 헛물켜듯 삼키며 떠도는 운명에 던져진 자들이 조야하게 거두어 짜깁기한, 거대하지만 쓸모없는 조각보일 뿐. 조선의 왕족들이 추풍낙엽처럼 폐위되고 제국의 연호가 메이지(明治)에서 타이쇼오(大正)로 바뀔 즈음, 한민석은 조선으로 돌아왔다…….

이것이 한민석의 삶이었다.

한민석은 태생부터 근본을 모르는 자였다. 그러니 그가 조국에서 듣고 익혔을 자장가의 어떤 내력도 기억하지 못한다 할지라도 자연스러운 일일 것이다. 어린 소년의 가난과 주림을 품어 재워준 이 없었고, 피 끓는 청년의 굴욕과 증오를 달래고 어루만져준 이 또한 없었던 것이다.

한민석은 오줌 끝을 털며 어깨를 떨었다. 바지춤을 추스르던 그는 왠지 조금 전부터 뭔가 소리 없이 다가붙어 묵직한 힘으로 밀어내는 것 같은 느낌을 받고 있었다. 갑자기 등줄기가 서늘해지며 잊고 있었던 불안감이 되살아나는 것 같은.

설마하면서도 그 뻑적지근한 느낌을 떨치지 못한 한민석은 마침내 천천히 뒤로 돌아섰다.

아니나 다를까, 등 뒤에는 어깨가 떡 벌어지고 기골이 장대한 사내 하나가 우뚝 서서 그를 지켜보고 있었다. 어둠 속이었지만 복색이나 풍신으로 보아 예사롭지 않은 기개가 느껴졌다.

"게…… 뉘시오?"

한민석은 자기도 모르게 말을 더듬었다.

사내는 바위덩어리처럼 움쩍도 하지 않았다. 눈에서 반사되는 빛과, 구름장 사이에 걸린 달빛에 비친 사내의 얼굴은 인광을 발하듯 푸르스름했다. 그 한가운데에 움푹하게 팬 안공에서는 날 선 적의마저 느껴졌다.

"뭐야, 기분 나쁘게! 앞을 막아섰으면 용건을 밝혀야 할 것 아니오?"

한민석은 은근히 소름이 돋는 것을 느끼며 아무렇지도 않다는 투로 투덜거렸다. 여차하면 총집에서 권총을 꺼낼 작정으로 그의 오른손은 허리께를 더듬적거리고 있었다.

문득 마주 선 사내가 휘파람을 불기 시작했다. 흐린 획이 느껴질 듯 느리게 휘 긋는 눈발 속으로 뚝뚝 끊기며 이어지던 휘파람은 아주 천천히 어떤 가락을 이루기 시작했다. 한민석은 그 가락이 조금 전에 자기가 불렀던 조선의 자장가임을 깨달았다.

"우스운 친구로군. 내 오늘밤 산도적만 한 구관조를 보게 되었소이다, 그려."

한민석은 웃어넘기는 투로 툴툴 털고 돌아서려 했다.

"한 가지만 묻겠다."

사내가 입을 열었다. 아랫배에서 올라오는 우렁찬 목소리였다.

"너는 왜놈의 주둥이를 가진 조선 놈이냐, 조선의 말을 읊조려대는 왜놈이냐?"

한밤중에 뜬금없는 물음이었다. 도무지 그 저의를 짐작할 수 없어 한민석이 대꾸할 말을 찾지 못하고 머뭇거리자 상대가 말을 이었다.

"하긴 출생이 어떠하든 왜놈의 주구임은 모면하긴 힘들 터. 네놈의 몰골이 호랑이 가죽을 쓴 여우처럼 수상하고 한심하구나."

"뭐라고? 이 자식이 그냥……!"

한민석이 불끈 치솟는 노기에 재빨리 총을 빼들었다. 하지만 안전장치를 풀기도 전에 사내의 발이 날아와 그의 가슴을 강타했다. 한민석은 뒤로 벌렁 넘어져 눈밭에 머리를 처박았다. 사내의 동작은 허공을 가르며 나는 듯했다. 어느새 한민석의 총을 뺏어 든 사내는 그의 팔을 등 뒤로 꺾어 번쩍 일으켜 세운 뒤 앞으로 드세게 밀어붙였다.

"가자, 꼭두각시야. 네놈의 주인이 있는 곳으로!"

사내의 완력은 대단했다. 한쪽 팔을 비틀어 움켜잡았을 뿐인데 한민석은 옴짝달싹도 할 수 없었다. 씩씩거리며 터져 나오던 볼멘소리도 신음소리에 잦아들었다.

유곽의 안채로 들자, 마당에 불을 피우고 모여 있던 예닐곱 명의 군인들이 부리나케 총을 집어 들었다. 사내가 공포를 한 발 쏜 뒤 총구를 한민석의 머리에 들이대었다. 그러자 군인들이 모두 총을 내려놓았다. 사내는 단걸음에 툇마루로 올라서더니, 불이 환히 밝혀진 장지문을 향해 한민석을 패대기쳤다. 문짝이 쓰러지면서 방 안을 덮쳤다. 기녀들이 비명을 지르며 밖으로 뛰쳐나왔다. 술과 안주를 온몸에 뒤집어쓰고 나자빠진 채로 한민석은 가까스로 고개를 돌려 총을 든 사내를 보았다.

“아니, 자네는…… 임 군이 아닌가?”

타자부로의 목소리였다. 그제야 한민석도 그가 훈임을 알아보았다.

“산막에 있어야 할 자네가 여긴…….”

“닥쳐!”

훈이 소리쳤다. 칼집에 놓인 타자부로의 손이 움찔거렸다. 발길질 한 번에 방구석에 나가떨어졌던 부관이 부스스 몸을 일으켰다. 훈의 총은 타자부로의 가슴을 겨누고 있었다.

“너는 내 말을 이 작자에게 전하여라!”

훈이 한민석에게 명령했다.

“당장 이곳을 떠나거라. 내 손에 네놈의 더러운 피를 묻히기 전에. 만약 또다시 내 눈에 띄었다간 결코 목숨이 성치 못할 것이다. 어떤 식으로든, 네가 가는 곳이 어디든 끝까지 쫓아가 삶이 얼마나 저주스러운 것인지, 죽음이 얼마나 고통스러운 것인지 가르쳐주고야 말 것이다. 알겠느냐? 대답해라!”

한민석이 통역을 했고, 타자부로가 대답했다.

“너!”

훈이 이번에는 부관을 가리켰다.

“너는 이곳에 있는 무기들을 모조리 거두어라. 칼과 총 하나도 남김없이. 그리고 그것들을 전부 저 마당의 우물 속에 처넣어라.”

타자부로가 분노에 치를 떨며 사무라이의 칼을 내놓았다. 부관은 상관의 분노에 주눅이 들어 온몸이 경직된 채로 칼을 건네받았다. 훈은 그 칼을 따로 챙겼다. 병사들의 장총과 단검, 권총과 총집과 탄띠 따위를 전부 합치니 부관 혼자 우물 속에 던져 넣기는 역부족이었다. 한민석이 거들어야만 했다.

끝으로 훈은 타자부로의 칼을 칼집에서 꺼냈다. 그는 언제부턴가 타자부로의 오른손에 감긴 붕대를 눈여겨보고 있었다. 훈은 그 붕대의 의미를 잘 알고 있었다. 타자부로의 시선이 자신의 손목으로 향했다. 훈은 어금니를 꽉 깨물고 타자부로를 응시했다.

"내 이 칼로 너의 팔을 잘라야 마땅하다만, 이쯤에서 참는다. 대신 너의 수족과 같은 칼이 어떻게 되는지 잘 보아두어라."

훈이 칼을 번쩍 들어 댓돌을 내리쳤다. 시퍼런 불꽃이 튀면서 칼이 동강났다. 훈은 칼날이 날아간 장검의 칼자루를 타자부로를 향해 던졌다. 타자부로가 흠칫 비켜서며 칼자루를 받았다.

훈은 섬돌을 밟고 내려가 마당에 섰다. 그리고 뒷걸음으로 천천히 마당을 가로질러 갔다. 우물 옆을 지나던 훈은 문득 생각난 듯 손에 든 권총을 우물 속에다 던져 넣었다. 그가 몸을 돌려 마당을 빠져나가려는 순간이었다. 별안간 한 방의 총성이 울렸다. 불현듯 걸음을 멈춘 훈이 부동의 자세로 우뚝 서 있더니 고개를 돌리려다 말고 모로 푹 꼬꾸라졌다.

타자부로가 천천히 방에서 나와 회심의 미소를 지으며 훈에게로 다가갔다. 타자부로의 손에는 권총 한 자루가 들려 있었고, 총구에서는 한 가닥의 연기가 피어오르고 있었다. 그것은 타자부로가 침소에 들 때조차 품에서 떼어놓지 않는 호신용 권총이었다.

"건방진 자식!"

타자부로가 마당에 쓰러져 버둥거리는 훈의 머리를 발로 짓누르며 말했다. 눈을 적시는 검은 피 웅덩이는 훈의 허리께에서 비롯되고 있었다.

"내 칼과 네놈의 생명을 맞바꾸려 하다니. 오냐. 네가 바란 최후를 진득하게 즐기게 해주마. 삶이 얼마나 저주스러운 것인지, 죽음이 얼마나 고통스러운 것인지 네놈이야말로 이제 곧 알게 될 것이다."

타자부로가 그의 뒤에 시립한 병사들을 돌아보았다.

"이놈을 죽지 않을 만큼 팬 뒤 개밥으로 던져주어라!"

눈사태

박 포수가 떠나자 임 노인은 낫과 톱을 들고 숲속으로 가서 다래덩굴을 잘라왔다. 노인은 알맞은 길이로 자른 다래덩굴을 아궁이 불에 올려 진을 뺀 다음, 양끝을 잡아 욱여서 둥글넓적한 모양을 만들었다. 노인은 잠시 고개를 들고 무엇인가 헤아려보는 듯하더니, 같은 크기의 설피를 두 켤레 더 만들었다. 살강에서 잘 말려둔 산양 가죽을 꺼내 설피의 테에 둘러싸려 하는데, 발쪽이 열린 부엌문 너머에서 인기척이 들렸다. 임 노인이 고개를 들었다. 문틈으로 박 포수의 얼굴이 보였다.

"여직 가지 않았는가?"

임 노인이 물었다. 박 포수는 대답을 하지 못하고 머뭇거렸다.

"추운데 들어오게."

박 포수는 문가에 우두커니 서서, 괄하게 타는 아궁이 불 앞에 앉아 설피를 만드는 노인의 모습을 지켜보았다.

"왜…… 못 다한 말이 있는가?"

노인이 고개도 들지 않고 물었다. 박 포수는 대답 대신 한숨을 뱉었다.

"어르신, 차마 걸음이 떨어지질……."

박 포수는 말을 맺지 못하고 걸근거리는 목젖을 떨면서 마른 울음을 울었다. 임 노인은 일손을 멈추고 잠자코 있었다.

"훈이는…… 훈이는 돌아오지 않은 게 아니라……."

박 포수는 어깨를 흔들며 울었다. 환갑을 넘긴, 산전수전 다 겪은 늙다리의 울음은 처연했다. 노인이 마른기침을 했다.

"그만하게."

임 노인이 말했다. 그의 어조는 담담했다.

"사람의 목숨이 하늘에 달려 있거늘……. 그 아이의 명이 다한 것일세."

"그러면…… 알고 계셨습니까?"

임 노인은 여러 차례 꿈속에서 들었던 아득한 메아리들을 떠올렸다. 기이한 새의 형상으로 떠돌며 울다 가던 소리들. 놀빛과 구름…….

짧은 산중의 빛이 기울고 아궁이의 불땀이 약해졌다. 주름투성이의 깡마르고 강팍한 두 노인의 얼굴이 사위는 불꽃처럼 어두워졌다.

"이제…… 어떻게 하실 요량인지요?"

한소끔 끓어 넘친 슬픔에 꺼칠하게 가라앉은 목소리로 박 포수가 물었다. 임 노인이 다시 손을 움직이기 시작했다.

"내 알아서 할 것이네."

박 포수는 설피를 만드는 노인의 속내를 더듬어 헤아렸다.

"어디…… 먼 길을 떠나시려는지요?"

노인에게서는 대답이 없었다.

"어르신, 놈들은 수가 많습니다. 해수구제라는 명분으로 군인들이 동원되었다고 들었습니다."

"해수구제라니, 그게 무슨 말인가?"

"위해한 짐승들을 잡아 없애겠다는 발상이지요."

"허, 황잡하기 이를 데 없구나. 진정 솎아내야 할 해로운 짐승이 누구인지 모르고 하는 소리!"

노인은 솟구치는 노기를 애써 삼켰다.

박 포수가 발을 비껴 디디며 조바심을 내다가 어렵사리 운을 뗐다.

"혹시 제가 도울 일이라도……."

"이건 내 일이네. 자네는 그만 돌아가게."

다래덩굴을 후리는 노인의 손끝이 바르르 떨렸다.

"그리고…… 이건 노파심에서 하는 말인데, 그들이 완전히 물러갈 때까진 숨어 지내는 게 좋을 걸세."

박 포수는 발걸음을 떼지 못하고 주춤거렸다.

"어르신, 참으로 면목이 없습니다. 훈이를 지켜주지 못해서……."

"그래…… 나 또한 면목이 없다네."

박 포수가 떠난 뒤 임 노인이 부엌을 나와 파랗게 서려드는 어둠을 바라보며 혼자 중얼거렸다.

"나 또한 그 아이를 지켜주지 못했다네……."

노인은 손자에 관한 기억을 머릿속에서 지웠다. 세 켤레의 설피를 만들고 칡덩굴을 엮어 여러 종류의 올무를 만드는 동안, 어떤 감정도 떠들고 붋대지 못하도록 스스로를 다독거렸다. 생각이 멈추었고, 몸짓들이 가지런해졌다. 노인은 짐승 가죽을 덧대어 만든 큰 보자기에 육포와, 생식으로 먹는 곡물들을 챙겨 봇짐 하나를 꾸렸다. 그 후 방으로 들어가 어둠 속에 좌정한 채 뜬눈으로 밤을 새웠다. 올빼미 울음소리에 불현듯 침묵에서 깨어난 노인은 선반에서 몇 권의 책을 꺼냈다. 삼끈으로 엮은, 닳고 해진 필사본들이었다. 떠나기 전에 그는 책들을 아궁이 속에 던졌다.

임 노인이 산막을 나선 것은 벼룻물 같은 어둠이 채 물러가기 전이었다.

그믐의 산록은 먹의 농담(濃淡)으로 응어리져 있었다.

*

함경남도 혜산에서 풍산에 이르는 주요 통로는 일본군에 의해 통제되고 있었다. 정호군은 혜산과 갑산 사이에서 움직이고 있었다. 백두대간을 따라 북진하여 혜산에 이르면, 군대는 허항령을 넘어 백두산으로 향할 것이 분명했다. 그 통로라면 임 노인이 젊어서부터 수없이 오르내리며 체득하고 있는 길이었다. 근육으로 다져 정신으로 새긴 길. 노인은 자신이 있었다. 다만, 일흔둘이라는 적지 않은 나이가 자아낼 무시 못 할 조화가 관건이었다.

혜산과 갑산 사이의 한 골짜기에서 일본군의 숙영지를 발견한 것은 산막을 떠난 지 꼬박 이틀이 지나서였다.

크게 화톳불을 피우고 곳곳에 초병을 세운 군대는 수 킬로미터 밖에서도 그 행적을 읽을 수 있었다. 노인은 숙영지 주변을 돌며 병력의 규

모와 배치, 동태 등을 면밀하게 살폈다. 매서운 추위 속에서도 곳곳에 널린 짐승의 가죽과 고기에서는 역한 냄새가 풍겼다. 누린내와 피비린내가 진동했고, 사람을 비롯한 갖은 짐승들의 똥오줌 냄새가 숲 곳곳에 짙게 배어 있었다.

산 채로 우리에 갇힌 짐승들도 여럿 눈에 띄었다. 표범과 스라소니, 늑대와 여우는 물론이고, 동면에서 끌려나온 곰들도 있었다. 무엇보다 신경이 쓰이는 것은 스무 마리쯤 되는 사냥개들이었다. 하지만 아직 표적을 찾지 못한 개들은 산만하고 비둔해 보였다. 번다하게 움직이는 사람들 속에서 개들은 냄새를 가리지 못했고, 귀는 사방팔방으로 열려 쓸모없었다. 한곳에 묶인 십여 마리의 나귀들이 발길질을 하고 서로를 물어뜯으며 힝힝거렸다. 군인들은 흩어져 제가끔 분주했는데, 그 속에는 조선인으로 보이는 사냥꾼들도 몇 명 눈에 띄었다.

이튿날 날이 밝자 솥을 걸고 밥을 끓여 먹은 군대는 십여 명씩 네 개 조로 나뉘어 대열을 정비했다. 군장을 갖춘 군인들은 각기 다른 방향으로 산을 타고 올랐다. 선두에는 조선인 사냥꾼들이 한 명씩 붙어 길을 이끌었다. 목사리를 단 개들이 대열의 뒤를 따랐다. 본부에 남은 이십여 명의 군인들은 산 속 곳곳에서 땅을 파거나 나무를 잘라 바리케이드를 쌓았다.

노인은 기민하게 움직였다. 제일 먼저 확인한 것은 대대적인 몰이를 예고하는 설치물들이었다. 네 방향으로 이동해간 병력들이 산 위에서부터 짐승들을 몰아 내려오면 자연스레 이르게 마련인 몇몇 통로에는 나뭇가지로 엄폐된 크고 작은 함정들이 확인되었다. 함정들 주변에는 헝겊을 매달거나 생목 따위를 세워 자기들만이 알아볼 수 있는 표식을 만들어놓았는데, 한 길쯤 되는 허방 속엔 나무로 깎아 만든 날카로운 창살들이 삐죽삐죽 솟아 있었다. 쫓기던 짐승들이 함정을 피해 수풀을 헤집고 빠져나간다 해도 머리를 디밀고 지나갈 만한 곳엔 어김없이 덫과 올무가 도사리고 있었다. 이를테면, 골짜기 전체가 죽음의 문을 열고 뭇 산 것들을 흡입하고 있는 형국이었다.

임 노인은 몰이가 절정에 이를 지점들을 중심으로 동물들의 예상 통로를 짚어가며 덫과 올무들을 제거했다. 허방다리가 설치된 곳엔 표식들을 옮겨 달고 바리케이드를 거두어 짐승들이 다닐 수 있는 새로운 통로를 열었다.

숲속 빈터에는 창애가 설치된 곳도 있었다. 나무로 된 틀 속에 고기를 매달아놓고 짐승이 미끼를 건드는 순간 가로막이 내려와 짐승을 포획하는 수법의 사냥도구였다. 노인은 가로막을 제거하거나, 그럴 수 없는 곳엔 가로막들이 작동하지 못하도록 연결된 끈들을 끊어놓았다.

그것은 지루하고도 지난한 작업이었다. 하루해가 그렇게 저물었지만 임 노인은 한밤중에도 멈추지 않았다. 어두워져서 군인들이 숙영지로 돌아가자, 노인은 낮 동안의 작업 현장으로 잠입하여 역시 같은 방식으로 함정의 표식을 옮기고, 바리케이드를 치워 통로를 열어두거나, 인위적으로 열어놓은 통로들을 닫았다.

노역은 밤새 계속되었다. 그러는 사이에 서서히 날이 밝아왔다.

별들의 떨림이 가뭇해지면서 산등성이 위로 불그레한 놀빛이 퍼지자 먼 능선 쪽에서 총성이 울렸다. 한 발의 총성은 메아리처럼 또 다른 총성을 불러왔다. 네 번의 총성은 산들을 울리며 바윗덩어리들을 굴리는 것 같은 육중한 진동을 골 아래로 밀어붙였다. 임 노인은 그 소리가, 깎아지른 산비탈에 위태롭게 쌓여 있던 눈들이 일시에 쏟아져 내리는 소리라는 것을 알았다. 얼어붙은 겨울 산의 정적을 저처럼 무모하게 깨뜨리는 것은 위기를 자초할 수 있는 행위였다.

총성을 기점으로 몰이가 시작되었다. 개 짖는 소리, 꽹과리 소리, 쇠막대로 바위를 두드리는 소리 등 온갖 요란한 소리들이 산등성이를 타고 내려왔다. 산 아래 포진한 병사들은 바리케이드 뒤에 일정한 간격으로 흩어져 매복에 들어갔다.

처음엔 이렇다 할 소요가 없었다. 그저 먼 소음과 메아리들이 어수선하게 허공을 떠돌 따름이었다. 그렇게 한두 시간이 흘렀을까, 어느 순간 땅에서 미세한 진동이 느껴졌다. 산중 바위들의 치열이 흔들리는 것 같은 덜거덕거림이었다. 잠시 후 폭설에 나무들이 꺾일 때 나는 것 같은 우지끈거리는 소리가 여기저기서 들려오기 시작했다. 수풀이 흔들렸고, 임관(林冠)이 폭풍에 휩쓸린 듯 휘청거렸다.

첫 햇살이 산록을 타고 내려왔다. 붉고 곧은 빛살들이 눈 덮인 숲을 썰매 타듯이 치달렸다. 그 빛 속에, 화살처럼 꿰찌르며 질주하는 햇살 속에 짐승들이 있었다. 더운 김을 뿜으며, 나무와 나무 사이를 섬광처럼 스치며, 허공을 들이박을 듯이 껑충껑충 뛰며 달려오는 동물들.

울창한 숲속에서 순간적으로 출몰하는 동물들을 일일이 가늠하기란 쉽지 않았다. 매복 중인 군인들이 사격을 시작했지만, 콩 볶는 듯한 타닥거림에 무엇이 쓰러졌는지 알아보는 것 또한 쉽지 않았다. 얼마 후

사격이 멈추었고, 그와 동시에 사냥개들을 앞세우고 몰이꾼들이 나타났다. 소동은 그때부터 시작되었다. 짐승이 걸려야 할 덫에 개나 사람이 걸렸고, 표식이 바뀐 함정엔 사람과 짐승이 함께 빠졌다. 막다른 곳에 내몰린 동물들은 공격적이었다. 상처입고 성이 날 대로 난 멧돼지들은 사람이 눈에 띄자 가차 없이 머리를 들이박았고, 어떤 곳에서는 늑대와 표범이 사람을 덮치기도 하였다. 아비규환과 같은 아우성이 여기저기서 터져 나왔다.

대대적인 몰이에 의한 사냥의 결과는, 한 마디로 말해서, 아수라장이었다. 숙영지는 짐승들의 습격에 초토화된 꼴이 되고 말았다. 사상자가 속출했고, 허방에 빠지거나 골짜기에서 실족한 자들을 수색하는 데 하루해를 다 보내야만 했다. 예상치 못한 사태에 군대는 대혼란에 빠졌다. 응급처치가 끝난 부상병들을 수송해야 했기에 군대는 병력 전체의 이동을 결정했다.

군대의 이동은 더뎠다. 군화와 군복과 총과 칼은 궁곡(窮谷)에서의 이동에 아무런 도움이 되지 않았다. 몸이 성한 병사들과 들것에 실린 병사들의 간격이 벌어졌다. 천막이며 마대자루에 담긴 시체며 짐승의 가죽 따위를 짊어진 나귀들은 몽둥이질에도 불구하고 좀체 나아가려 하지 않았다. 쓸모없는 개들은 목줄이 뒤얽힌 채 낑낑거렸다. 대열은 길고 느슨해졌다. 오십여 명쯤 되는 군대는 이제 오합지졸에 지나지 않았다. 바짝 다가붙어 뒤를 쫓다가 꽁무니에 처져 비트적거리는 병사의 뒷덜미를 낚아채서 멱을 따도 누구 하나 눈치 채지 못할 판국이었다.

그러나 노인은 그림자처럼 군대의 뒤를 따라붙을 뿐, 자신의 손에 피를 묻히려 하지 않았다. 노인은 달리 생각이 있었다. 노인은 저 무잡한 자들이 자신들의 행위에 의해, 자신들의 선택과 힘에 의해 멸하기를 바랐다. 그들 자신의 선택과 힘의 결과로서 정당한 대가를 받길 원했다. 노인은 결코 그 이상을 바라지 않았다.

골짜기를 거슬러 오른 뒤 몇 개의 등성이를 오르내려야 하는 행군은 더디고 지루했다. 날씨마저 병력의 이동을 돕지 않았다. 바람이 낮게 불면서 산들이 울더니 하늘이 어두워졌다. 구름들이 산봉우리에 부딪쳐 웅성거렸다. 구름들은 풀 먹인 한지처럼 여러 겹으로 겹치면서 두껍게 하늘을 덮었고, 무겁고 음산한 숨결이 바투 내려앉아 군대의 머리 위로 천개(天蓋)를 이루었다.

때마침 군대는 깎아지른 협곡에 이르러 있었다. 말똥가리 한 마리가 봉우리에서 몸을 날려 하늘에 뜨면, 마치 수백 광년 저편의 한 점처럼 아득해 보이는 굴우물 같은 골짜기였다.

눈이 내렸다.

눈은 이틀 동안 내렸다. 서설이라고 해도 좋을 만큼 흐벅지고 푸진 눈이었다. 허벅지까지 빠지던 눈은 이틀째 되자 허리 높이로 쌓였다. 보기 드문 대설이었다. 군대는 하루거리도 못 가서 천막을 치고 야영에 들어갔다. 군대의 뒤를 쫓던 노인은 비로소 휴식을 취할 수 있었다.

임 노인은 산토끼나 들꿩이 그러하듯이 눈 속에 굴을 파고 들어가서 쉬었다. 눈을 다져 지붕을 만들고 입구의 턱을 높여 찬 기온의 유입을 막았다. 깊은 눈 속은 얼면서 열을 발산하고 녹으면서 얼어붙어 일정한 온도를 유지했다. 가문비나무 가지를 바닥에 깔고 봇짐을 쌌던 모피 보자기를 풀어 한 자락 깔고 덮으면 그런대로 몸을 뉠 만했다. 며칠째 휴식을 취하지 못했던 노인은 깊은 잠에 빠져들었다.

사흘째 밤이 되자 눈이 멎었다.

노인은 밖으로 나왔다.

군대는 갇혀 있었다. 노인은 바람 한 점 없는 대기 속에 별이 초롱초롱한 하늘을 올려다보았다.

정적은 부드러웠지만 무거웠다. 모든 사물에 재갈을 물린 듯 적요한 은세계에서 노인은 흡사 축복과 같은 적의를 느꼈다.

적의는 도처에 있었다.

적의는 눈 속에, 참수된 상투잡이의 머리통처럼 생긴, 눈 덮인 산봉우리 위에 있었다. 머리 꼭대기에서부터 어깻죽지까지 내리누르는 눈의 무게에 아래눈꺼풀과 입아귀가 축 처진 노인처럼 고집스럽게, 그러면서도 곤혹스럽게 눈을 감고 서 있는 노송들 속에 있었다.

그리고 그 적의는, 길고 빽빽한 털의 끝 끝이 희디흰, 회흑색의 거대한 짐승 같은 산들 속에 있었다. 높은 하늘 위에서 휘 긋고 지나가지만, 산의 외골격을 조각도로 깊게 욱여 파는 바람소리 속에 있었다.

그리고 그 적의는 무엇보다 임 노인 자신의 살과 뼈 속에 아로새겨져 있었다. 노인은 자신이 무엇을 해야 하는지 분명히 알고 있었다. 저 어마어마하게 쌓인 눈을 움직일 수만 있다면 못 할 일이 없었다. 눈의 해

일을 일으켜 거대한 솜이불로 골짜기를 뒤덮어버릴 수만 있다면.

노인은 적의에 의해 몸속에서 태동하는 가볍고도 날렵한 활기 같은 것을 느꼈다. 노인은 자기 안의 분노가 얼마나 큰지 모르고 살아왔었다. 이제, 그러나 노인은 자기 안의 증오를 심장처럼 꺼내서 볼 수 있었다. 그 심장은 더 이상 비유도 은유도 아니었다. 그것은 말 그대로의 심장이었고, 그 심장은 피와 불이라는 아주 분명한 물질로 이루어져 있었다. 노인은 자기 안의 그 물질을 꺼내서 볼 수 있었고, 마찬가지로 그것을 꺼내서 보여줄 수도 있었다. 이제 적의는 숲과 사물과 생명이 다 함께 공유할 수 있는 소통의 언어와 같았다.

임 노인은 자작나무 껍질을 벗겨 불쏘시개를 마련하고, 송진이 많이 함유된 분비나무를 모아 숲 곳곳에 불을 지폈다.

깊은 밤이었다. 깊고도 고요한 밤이었다. 불 없이, 불에 기대지 않고, 불로부터 버림받은 채 열흘 남짓 지내온 노인은, 부싯돌이 부딪는 소리와, 부싯깃에 불씨가 옮겨 붙는 모습과, 불씨가 불꽃으로 자라나는 움직임에 형언할 수 없는 환희를 느꼈다. 냉혈이 되었던 그의 온혈이 살아났고, 얼음 박인 영혼 속에서 이글거리며 탁, 탁, 튀는 불의 노래가 살아났다. 불과 빛으로부터 등 돌린 채 어둠의 핵이나 빙정(氷晶)처럼 움직였던 삶이 비로소 빛과 온기를 되찾는 것 같은 기분이었다.

모닥불은 군인들의 숙영지를 반달 모양으로 에워쌌다. 개 한 마리가 깨어나 불을 보고 짖었다. 개는 목이 쉰 듯 조심스럽게, 잔뜩 움츠러든 목소리로 칭얼거리듯이 짖었다. 그러자 사냥개들이 하나둘 깨어나기 시작했다. 불을 보고 짖는 밤의 개들은 아랫배에 뭔가 몹쓸 것들이 알을 슬기라도 한 듯 꽁무니를 낮추고 쭈뼛하니 고개를 쳐들고 연신 코를 킁킁거리면서 짖었다. 웅크린 채 잠들었던 초병들이 깨어났다. 막사 안이 웅성거렸다. 밖으로 나온 군인들은 자신들의 동선을 따라 터놓은 통로 외의 모든 것이 눈에 묻힌, 흡사 설화석고와 같은 기이한 세상을 보았다.

또한 군인들은 보았다. 폭설에 묻힌 캄캄한 밤의 숲에 성탄의 케이크처럼 밝혀진 모닥불들을. 군인들은 순간적으로 자기들이 천상에 온 것이 아닌가 생각했다. 하늘이 아주 잠깐 땅 위로 내려앉은 것이 아닌가 생각되기도 하였다. 동화적인 상상이 어떤 자의 입가에 미소가 떠오르게 했다. 조금 현실적인 자들은 눈을 비벼 잠 끝에 묻어 있는 꿈의 요기(妖氣)를 씻어내었다.

개들이 짖고 나귀들이 힝힝거리고 군인들이 웅성거리자, 안 그래도 눈의 무게에 휘늘어질 대로 휘늘어진 나뭇가지들이 뚝, 뚝, 부러지기 시작했다. 그것은 먼 곳에서, 기억의 아득한 뒤란에서 울리는 포성과 같았다. 탐스럽게 쌓인 눈 숭어리들이 덩어리째 떨어지며 땅의 북을 울렸고, 등짐을 부려놓은 나무들이 상반신을 높게 쳐들며 휘청거렸다. 그러자 바람 한 점 없던 대기에 스산한 기운이 휘몰아쳤다. 그러던 중 돌연 어디선가, 발굽이 갈라진 뿔 달린 동물들이 떼 지어 질주하는 것 같은 소리들이 연쇄 다발적으로 숲을 흔들었다.

군인들이 움직였다. 군인들은 총을 움켜쥐고 허리까지 빠지는 눈을 헤치고서 모닥불들을 향해 다가갔다. 숲 한쪽에 몸을 숨기고 있던 노인은 불 그림자가 닿지 않는 어둠 속을 에돌아 숙영지 옆으로 접근했다. 설피를 신은 노인의 발걸음은 가벼웠다. 노인은 산짐승들이 갇힌 우리의 문을 열고 표범과 늑대와 곰 들을 풀어주었다. 좁은 철창 안에 웅크리고 있던 짐승들은 문이 열리기가 무섭게 밖으로 뛰쳐나왔다. 잠시 짐승들은 어디로 가야 할지 몰라 주춤거리다가 제 키를 훌쩍 넘기는 눈 속을 허우적거리며 달려갔다. 바로 그때 목사리를 풀고 나온 개 몇 마리가 늑대와 엉겨 붙었다. 우리에서 풀려난 표범과 곰이 자기들 뒤를 따라붙자 군인들 중 하나가 엉겁결에 총을 발사했다.

그때였다. 한 방의 총성과 함께, 정수리에서부터 수직으로 내리쳐서 거대한 소나무를 장작개비처럼 쪼개놓는 것 같은 도끼질 소리가 우렁우렁하게 산중을 울린 것은. 그것은 수천수만의 돌로 된 병사들이 함성을 지르며 발을 구르는 소리였다.

노인은 재빨리 숙영지 반대편 골짜기를 향해 달리기 시작했다. 다시 한 발의 총성이 울렸다. 노인은 오른쪽 어깨에서 뜸을 뜨는 것 같은 뜨끔한 통증을 느꼈다. 두 번째 총성에 산은 큰 숨을 들이마시듯이 깊은 정적 속으로 움츠러들었다. 그러나 그것은 보다 더 큰 숨을 토해내기 위한 웅숭크림일 뿐이었다. 열을 셀 정도의 시간이 지나자 정적이 깨어졌다. 이어서 지동 치는 듯한 진동이 발밑을 흔들었다. 잠에서 깨어난 늙은 곰 같은 산이 뒷발로 버럭 땅을 박차고 일어서며 몸태질을 하기 시작했다.

별들로 빼곡한 밤하늘이 지상을 향해 은빛 찬란한 상아를 들이대며 깎아지른 산봉우리들을 훑고 내려왔다. 그러자 백색의 거대한 격류가 골짜기를 덮쳤다.

자작나무숲

유리 안드로비치가 두만강 인근 국경지대에서 사살되었다는 소식과 함께 전령이 전해온 것은 해수구제를 위해 동원된 군대의 궤멸이었다.

청천벽력과 같은 그 소식은 심각한 파장을 불러왔다. 무엇보다 북쪽으로 향하는 정호군의 진로가 순탄치 않으리라는 점을 예고했다. 북으로는 최근 들어 간도에 거점을 둔 조선인 반군들의 무력 도발이 빈번히 일어나고 있었다. 언 강 하나를 사이에 두고 만주와 연해주를 마주하고 있는 국경지대는 살얼음판처럼 위태로웠다. 따라서 혜산을 거쳐 백두산까지 진군하기로 한 정호군의 계획은 여러 모로 수정이 불가피했다.

"군대의 궤멸이라니, 도대체 이 무슨 얼토당토않은……."

황초령의 산막에 베이스캠프를 치고 백두의 흔적을 추적 중이던 정호군의 대장 야마모토 타자부로는 부관의 보고를 몇 차례 확인하고도 납득이 되지 않아 뒷말을 잇지 못했다.

부관 또한 그 점을 분명하게 설명할 수 없었다. 전쟁에 의한 것도 아닌, '눈사태 및 돌발 사고에 의한'이라는 보고의 문건은 물론이거니와, 육십 명이 넘는 군인과 사냥꾼들 중 살아남은 자는 극소수요, 그나마도 온전치 못한 몸으로 생환하여 동상에 걸린 팔다리며 코와 귀 등을 절단하였다 하니, 이 얼마나 기막힌 노릇인가. 조선인들은 땅을 잘못 건드리면 '동티가 난다'는 말을 흔히 쓰곤 하는데, 그렇다면 정말 지신(地神)이나 산신령이 노하기라도 했다는 이야기인가.

타자부로는 어처구니없어 하며 황당한 표정을 지었지만 내심 불안한 마음을 감추지 못했다. 부관 또한 그러했다. 상관을 곁눈질하며 그 속내를 간파한 부관은, 조국을 떠나오면서 내내 자신을 사로잡았던 불길한 예감이 대장에게로 옮겨간 것이 아닌가 하는 의구심마저 들었다.

지난해 가을, 시모노세키 항에서 있었던 일을 부관은 잊지 못했다.

연무로 자욱한 바다. 여명. 내항 곳곳에 피워진 모닥불. 후피동물의 꺽꺽거리는 울부짖음을 닮은 등대의 무적소리. 내항에 정박 중이던 화물선의 현문이 열리고, 갑판에 연결된 잔교를 건너 부두로 내려오던 조선의 소들.

우람한 덩치에 어울리지 않게 고분고분하게 줄을 지어 내려오던 소들 속에서 뜻하지 않은 소요가 일어난 것은 하역 작업이 시작된 지 한 시간도 채 되지 않아서였다.

비상경보가 울리고 곧이어 부두에서 왁자지껄한 소음이 들려오자 호텔 종업원과 라운지의 손님들이 일제히 창가로 몰려갔다. 때마침 프런트를 지나다 호기심에 이끌려 창밖을 내다본 부관은 부두에 우뚝 서서 대거리하듯이 하역부들을 응시하고 있는 황소들을 보았다.

소들은 흩어져 있었고, 사람들은 뭉쳐 있었다. 우리 속으로 들어가지 않고 부둣가 여기저기 흩어진 소들은 위험해 보였다. 잔교에서 뛰어내려와 저마다 외따로이 서 있는 소들은 모두 아홉 마리였다. 머리로 울타리를 처박고 성에 못 이겨 풀쩍풀쩍 뛰던 아홉 마리의 소들은 이제 우두커니 서서 제 행동의 결과가 어떤지 보란 듯이 사람들 쪽으로 능멸 어린 시선을 던지고 있었다.

놈들이 그렇게 도발적으로 버티고 있자, 울타리에 갇힌 이백여 마리의 소들 전체가 불온하게 여겨졌다. 갑판 위에 쓰러져 게거품을 물고 버둥거리는 소들은 내버려두면 될 터이고, 바다에 빠진 소들은 제 힘으로 부두로 기어 올라오든지(소들은 생각보다 헤엄을 잘 쳤다) 그냥 익사해도 무방했다. 그러나 울타리를 부수고 씩씩거리며 사람들과 맞장을 뜨려는 소들을 마냥 내버려둘 수는 없었다.

장대를 든 사람들이 무리 지어 조심스럽게 소들에게로 다가갔다. 개중에는 죽창을 든 사람들도 있었다. 몰이하려 다가붙는 사람들을 소들은 마치 벌레를 굽어보듯 천연덕스럽게 바라보기만 했다. 그러나 소들은 보기와는 다르게 유순했다. 사람들이 에워싸서 한쪽으로 몰자 소들은 제 발로 울타리 안으로 들어갔다. 세 마리째 소를 몰아넣은 인부들은 일이 쉽게 마무리될 것 같아 방심해서인지, 움쩍 않고 서 있는 네 번째 소의 볼기짝을 장대로 툭툭 쳤다. 그것이 화근이었다. 별안간 소가 뒷발을 쭉 빼며 머리를 낮추더니 뿔을 들이대면서 냅다 치닫기 시작했다. 소는 순식간에 앞에 선 인부를 들이박았고, 쓰러진 사내를 몇 번 더 뿔로 쑤셔대고는 곧바로 또 다른 표적을 향해 내달았다.

분노의 폭발이었다. 소 한 마리의 분노는 부둣가에 흩어진 소들 전체의 광분으로 번졌다. 분노는 들불 같았다. 허옇게 눈이 뒤집힌 소들이 뿔을 들이대며 미친 듯이 날뛰자 사람들은 속수무책으로 달아났다. 반쯤 부서진 울타리를 타고 넘어 소떼들 속에 몸을 숨기는 자들도 있었다. 칼을 빼들거나 죽창을 든 사람들이 그에 맞서려 했지만, 조족지혈에 가까운 외상은 소들의 광분을 증폭시킬 따름이었다.

부두 서쪽에 둔치고 있던 군영에서 무장한 군인들이 구보로 행진해 온 것은 그때였다. 아침햇살을 받으며 군인들은 일사불란하게 움직였다. 인부들이 사격권 밖으로 물러서자, 군인들은 대열을 맞춘 뒤 조준선을 정렬했다. 총소리가 울렸다. 하나둘 소들이 꼬꾸라졌다. 수십 발의 총성과 함께 여섯 마리의 소들이 그 자리에서 사살되었다. 소가 쓰러진 자리마다 피가 웅덩이를 이루더니 개울이 되어 흘렀다. 두개골이 관통된 머리통에선 허연 뇌수가 김을 뿜으며 흘러나왔다. 숨이 붙어 버둥거리는 소들은 확인 사살되었다. 죽은 소는 말이 끄는 수레에 실렸다. 십여 명의 인부들이 달라붙어 사지를 밧줄로 묶어서 끌고 쇠갈고리로 찍어서 끌어올렸다. 마부가 말을 끌고, 말이 끄는 수레를 사람들이 뒤에서 밀었다. 수레가 부족해 거적에 실려 가는 소들도 있었다.

안개가 완전히 걷힌 아침 바다는 푸르렀다. 9월의 찬란한 햇살이 부두 위를 비췄다. 개들이 어슬렁거리며 피 웅덩이를 핥았다.

바로 그때 프런트의 전화벨이 울렸다. 불현듯 현실 속으로 돌아온 부관은 호텔의 특실에 있는 타자부로를 떠올렸다. 어쩌면 그가 자신을 호출했을지도 모른다는 생각이 들었다. 부관은 시계를 보고는 단걸음에 4층의 스위트룸을 향해 달려갔다. 하지만 이미 제복을 갖춰 입고 계단을 내려오는 상관의 불호령을 면할 수는 없었다.

"부관, 자넨 무슨 생각을 그리 골똘하게 하나?"

9월의 그날처럼 타자부로의 불호령이 다시금 부관의 귓전을 때렸다.

"지금이 자네 혼자만의 공상에 빠져 있어도 좋을 때란 말인가?"

부관은 자세를 가다듬었다. 상관의 지청구는 계속되었다.

"자넨 요즘 들어 왜 그렇게 뜬구름 잡는 표정으로 정신을 놓곤 하나? 고작 반 년도 안 된 타국살이에 향수병에라도 걸렸단 말인가?"

*

그것이 아니었다. 부관을 사로잡고 있는 것은 향수병이 아니었고, 그가 빠져 있는 생각은 뜬구름 잡는 공상이 아니었다. 한민석은 언제부턴가 부관의 행동이 눈에 띄게 달라졌음을 눈치 채고 있었다.

부관은 무엇을 하더라도 자신의 행동에 절대적인 확신을 갖는 사람이었다. 빠른 판단과 절제된 동작, 제식훈련에 의해 잘 다듬질된 생각, 상복하달의 엄격함, 침묵, 감정의 생략. 군인에게 필요불가결한 이 모든 미덕을 빠짐없이 갖춘 인물이 바로 부관이었다. 한 생각에 만 가지 마음이 되어 결심하고 결행하는 데만도 수십 번의 다짐이 필요한 한민석에게는 그야말로 기적과 같은 인간상이었다. 부관과 함께하면서 한민석은 자기가 그토록 꿈꾸어왔던 자아의 발현체를 대하는 것 같았다. 그를 지켜보는 것만으로도 훈육이 되고 자율신경의 지배권을 획득한 것 같은 자부심에 뿌듯해지곤 하였다. 그런데 그러던 그가…… 어느 날 문득 생각의 주름이 깊어지고, 주름의 골마다 감정의 골마지가 끼고, 침묵은 독백으로 바뀌고, 상상력의 안개가 허파꽈리를 가득 채우기 시작했다. 부적절하게 분산된 그의 몸짓을 보노라면, 나사 하나가 풀림으로써 기계 전체가 주저앉진 않는다 할지라도 삐걱거리는 마찰음이 점점 더 커지리라는 것은 상상이 가고도 남음이 있었다.

함흥에 머물 때였다. 훈으로 말미암은 소동이 잠잠해질 무렵, 부관이 한민석에게 물었다. 그 떠꺼머리 청년이 미쳐 날뛴 이유가 뭔지 아시오? 한민석은 알지 못했다. 매월관의 그 기집 말이오. 대장이 건드리려다 된통 당했던. 근데 그년이 놈의 애인이었다는 소문이오. 한민석에게 도통 말문을 튼 적 없는 부관과의 첫 대화는 이와 같았다. 대체 어디서 주워들은 소리일까? 한민석은 생각했다. 함흥 땅에 기집이 그년 하나뿐인가. 부관이 계속해서 주절거렸다. 최가라는 작자도 그년에게 미쳐 푼수 같은 짓을 하더니. 나 원 참! 어차피 그 바닥의 여자는 내 것도 네 것도 아닌 것을.

그 후 함흥을 떠나 황초령으로 향하는 산 속에서 비박을 하던 어느 날 밤, 화톳불 옆에 누워 잠을 청하려는데 곁에 누웠던 부관이 슬그머니 다가붙으며 말을 건넸다. 한 형, 주무시오? 그러면서 이상하게 생긴 물건 하나를 보여주었다. 이게 뭔지 아시오? 나무에 그림을 새기고 먹과 주사로 색을 입힌, 부적처럼 생긴 물건이었다. 한민석은 알지 못했다. 조선인인데 모른단 말이오? 부관은 툴툴거리는 어조로 내뱉고는 한숨을 쉬었다. 훈이란 자 말이오. 내 이튿날 그곳에 가보았다오. 우리가 죽도록 두들겨 팬 뒤 고작 숨이나 붙어 있는 놈을 거적때기에 싸서 던져놓았던 곳 말이오. 근데……. 부관의 숨결이 갑자기 싸늘해졌다. 근데 그 자리엔 뼈다귀 하나 남아 있지 않은 게 아니오. 그 망할 놈의 개새끼들이 뼈째 삼켜버렸는지, 눈을 씻고 봐도 흔적이 남아 있지 않았다 이 말이오. 오직 하나, 이 알 수 없는 물건만이 개들이 싸갈긴 똥오줌 속에 파묻혀 있었소. 그러면서 부관은 목걸이로 걸고 다녔을 법한 물건을 한참 동안 들여다보았다. 대체 이놈의 게 무슨 물건인지…….

한민석은 왠지 오싹한 느낌이 들었다. 먹을 때말고는 입도 벙긋 않던 자의 수선스러움도 괴이쩍었지만, 눈 덮인 산중에서, 그것도 한밤중에, 죽은 자의 이야기를 들먹거리는 요량 없음이 귀살쩍기만 했다.

그 후로 밤이면 부관은 한민석을 말벗 삼아 입속말 같은 어조로 뜬금없는 이야기들을 늘어놓았다. 지난번 경성에 갔을 때 타자부로와 함께 참배했던 남산의 신사(神社)며, 광화문을 헐고 경복궁 앞뜰에 짓기 시작한 조선총독부 청사 공사 현장이며, 2대 총독 하세가와 요시미치와의 면담 등 한민석으로선 도무지 연관성을 지을 수 없는 요설들을 지리멸렬하게 펼쳐놓는 것이었다.

대장은 말이오. 갑자기 부관이 한껏 목소리를 낮추고는 그 냄새나는 입을 한민석의 귀에 바짝 대고서 속살거렸다. 남산 신사의 입구에 백두의 머리를 걸어놓겠다고 호언장담을 했다오. 누구긴? 총독에게 말이오. 죽어가는 조선의 숨통을 가장 확실하게 끊어놓는 방법은 바로 그것이라는 이유지요. 아, 물론 지난번 원정 때 잡은 가장 멋진 호피는 총독에게 진상되었다오.

근데 말이오. 부관이 계속해서 말했다. 고려청자라는 물건은 원래 무덤 속에 있던 것이 아니오? 아, 그도 모르시오? 청자라는 물건은 선조들의 무덤에 부장품으로 묻혀 있던 것이라 합디다. 그런데 이번에 보니, 그것들이 경성 바닥에 파다하게 나돌고 있더이다. 부르는 게 값이고, 없어서 못 팔 지경이라 하였소. 죽은 자들이 저승 갈 때 가지고 가는 물건을 제 손으로 팔겠다고 내놓았을 리는 만무하고, 무덤 속에 있어야 할 물건들이 경성 바닥을 떠돌고 있으니 이 무슨 해괴망측한 일이오. 한민석은 번연히 알고 있는 사실을 에둘러 비아냥거리는 부관의 너스레가 역겨워, 그건 다 도굴범들이 무덤을 파헤쳐 훔쳐온 것이라고, 하나마나한 말을 던졌다. 그러자 부관은 낄낄거리며 웃더니, 오백 년 도읍지의 궁궐 앞마당엔 대일본제국의 총독부 건물이 들어서고, 신라 천년 고도의 왕릉과 고려 왕족의 무덤들이 죄다 파헤쳐지고, 이제 곧 백두대간의 제왕인 백두의 머리마저 남산 신사에 걸리면, 조선은 기둥뿌리가 다 뽑히는 꼴이 되는 것 아니냐고 이기죽거렸다.

청자라는 물건은, 하고 부관이 연이어서 말했다. 한민석은 부관의 얼굴 위에서 한 마리의 기이한 동물이 되어 너울거리는 불 그림자를 바라보았다. 문외한인 내가 봐도 때깔이 곱더이다. 대장은 아주 싼 값에 매병이며 연적 몇 개를 구하더니, 팔뚝만 한 금동불상 두 개를 덧붙여 일본으로 실어 보냈다오. 해리슨이라는 미국인도 트렁크가 미어터지도록 꽃병들을 쑤셔 넣더이다. 나? 안 그래도 대장이 그러더군. 이왕 조선에 왔으니 기념품으로 청자 몇 개 구해 놓으면 좋은 투자가 될 거라고. 난 싫다고 했지. 왜냐고? 그건 죽은 자들의 물건이니까. 물론 대장에게는 그렇게 말하지 않았지. 명품 청자를 구해 신명이 난 대장에게, 죽은 자의 물건을 집에 들여놓고 무슨 발복을 기원할 거냐고 말할 순 없잖소? 한민석은 갑자기 짓궂은 생각이 들어, 그러면 훈이 지니고 다녔을지 모를 그 나뭇조각은 왜 가지고 있느냐고 물었다. 그러자 부관은 아연실색한 표정을 짓더니, 군용 외투 안주머니에서 나뭇조각을 꺼내 불 속에다 던져 넣었다.

*

해수구제를 위해 동원된 군대는 사실상 정호군의 후신이었다. 호랑이의 토벌은 민족 수탈의 또 다른 형태라며 조선 지식인들의 항의가 거세어지자, 타자부로가 하세가와 총독의 권유를 받아들여 정호군이라는 명칭을 빼고 그 목적하는 바에 연막을 친 것이었다.

타자부로는 1차 원정 때와는 달리 정호군을 세 개의 집단으로 나누어, 일부는 원정대의 후방을 엄호하고 나머지는 원정대가 전진하는 북쪽을 지원하는 식의 체제를 갖추었다. 백두를 추적하는 원정대는 정예 요원들로만 이루어졌는데, 인원과 장비를 최소화하고 전방에서 물자를 지원받는다는 계획 아래 움직이고 있었다. 그런데 북쪽에 주둔 중인 가장 큰 규모의 병력에서 예기치 못한 사고가 발생한 것이었다. 작전의 변경이 불가피했다.

하지만…… 하고 타자부로는 생각했다.

타자부로의 생각은 기민하게 움직였다. 큰 문제에 당면했을 때 타자부로의 정신은 우보(牛步)나 만보를 싫어했다. 스포츠로 다져진 그의 육체처럼 그의 뇌파 또한 뒤뚱거림을 혐오했다. 스키를 타고 활강하듯이 내달릴 때 스파크처럼 번뜩이는 기지를 타자부로는 선호했다. 그때야말로 쾌속으로 질주하는 직관을 낚아챌 수 있는 절호의 기회임을 경험을 통해 잘 알고 있기 때문이었다.

어찌 보면 문제는 단순했다. 원정대의 전체 인원은 열일곱 명. 조선인 사냥꾼 둘, 의무병을 포함한 병사 여덟, 짐꾼 넷, 타자부로와 부관과 한민석이 바로 그들이었다. 나귀와 사냥개들은 제외되었다. 하루나 이틀 소요의 거리를 두고 후방의 군대가 뒤쫓고 있었고, 혜산에 이르면 경성에 연락을 취해 병력을 보강할 수 있었다. 뿐만 아니라, 원정대가 보유한 무기와 실탄은 충분했다. 식량 또한 넉넉했다. 부담을 가질 이유가 없었다. 게다가, 생각해보라. 엄동설한에 한데서 먹고 자며 고생을 자처한 까닭이 무엇인가. 그 점을 잊지 말아야 한다. 이미 훑고 지나온 곳으로 되돌아가다니 말이나 될 법한 소리인가. 어떤 위험이 따르더라도 나아가야만 한다. 당초의 계획대로 북진해야 하는 것이다.

타자부로는 결단을 내렸을 때면 늘 그래왔듯이 왼손을 허리에 찬 칼집에 올려놓았다. 그러나 허리께에 있어야 할 사무라이 칼은 존재하지 않았다. 그의 손은 불룩한 옆구리의 살을 어루만지다가 엉덩이 아래로 미끄러져 내렸다. 타자부로는 그 허전함에 겹쳐오는 수모의 기억으로 말미암아 부르르 몸을 떨었다. 하지만 그 자리에서 적절하게 취했던 자신의 복수를 떠올리고는 만족스러운 미소를 지었다.

타자부로는 큰소리로 부관을 불렀다.

"부관, 원정대는 혜산으로 이동한다. 지금 즉시!"

그러고는 부관 쪽으로 몸을 기울이며 낮은 소리로 덧붙였다.

"북쪽 군영에서 일어난 일은 누구에게도 말하지 말라."

*

밤사이 눈이 내렸다.

이른 아침에 천막을 걷고 나온 한민석은 밤사이 고운 노인네가 풀 먹여 다림질한 소복을 입고 치맛자락 스치는 소리로 마실을 다녀간 듯한 인상을 받았다.

깨끗하고 질감이 좋은 눈이었다. 하늘은 청명했고, 대기는 부드러웠다. 포근하게 쌓인 햅쌀 같은 눈 아래서 얼어붙은 땅이 녹으며 금방이라도 봄이 움틀 것 같은 아침이었다.

한민석은 기지개를 켜고 심호흡을 했다. 거수경례를 하는 초병들에게 손을 들어 인사를 던진 뒤, 그는 자작나무 숲길을 따라 눈잣나무가 우거진 산턱의 샘을 향해 걸었다. 목이 마른 건 아니었지만, 왠지 이 쾌청한 아침에 샘터에 가서 신선한 물을 들이킨다면 기쁨이 배가될 것 같았다. 그는 점점 몸피가 불어나는 얼음 항아리 속에서 살얼음을 밀어내며 솟는 샘을 보는 것이 여간 즐겁지 않았다.

물 길으러 다닌 짐꾼들의 발자국에 움팬 길을 간밤의 눈이 깨끗하게 뒤덮은 오솔길은 티 없이 정결했다. 짐승의 발자국 하나 찍혀 있지 않았다. 희고 곧게 솟은 자작나무와 그 사이로 뻗은 눈길이 어우러져, 얼음으로 된 소리굽쇠를 두드리는 듯한 은산(銀山)의 메아리가 은은하게 울려 퍼지고 있었다.

한민석은 뽀드득거리는 눈을 밟으며 자기도 모르게 콧노래를 흥얼거렸다. 발아래 밟히는 눈은 그 자체가 악기 같았다. 콧노래에 흥이 붙자 구음이 따랐다. 곧이어 큰소리로 노랫가락이 흘러나왔다. 그의 걸음이 빨라졌다.

그렇듯 신명나게 노래를 부르며 한참을 걷던 한민석은 눈 위에 소복하게 쌓인 산짐승의 똥을 발견했다. 까맣고 반질반질한 똥은 콩알만 했고, 모락모락 김이라도 피어오를 듯 따스해 보였다. 그는 사냥꾼들이 그러하듯이 허리를 굽히고 똥을 집어 손으로 만져보았다. 똥은 얼어 있지 않았다. 코끝에 대고 냄새를 맡아보았으나 아무런 냄새도 나지 않았다. 한민석은 주위에 찍힌, 굽이 갈라진 발자국들을 통해 배설물의 주인이 노루나 고라니일 거라고 짐작했다. 그는 발자국을 쫓아가보기로 했다. 지나간 지 얼마 되지 않는 발자국은 곧 추적이 가능할 것 같았다.

한민석은 허리춤에 찬 총집의 권총을 확인했다. 총알도 충분했다. 어쩌면 혼자만의 사냥이 가능할지도 몰랐다. 눈 덮인 숲에서 마주치게 될 동물. 추적. 매복. 한 발의 총성. 방금 잡은 짐승을 들쳐 메고 숙영지로 돌아간다면 사람들이 얼마나 놀라워할 것인가. 가슴이 두근거렸다.

다행히 발자국은 그가 가려 했던 산턱의 샘 쪽으로 나 있었다. 매고른 짐승의 발자국에 발을 포개며 걷는 그의 입에서 또다시 콧노래가 흘러나왔다. 흥이 붙자 구음이 따랐고, 곧이어 큰소리로 노랫가락이 흘러나왔다. 짐승을 추적하고 있다는 사실도 잊은 채 발자국을 쫓아

신명나게 노래를 부르며 걷던 한민석은 별안간 무엇에 부딪친 듯 우뚝 걸음을 멈췄다. 노랫소리가 입 안으로 말려들어갔다.

한민석은 입을 헤벌린 채 끊긴 노랫가락에서 어떤 맛을 음미하기라도 하려는 듯 혀끝으로 입술을 핥았다.

왠지 길을 잘못 든 것 같은 느낌이었다. 노래의 길, 생각의 길, 마음의 길이 뒤엉켜버린 느낌. 한민석은 자기 입에서 흘러나와 눈 덮인 숲으로 퍼져나가다 뒤미처 거둬들인 노래가 다름 아닌 조선의 자장가라는 사실을 깨달았다. 훈이 죽던 날 밤(그 재수 없는 조센징!…… 한민석은 두 동강난 자신의 칼을 떠올릴 때면 타자부로가 치를 떨며 뱉곤 하던 말을 흉내 내어 소리쳤다), 오늘 아침처럼 신설(新雪)이 나려, 오래 잊고 있었던 한 세계로부터 초청장을 받기라도 한 듯 설레는 마음으로 다가갔던 그 정결한 밤에 자기 자신을 사로잡았던 노래.

노래의 여음이 귀울음처럼 숲을 울렸다. 어디선가 휘파람소리가 들리는 듯하여 한민석은 주위를 두리번거렸다.

하늘을 찌를 듯 촘촘히 솟은 자작나무의 피목(皮目)들이 일제히 눈을 떴다. 그것은 몽골로이드의 얄따랗게 찢긴 눈매를 가진 수천수만 개의 눈이었다. 그 눈들은 닫힌 듯하기도 하고 열린 듯하기도 한 홍채 속에서 동공 없이 깜박거렸다. 숲은 은밀하기 짝이 없는 눈짓들로 빈틈이 없었다. 사방 어딜 보아도 백색 진공 속에 쩍 벌어진 상처 같은 흑점들만이 과묵하게 시선의 칼을 던지고 있었다.

한민석은 오줌발을 털 듯 진저리를 쳤다. 그는 그 자리에서 몸을 돌려 숙영지로 되돌아오다가, 십여 분 남짓 걸어온 자신의 발자국 주변으로 이상하게 생긴 발자국들이 가지런하게 찍혀 있는 것을 보았다.

어찌 보면 곰 발자국 같았지만 그러기엔 지나치게 커 보이는 그 형적은, 크기에 비해 아주 가벼운 체중을 가진 듯 눈을 다져 밟는 일 없이 스치듯이 발부리를 끌며 걷고 있었다. 굽이나 발볼이 확인되지 않는 발자국은 앞과 뒤를 구분할 수 없었기에 걸어간 것인지 걸어온 것인지조차 구분되지 않았다.

한민석은 허리를 펴고 번쩍 고개를 들고서 소스라치듯이 주위를 돌아보았다.

숲은 고요했다. 바람 한 줄기 일지 않았다. 눈 덮인 숲과 병풍처럼 에워싼 설산들. 원근이 느껴지지 않는 숲의 흰빛과 소리 없는 울림들로 가득한 쪽빛 하늘……. 그것은 어딘지 밤의 꿈이 낮의 옷으로 갈아입고 나타난 것 같은 풍경이었다.

지금 내가 꿈을 꾸고 있는 것일까…… 하고 한민석은 생각했다.

은빛으로 빛나는 숲은 그 아름다움과 빙결함이 지나칠 정도였다. 그것은 보는 이의 폐부를 파고드는 가차 없는 시선이자 시선의 반사였고, 도무지 그 뜻을 헤아릴 수 없는 물음이자 문초였다.

바로 그 순간, 산등성이를 타고 넘어온 태양이 예각으로 숲을 비추었다. 그러자 자작나무들의 껍질이 유리조각처럼 반짝이기 시작했다. 한 뼘쯤 햇귀가 자라 오르자 숲은 크리스털의 눈부신 합창으로 가득 찼다.

이제 한민석은 꼼짝없이 그 속에 갇힌 느낌이었다. 몸을 움직일 틈조차 없이 빽빽한 빛과 사물들의 세계에. 백색의 정적과 시선의 진공 속에. 그저 무심하게 쏘고 찌르고 쏘아볼 뿐인 세계에서 그는 단 한 명의 수인(囚人)일 뿐이었다.

돌아가야 했다.

한민석은 뒤도 돌아보지 않겠다는 다짐으로 성큼성큼 걸음을 옮기기 시작했다. 그는 다리에 쥐가 나도록 안간힘을 다해 걸었다. 푹푹 빠지는 눈 속에서 발을 헛딛지 않으려 애쓰며 보폭을 넓게 잡고 나아갔다.

그렇게 얼마쯤 걸었을까. 그토록 익숙하게 걷던 오솔길에서 그는 문득 자신의 발자국이 사라지고 없음을 깨달았다. 불과 몇 분 전에 지나온 눈길에 자신의 발자국이 남아 있지 않은 것이었다. 뿐만 아니었다. 디딘 발을 떼고 한 발을 내디디며 돌아보면, 눈 위엔 아무런 흔적도 남아 있지 않았다. 게다가 어딜 보아도 한결같은 풍경이 펼쳐지는 숲길에서 그는 자기가 떠나온 숙영지가 어느 쪽에 있는지 가늠할 수조차 없었다.

이건 꿈이야, 하고 한민석은 생각했다. 그는 천막을 걷고 나왔을 때 자기를 향해 경례를 올렸던 초병 두 명을 떠올렸다. 그런데 암만 생각해도 두 사람의 얼굴이 생각나지 않았다. 날이 환히 밝았음에도 초병들과 자기 외에는 아무도 깨어 있지 않았던 숙영지의 고요가 생각났다. 이상했다. 그리고 나는 왜 혼자 샘터로 가려 했던 것일까?……

한민석은 불현듯 외투 안으로 손을 넣어 허리에 찬 총집을 확인하고는 재빨리 권총을 꺼냈다. 총을 쏜다면 총성을 듣고 사람들이 깨어날 것이다. 총성이 들린 쪽을 향해 움직일 것이다. 그러면 이 꿈 같지 않은 꿈이 끝날 것이고, 나는 악몽으로부터 자유로워질 것이다.

한민석은 머리 위로 총을 들고 잠시 망설였다.

멧비둘기 한 마리가 날았다. 어디선가 들꿩이 울었다. 새 한 마리의 비상과 들꿩의 울음소리는 그의 뇌리 안쪽에서 내면의 풍경처럼 열렸다가 곧바로 닫혔다. 또다시 그의 귓전으로 끊일 듯 나직하게 휘파람 소리가 스쳤다.

한민석은 방아쇠를 당겼다.

한 발의 총성은 기름지고 아주 두꺼운 가죽 같은 그의 의식 속에서 아무런 반향도 없이 사라졌다. 거대한 진동으로 표백된 세계의 정적을 뒤흔들어 주리라 여겼던 울림 같은 것은 없었다.

그는 다시 머리 위로 팔을 뻗어 방아쇠를 당긴 뒤 잠시 틈을 두고서 앞과 뒤, 그리고 좌우 양쪽을 향해 일정한 간격으로 총을 쏘았다.

마지막 총알이 발사되고 빈 탄창이 돌아가며 딸깍거리는 쇳소리가 거듭될 때까지 그는 방아쇠를 당기고 또 당기는 행위를 멈추지 않았다.

늑대

눈 덮인 골짜기에서 수색대에 의해 동사(凍死) 직전에 발견된 한민석은 숙영지로 옮긴 지 며칠이 지나도록 의식을 회복하지 못했다. 낙상으로 인한 부상이 심할뿐더러 여러 부위에서 골절이 확인되었다. 무엇보다 심각한 것은 동상이었다. 검보라색 종창에 이어 수포가 생기기 시작한 손발에는 빠른 속도로 괴저가 진행되었다. 마른 헝겊으로 마사지를 하며 치료에 매달리던 의무병은 포막이 찢기며 피고름이 흐르는 궤상을 마주하자 더 이상의 마찰 요법은 위험하다는 판단 아래 손을 놓고 말았다. 최악의 경우에는 손발을 절단해야 할지도 몰랐다.

타자부로는 이동을 멈추고 지원 부대를 기다리기로 했다. 늦어도 이틀 안엔 후발대가 도착할 것이고, 전방에서도 곧 전령이 파견될 터였다. 멈추어 기다리는 편이 유리했다.

"산송장 하나를 거두었군."

타자부로의 시니컬한 말에 곁에 섰던 부관이 뜨악한 시선으로 돌아보았다.

매몰차긴 했지만 그 말이 옳았다. 한민석은 실종된 채로 발견되지 않는 편이 나았다. 아니면 아예 죽은 상태로 발견되거나. 그러면 시신을 거두어 땅에 묻고 떠날 수라도 있었다. 이도 저도 아닌 상황에서 원정대는 발이 묶이고 말았는데, 설상가상으로 혼수상태에 빠져 숨만 쉬던 그가 어느 날 문득 의식을 회복하자 사태는 보다 험악해지고 말았다.

혼수상태에서 깨어난 한민석은 더 이상 이 세상 사람이 아니었다. 조선말을 일본말로, 일본말을 조선말로 옮겨 전하던 통역관 한민석은 존재하지 않았다. 나흘 만에 의식을 회복한 한민석은 더 이상 자기가 보았거나 보고 있는 것을, 들었거나 듣고 있는 것을 곁에 있는 어느 누구에게도 옮겨 전할 수 있는 능력이 없었다. 다만 그는 휑뎅그렁하게 눈을 뜨고 무엇인가를 뚫어지게 응시하며 나무토막처럼 굳어버린 혀를 끊임없이 나달거릴 뿐이었다. 초점이 맞지 않는 시선은 흰자위뿐인 허공 속을 떠돌았고, 일그러진 채 다물어지지 않는 입에서는 걸쭉한 침과 함께 주문과 같은 웅얼거림만이 흘러나왔다. 간혹 흐리마리하게나마 알아들을 수 있는 말이 있다 한들 그건 죄다 조선말이었고, 같은 조선인인 사냥꾼과 짐꾼들은 그 말을 일본말로 옮기지 못했다.

도대체 저 자는 무엇을 본 것일까…… 하고 타자부로는 생각했다.

저 젊고 건장한 청년을 하루아침에 사지로 내몰아 실성케 한 것이 무엇인지 타자부로로서는 짐작이 가지 않았다. 타자부로는 그날 아침에 들은 총성을 떠올렸다. 불을 피워 취사 준비를 하던 원정대는 동쪽 산자락에서 들려오는 총소리를 듣고서야 한민석의 부재를 깨달았다. 총성은 다급했고, 과녁이 흩어져 있었다. 격발이 거듭되면서 앞선 메아리가 뒤이은 메아리에 의해 꼬리가 잘렸고, 뒤이은 메아리를 쫓는 총성을 앞선 메아리가 가로막았다. 나중엔 사방의 산 전체가 반향에 휩싸였다. 공명하며 소용돌이치는 울림 속에서 최초의 격발 지점을 헤아리기란 쉽지 않았다. 총성이 끊기고도 무려 여섯 시간이 지나서야 한민석을 찾을 수 있었던 것은 그 때문이었다.

그런데 더더욱 기이한 것은 그가 발견된 장소였다. 한민석은 숙영지로부터 수 킬로미터나 떨어진 계곡에서 발견되었다. 자작나무 숲이 끝나고 조릿대만 우거진 급경사지의 너덜경이었다. 그가 왜 그곳까지 혼자 걸어갔는지는 알다가도 모를 일이었다. 더욱이 여섯 발의 총알은 무엇을 겨냥했으며, 그토록 다급하게 총을 쏘며 쫓았던 것은 무엇이란 말인가.

타자부로는 한민석이 무엇인가에 의해 쫓겼다고는 생각할 수 없었다. 총을 쥔 자가 총을 쏘면서 그처럼 먼 길을 달아난다는 것은 있을 수 없는 일이었다. 그가 낭떠러지에서 떨어져 자취가 묘연해지기까지 주변엔 그 자신의 발자국 외에 어떤 흔적도 남아 있지 않았기에 더더욱 그러했다.

이틀이 지났다. 후발대는 도착하지 않았다. 일주일에 두 번 정기적으로 보고를 해오던 전령 또한 소식이 없었다.

사흘이 지났다.

나흘째 되는 날 아침, 타자부로는 부관을 불렀다.

타자부로는 그날 처음으로 광택을 잃고 부스스한 부관의 머리를 보았다. 희읍스름한 얼굴에 머리카락이 삐죽삐죽 솟아 있었고, 군데군데 흰머리가 까치발을 딛고 웃자라 있었다.

"부관은…… 올해 몇 살이지?"

타자부로가 물었다. 부관은 알아듣지 못했다. 명령 체계의 어디에도 그 같은 질문은 없기 때문이었다.

"아, 되었네. 내가 부른 까닭은……."

타자부로는 사냥꾼 한 명과 병사 셋을 딸려 후발대의 전진 방향으로 부관을 급파했다.

"결코 사흘을 넘겨선 안 되네. 서둘러야 해."

바로 그날 오후였다.

타자부로는 자기가 저지른 과오를 뒤늦게 깨닫고 손바닥으로 이마를 쳤다. 이 같은 상황에서 결코 해선 안 되는 일을 자신이 저지르고 말았음을 깨달았던 것이다. 집단의 분산. 기대와 희망에 따른 집중력의 해이. 조바심과 망설임. 지금껏 살아오면서 단 한 번도 저지른 적 없는 실수였다.

타자부로는 그 실수가 치명적일 수 있음을 예감했다. 그리고 지금의 절망적인 예감이 마지막까지 용기가 되어주기를 바랐다.

*

한민석은 완전히 소통을 끊고 자기만의 세계로 월경해버린 것은 아니었다. 비록 사람들이 알아듣진 못한다 하더라도 그에게는 꼭 전해주고 싶은 이야기가 있었다.

한민석은 오래전에 들은 이야기 하나를 기억하고 있었다. 이야기만 기억하는 것이 아니라 그 이야기를 들려준 사람까지 정확하게 떠올릴 수 있었다. 그는 자신의 기억이 그토록 선명한 것에 전율을 느꼈다. 왜냐하면 그 기억은 너무나 오래된 것이어서 그것을 떠올리는 행위 자체가 오히려 생경할 정도였고, 그 생경함은 남의 살을 긁는 듯 아뜩한 느낌마저 주었기 때문이었다.

그 오래된 이야기, 까마득한 시간의 심연에서 인광을 발하며 떠오르는 이야기를 한민석은 사람들에게 전해주고 싶었다. 자신이 이토록 가까이서(숨결이 느껴질 정도로) 듣고 있는 이야기를 사람들은 들을 수 없을 것이므로 자기가 직접 들려주어야 한다고 생각했다. 한민석은 그 이야기꾼, 턱이 빨고 성대가 갈라진 목소리로 속삭이는 사람의 표정과 음색을 그대로 옮길 수 있을 정도로 자주, 너무나 자주 들었으므로 토씨 하나 틀리지 않고 전할 수가 있었다. 지금 그가 하는 이야기는 바로 그 사람의 이야기였고, 그 점에서는 믿어 의심치 않아도 좋았다.

그 산에는……. 이야기는 이렇게 시작되었다.

그 산에는 그림자로 채낚기를 하는 낚시꾼이 있다지.

또, 그 산에는 뜻 모를 메아리로 덫을 놓는 사냥꾼이 있다고도 들었어.

그림자 미늘은 어느 것이나 그 산을 넘는 나그네에게 가장 낯익은 것을 쓴다고 하는데, 만약 그것이 사랑하는 사람의 형상이라면 그 그림자에 발끝 하나 닿지 말고 뛰어넘어야 하고, 만약 그것이 미워하는 사람의 형상이라면 아무리 긴 저녁 그림자라 할지라도 털끝 하나 스쳐서는 안 된다고 하더군.

이제 한민석은 자신의 내부에서 속삭이는 자의 목소리뿐만 아니라 얼굴과 행색까지 세세하게 알아볼 수 있었다. 등짐을 지고 고개를 넘던 시절, 주막의 봉놋방에서 걸걸한 입담으로 좌흥을 이끌던 놀음바치. 소백에서 태백으로, 태백에서 다시 소백으로, 단양 영주 영월 땅을 떠돌며 뭇 과부들의 뜨내기 연인이 되었던, 염소수염에 패랭이를 쓴 방물장수.

두어 차례 같은 방에서 밤을 난 적 있는 그 사내는 어느 날 전설 속의 산 이야기를 들려주고는, 자기가 들려준 전설의 산 속으로 그림자처럼 사라졌다.

……그리고 그 산에는 뜻 모를 메아리로 덫을 놓는 사냥꾼이 있는데, 그 메아리는 수천 사람의 귀에 수천 가지 다른 소리로 들린다고 하더군. 그 소리를 들은 사람은 소리에 끌려 벼랑이든 골짜기든 넋이 빠진 채 헤매게 되고, 또 다른 경우엔 마치 길이 끊긴 듯 고개를 넘지 못하고 되돌아 나오고야 만다더군.

그 산은 말이야, 사람마다 제가끔 다른 산이어서, 어떤 이에겐 앞산이나 뒷산처럼 범상한 산이다가도 어떤 이에겐 수미산이나 북망산이 되기도 한다더군.

이야기가 끝나면 사내는 노래를 불렀다. 놋대야나 뒤웅박을 엎어놓고 한 손엔 곰방대를, 다른 한 손엔 젓가락을 들고 장단을 두드리면서.

산 첩첩 밤 깊은데
처량한 건 넋이더라
뻐꾸기 낮에 울고

두견새 밤에 울 제
듣기 싫은 저 새소리
가지마다 울고 있고
보기 싫은 저 물은
골골이 흘러 있네

노래는 슬펐다. 그것은 어떤 산에 관한 노래였다. 밤낮없이 새가 울고, 골골이 물이 흐르는 산. 노래는 그림자에도 닿고 메아리에도 닿아 사리를 틀 듯 얽혔다가 능라 같은 안개를 풀며 끝도 없이 울려 퍼졌다.

한민석은 들려주고 싶었다. 사람들이 듣지 못하는, 그렇지만 제 자신은 끊임없이 듣고 있는 이야기. 어쩌면 지금 당장 천막 밖으로 나가 눈 덮인 산을 마주하노라면 모든 사람의 이야기가 될지도 모르는 이야기.

*

부관은 돌아오지 않았다. 침묵이 깊어졌다. 밤이면 산짐승들이 숙영지 근처까지 내려와 서성거렸다. 밤은 고요했다. 부엉이 한 마리 울지 않았다. 늑대들의 울음소리가 그친 지도 오래였다.

조선인은 조선인들끼리 모여 수군거렸다. 원정대의 일본인 병사들 또한 매한가지였다. 누구도 타자부로와 말을 섞으려 들지 않았다. 눈길조차 마주치지 않았다. 다섯 명의 조선인과 다섯 명의 일본인 사이에서 타자부로는 고립된 자신의 모습을 보았다. 그들 사이를 잇던 통역관은 자기만의 언어를 찾아 떠났고, 그 모두와 타자부로를 이어주던 부관은 떠난 지 사흘째가 되었건만 감감무소식이었다.

타자부로는 혼자였다.

침묵은 깊어졌다. 대담해진 짐승들이 숙영지로 점점 가까이 다가왔다. 짐승들은 소리를 내지 않았다. 덤불 하나 옴짝하지 않았다. 소리는 점점 커지는 침묵의 안쪽에서 들렸다. 바싹 마른 나뭇잎이 바람 한 점 없는 허공에서 나뭇가지를 스치는 소리. 어딘가에 숨어 먹이를 노리는 짐승들의 낄낄거림. 이 같은 소리들은 들리는 듯하면서도 들리지 않았고, 침묵과 소리는 구분되지 않았다. 점점 가까이 다가드는 밤의 짐승들과 함께 침묵이 목을 죄는 것 같았다.

그러한 느낌은 숲 한가운데에 크게 불을 지펴도 사그라지지 않았다. 오히려 불을 지피는 순간, 사방은 더 큰 침묵에 에워싸였다. 어둠 전체가 수를 헤아릴 수 없는 감시자들로 빽빽해지는 느낌이었다. 감시자들은 숨죽인 채 부동의 자세로 사물의 정적 속으로 스며들었고, 침묵은 서서히 적의로 바뀌어갔다. 그것은 밤낮없이 이어지는 이상한 형태의 흉몽 같았다.

조선인들은 심하게 동요하고 있었다. 지금 당장 뿔뿔이 흩어져도 저 혼자 살 길을 찾을 수 있는 그들로서는 이곳에서의 체류가 달가울 리 없었다. 어려서부터 온갖 것을 짊어지고 산을 넘나들며 살아온 사람들이었다. 긴 머리를 땋아 상투를 틀고 아무렇게나 수염을 기르고서, 변변한 가죽신이나 외투도 없이 추위를 견디는 저 무지렁이들에게 이곳은 다름 아닌 고향산천인 것이었다.

타자부로는 불길이 미치지 않는 곳에서 어둠의 부조(浮彫)처럼 떠오르는 조선인들의 얼굴을 흘금흘금 훔쳐보았다.

세상의 변화를 천재지변인 양 받아들이며 생략된 언어와 몸짓 속에 스스로를 감추며 살아온 사람들. 지금 자신들이 머물고 있는 산과, 산 속의 나무와 바위들과 거의 구분되지 않는, 설면하면서도 낯익고 고만고만하면서 두루뭉술한 얼굴을 가진…….

만약 저들이 작당하여 도주해버린다면 어찌될 것인가.

타자부로는 두려웠다. 그로서는 조선인 짐꾼과 사냥꾼의 발에 족쇄를 채워 매어둘 수도 없는 노릇이었고, 그렇다고 저들의 마음을 사로잡을 뾰족한 묘안도 없었다. 타자부로는 버림받음과 배신의 예감 속에서 자신의 고독이 상처처럼 깊어지고 있음을 깨달았다.

부관이 떠난 지 사흘째 되는 날 아침, 타자부로는 한민석의 병상을 서성거리다가 불현듯 무엇을 간구하는 듯한 시선으로 통역관의 얼굴을 내려다보았다.

낮이나 밤이나 한결같은 시선으로 허공을 응시하며 헛소리를 중얼거리고 있는 한민석은 위안과 마찬가지로 공포마저 벗어던진 편안한 얼굴이었다. 그에겐 더 이상 불이 지키는 온혈의 천국도 없었고, 항거해야 할 야행성의 공포도 없었다. 빛에도 어둠에도 속하지 않는 그의 경계 없음이 야속하다 못해 비우호적으로 느껴지기까지 하였다.

타자부로는 적과 내통하여 우의를 다진 자를 보듯 한민석을 내려다보며 소리 내어 중얼거렸다.

"내, 이 자의 입을 틀어막을 수만 있다면!"

그러나 그것은 까닭 모를 시샘 같았다.

*

어느 날, 침묵이 깨어졌다.

부관이 떠난 지 나흘째 되는 밤이었다. 남쪽으로 뻗어 내린 산자락에서 비명소리가 들려왔다. 한민석이 발견된 지점과 같은 방향이었다.

소리는 길고 높았다. 소리는 메아리도 없이 밤하늘 속으로 빨려 들어갔다. 그토록 집요하게 이어지던 침묵이 고조될 대로 고조되어 스스로의 내압에 폭발하는 것 같았다.

두 번째 소리는 다소 긴 틈을 두고 터져 나왔다. 멀고 아득했지만, 끊기고 찢기면서 단속적으로 이어지는 소리는 분명 사람의 절규였다.

타자부로가 천막을 박차고 나왔다. 각등을 든 병사들 뒤에서 조선인들이 횃불을 밝혀 들었다. 타자부로가 권총을 빼들고 선두에 섰다.

"서둘러라, 서둘러!"

타자부로는 무릎까지 빠지는 눈 속에서 간신히 몸을 가누며 소리쳤다.

비명소리는 점점 더 다급해졌다. 그러나 원정대는 속력을 낼 수 없었다. 다만 그 어떤 등불보다 확실하게 이끌어주는 소리를 좇아 비틀거리며 나아갈 따름이었다.

그렇게 한 마장쯤 나아가던 원정대는 비명소리에 섞여 들려오는 기이한 울음소리에 동작을 멈추었다.

타자부로는 손을 귓전에 모으고 귀를 기울였다. 그러나 그럴 필요가 없었다. 어둠을 뚫고 톱날 켜듯 들려오는 소리들은 거침이 없었다. 으르렁거리며 짖어대고 괴성을 지르며 날뛰는 소리는 다름 아닌 늑대들의 소리였다. 쥐어짜듯 간헐적으로 들리는 사람의 비명은 그 소리에 묻혀 분간하기 힘들었다.

"서둘러라, 서둘러!"

타자부로가 다시 소리쳤다. 그러면서 허공을 향해 연이어 총을 쏘았다.

각등과 횃불이 낮게 깔린 구름처럼 어둠을 밀어내며 나아가자, 멀리 나무들 사이로 눈알을 번뜩거리며 흩어지는 그림자들이 있었다. 그림자들은 뭉글뭉글 피어오르는 검은 연기처럼 보였다. 연기는 좌우로 퍼지며 그물을 펼치듯 반원을 이루고서 큰소리로 울부짖기 시작했다.

"쏘아라! 놈들을 쏘아라!"

타자부로가 소리쳤다.

각등을 내려놓은 병사들의 총구에서 일제히 불꽃이 터졌다. 비명소리와 함께 그림자들의 그물이 찢겼다. 번뜩거리던 안광이 흩어졌다.

타자부로는 늑대들의 발자국으로 편편하게 다져진 곳을 향해 허겁지겁 달려갔다. 이리저리 미친 듯이 헤매던 타자부로의 각등이 한곳에 멈추었다. 각등은 낯익은 군복 상의를 비추다가 위로 더듬어 오르며 군화를 비추었고, 다시 아래로 훑고 내려와서야 사람의 상체를 포착했다.

"헉!"

타자부로가 외마디 비명을 질렀다.

병사들이 다가왔다. 각등과 횃불에 의해 환하게, 지나치게 적나라하게 드러난 것은 허공에 거꾸로 매달린, 이미 머리통이 다 뜯어 먹힌 일본인 병사였다. 군복 상의에 붙은 견장이 그가 다름 아닌 부관임을 알려주고 있었다.

누군가 돌아서려다가 허리를 꺾고 그 자리에서 구토를 했다.

더 다가서지도, 그렇다고 물러서지도 못하면서 타자부로는 부들부들 떨리는 손을 가까스로 내밀고 이 한 마디를 내뱉었다.

"부관, 자네…… 돌아왔는가?"

천문지곡

사위어가는 불꽃 저편으로 그림자 하나가 스쳐갔다. 불과 그 너머 어둠 사이의 공간이 깊어졌다. 한참 후 다시 그림자가 얼비치자, 어둠은 바짝 다가든 느낌을 주었다. 좀체 윤곽이 드러나지 않는 그림자는 불을 끌어당겨 어둠 속으로 멀어지게 하고, 어둠을 제 옷자락처럼 끌고 와서 불과의 거리를 지워버리는 듯이 보였다.

불의 빛깔이 붉은색에서 서서히 검은색으로 바뀌어갔다. 재에 기대어 불꽃을 끌어올리던 장작개비 하나가 쓰러졌다. 재와 함께 연기가 날아올랐다. 불의 팔뚝 끝에서 하나둘 불꽃이 꺼졌다. 불현듯 싸한 정적이 화톳불 주위를 감돌았다. 수천수만 개의 석류가 깔린 침상이 보랏빛을 띠었다. 그때 별안간 어둠 속을 돌아 나온 그림자가 재의 침상을 막아섰다. 홀연한 나타남으로 불을 밟아 꺼버린 것 같은 느낌이었다.

그림자가 거대해졌다. 이제 그림자는 그가 지닌 형체의 틈을 비집고 나오는 희미한 잿불을 통해 어렴풋이 그 윤곽을 드러내고 있었다. 어둠과 구분되지 않을뿐더러 밤의 정적과도 절묘하게 혼융되어 움직이는 그림자는 불을 피운 자리에서 서너 걸음 떨어진 곳에 놓인 들것 앞에 멈추어 섰다.

들것은 군인들이 떠나면서 두고 간 잡다한 물품들 중 하나였다. 군인들은 한낮이 되기 전에 떠났다. 군인들은 떠나면서 태울 수 있는 것들은 모조리 태웠다. 불은 매우 컸다. 군인들은 그 불이 어떤 신호가 되어 전달되기를 기대했다. 군인들은 가져갈 수 없는 것들은 아무데나 흩뜨려놓았다. 들것은 군인들 사이에 벌어진 작은 분란의 원인이었다.

다섯 명의 군인들 중 몇몇이 천막을 걷다가, 천막 안에 몸져누운 남자 하나를 들것에 실어 내온 것이 화근이었다. 불 옆에 놓인 들것을 보자 한 남자가 소리쳤다.

"누가 이 자를 들것에 실어라 했나? 자넨가? 자네가 대장이야? 자네가 대장이냔 말이다!"

대장이 군인의 정강이를 걷어찼다.

꾸리는 일과 버리는 일이 모두 끝나고 자리를 뜨기 전에 들것에 실린 남자는 다시 한 번 문젯거리가 되었다. 군인들 중 한 명이 들것을 가리키며 물었다.

"대장님, 통역관은 어떻게 할까요?"

그 말이 또다시 상관의 역정을 불러일으켰다.

"뭘 어떻게 하나? 이 자는 송장이야. 산송장이라고! 송장을 들쳐 메고 산 속을 헤매고 싶나?"

군인들은 떠났다. 들것에 누운 산송장만 남았다. 갈기를 세운 향목(香木)처럼 너울거리던 불은 어둠이 들자 불땀이 약해졌다. 그리고 밤이 왔다. 그림자가 나타난 것은 그즈음이었다. 그림자는 그 모든 것을 지켜보며 기다렸던 양 움직임에 경계나 조바심이 없었다.

지금 그림자는, 나직이 씨곡 터지는 소리를 내며 불씨들이 사위어가는 잿불 옆에서, 어둠과 잔광에 중첩되어 굴절된 형체로 아주 천천히 움직이며 들것 주위를 기웃거리고 있었다.

산송장은 눈에 띄지 않게 온몸을 바들바들 떨고 있었다. 얼음으로 된 비수 하나가 몸속을 훑고 지나며 예리하게 살을 발라내는 듯 힘줄이나 관절이 툭툭 뛰며 경악의 외침을 내지르고 있었다. 그러나 들것에 누운 자의 입에서는 신음소리조차 새어나오지 않았다. 저녁녘까지만 해도 뜻 모를 중얼거림이 끊임없이 흘러나오던 입이었다. 하지만 불기운이 약해지고 밤의 추위가 엄습해오자, 이제 그의 입은 얼음 재갈이 물린 채 싸늘한 숨결만을 간헐적으로 뱉어내고 있었다. 아주 이따금 손목이나 무릎에서, 또는 늑골이나 경추에서, 처마 끝에 달린 고드름이 끊어지는 것 같은, 혹은 결빙의 압력에 얼음장이 동파되는 것 같은, 그런 아스라한 균열의 소리가 흘러나올 뿐이었다.

눈이 내리기 시작했다. 눈송이가 닿자 불씨들이 깨어났다. 불씨들은 파랗게 깨어났다. 작은 전구들 같았다. 깨어난 불씨들 위로 파르스름한 연기가 피어올랐다. 눈송이들은 계속해서 잿불 위로 떨어졌고, 그때마다 슈욱-슈욱, 하고 기분 좋은 소리를 내며 불씨들이 깜박거렸다. 그것은 어느 곳으로 향하는지 모를 출발과 질주의 소리 같았다. 또한 그럴 때의 신호처럼 보였다. 희고 파르스름한 연기 타래들이 눈송이들이 떨어지는 하늘을 향해 솟아올랐다. 눈에 보이지 않는 아이들이 하얀 털모자를 쓰고 앉아 불장난을 하는 것 같았다.
들것 위의 남자는 조금씩, 더, 고요해지고 있었다.
멀지 않은 곳에서 늑대들이 울었다.

늑대들은 멀지 않은 곳에 있었지만, 오늘밤 늑대들이 이곳까지 올 가능성은 없었다. 늑대들의 잔치는 밤을 새우고도 남을 만큼 성대할 터였다. 어쩌면 하룻밤을 더 예약해야 할지도 몰랐다.

지난 밤, 머리통과 팔 하나만 뜯어먹고 놓친 먹잇감 때문에 늑대들은 신경이 곤두서 있었다. 군인들이 쏘아대는 총에 쫓겨 물러나긴 했으나, 이미 죽어버린 남자는 어차피 자기들의 차지라는 것을 늑대들은 잘 알고 있었다. 불만과 기대에 찬 밤을 늑대들은 으르렁거리며 춤과 노래로 밝혔다.

척후에 나선 젊은 늑대들은 사람들의 일거수일투족을 놓치지 않았다. 올무에 걸려 나뭇가지에 거꾸로 매달린 남자의 시체를 수습하여 운구하는 사람들을 젊은 늑대들은 어둠 속에 숨어 숨죽인 채 지켜보았다. 시체는 곧바로 땅속에 묻지 않았다. 십여 명 남짓한 사람들이 불을 피우고 그 곁에 죽은 자를 뉘어놓고서 밤을 새웠다. 늑대들은 불빛이 미치지 않는 어둠 속에 누워 교대로 사람들을 감시했다. 모든 것이 평화로웠고, 그 점이 늑대들로서는 조금 실망스러웠다. 자칫하다간 먹잇감이 눈앞에서 사라져버릴 수도 있는 상황이었다.

척후병들은 본부에 연락해 춤과 노래를 자제해줄 것을 청했다. 금방 효과가 나타났다. 주위가 조용해지자 늑대들이 물러갔다고 생각한 사람들은 긴장을 풀고 이내 잠에 빠져들었다. 바로 그즈음, 늑대들로서는 이해하기 힘든 상황이 벌어졌다. 잠이 든 무리 속에서 사람들이 하나둘 깨어나더니, 삵이나 취할 법한 몸짓으로 살금살금 그곳을 떠나는 것이었다.

한 명, 두 명, 세 명……. 늑대들은 정확하게 그 수를 세었다. 그리고, 지금 몰래 도주하는 사람들은 무리 속의 다른 사람들과는 달리, 총을 든 군인이 아니라는 사실을 파악했다. 세 번째 사람에 이어 네 번째, 다섯 번째 사람이 일어나 떠나려는 순간이었다. 잠든 군인들 중 하나가 눈을 떴다. 군인이 몸을 일으키려는 순간, 네 번째 남자가 군인을 덮쳤다. 그 틈을 이용해 다섯 번째 남자가 줄행랑을 쳤다. 군인들이 깨어났다. 총을 뺏으려는 남자와 군인이 티격태격하는 사이에 한 방의 총성이 울렸다. 군인이 죽었다. 네 번째 남자는 그 자리에서 사살되었다. 군인들은 일제히 총을 들고 달아난 사람들을 추적하기 시작했다. 달아난 사람들은 도주 거리에서 다소 차이가 있을 뿐, 맞이한 운명은 같았다. 네 명이나 되는 사람들의 시체가 조금씩 다른 방향에서 조금씩 다른 거리를 두고 발견되었다.

군인들이 돌아왔을 때 그들은 새로운 사실을 마주해야 했다. 즉, 민간인과 군인의 시체와 함께, 그들이 밤새 불가에 두고 지켰던, 머리가 쥐뜯긴 시체가 사라져버렸다는 사실이었다. 대장이 고래고래 고함을 질렀다.

그리고 군인들은 떠났다.

남은 것은, 점점 굵어지는 눈발 속에서, 결빙의 인두에 덴 듯 신음하며 검은 화상의 흔적만을 남기고 사그라지는 잿불 옆에서, 눈의 마스크를 쓰고 땅바닥에 반듯하게 누운 채 온몸으로 하늘을 우러르고 있는 산송장뿐이었다.

그림자는 들것에 누운 남자 옆에 서서 조의라도 표하듯 물끄러미 굳어가는 몸뚱이를 내려다보고 있다가 천천히 몸을 돌려 그곳을 떠났다.

그로부터 얼마 후, 온 산을 흔드는 쩌렁쩌렁한 포효소리가 먼 산등성이에서 들려왔다.

*

한 번 뜀뛰기를 한 뒤 눈에 푹 파묻힌 채 잠시 숨을 고르다가, 다시 한 번 뜀을 뛰며 힘겹게 나아가던 산토끼 한 마리가 눈 속에 뚫린 굴의 입구를 마주하자 비스듬히 돌아서서 잠시 그 안을 엿보고는, 사람의 발자국으로 다져진 길을 따라 깡충깡충 뛰어서 굴 안으로 들어갔다.

굴의 입구에서 희미하게 빛이 새어나왔다.

"왔느냐? 저물도록 어딜 다니다 오는 게냐?"

굴 안쪽에서 걸굳은 남자의 목소리가 들렸다.

경사진 산턱에 푸지게 쌓인 눈으로 빗장을 지른 작은 바위굴 하나가 시야에 들어왔다. 몸 하나 간신히 비집고 들어갈 만한 입구에 바짝 붙어 들여다보면, 조그맣게 피워진 불가에 다가앉은 남자와 산토끼를 볼 수 있었다.

남자는 풀어 늘어뜨린 긴 머리에 가슴팍까지 내려오는 수염을 기르고 있었고, 웃옷을 벗은 채 무명저고리에서 찢어낸 천 조각으로 오른쪽 어깻죽지에 난 상처를 동여매고 있었다. 살이 토실토실 오른 회갈색의 산토끼는 따스한 불기운에 노곳노곳해진 몸을 기분 좋게 웅송그린 채, 책상다리를 하고 앉은 남자의 무릎께에 옆구리를 붙이고 있었다. 남자의 머리와 수염은 희디희었고, 이마와 볼 깊숙이 팬 수많은 주름에도 불구하고 어깨는 단단해 보였고, 허리는 곧고 결기가 있었다. 남자의 어깨에 난 상처는 곪기 시작하고 있었다.

남자는 오랜 친구를 대하듯 산토끼에게 이런저런 이야기를 건넸다. 어딘지 텅한 울림이 느껴지는 목소리였다. 뼈가 드러날 정도로 깊게 팬 상처를 소독하기 위해 불에 달궈진 칼로 지지고, 그 위에 짓씹은 약초를 바르고, 끝으로 천을 찢어 어깨를 동여매며 그 지난한 고통을 잊기 위해 늘어놓는 공연한 너스레인지도 몰랐다. 입속말로 웅얼거리는 목소리는 가끔씩 긴 한숨에 섞여 높아졌다가 잦아들곤 하였는데, 그럴 때면 손을 뻗어 어둠을 매만지며 한 걸음 한 걸음 나아가는 사람의 정처 없는 허적거림이 느껴졌다.

먼데서 보면 그 작은 바위굴은 궂은 날 제 뼛조각 하나 떼어 쥐고 넋두리하는, 낙백한 혼령의 인광 같았다. 조금 더 다가서면, 무주공산에 호롱불을 밝힌 뙤창 같았다.

먼발치에서 굴 안으로 드는 산토끼를 눈으로 쫓다가 굴 입구까지 다가가 멈춰 선 그림자는, 연기 없이 타는 자작나무의 향긋한 불꽃이 콧속을 간질이는 느낌에 콧등을 실룩거리며 비스듬히 몸을 돌리고 섰다.

굴 안에서 흘러나오는 불빛을 옆구리에 받고 선 그림자의 윤곽이 이제 처음으로 뚜렷해졌다.

산마루처럼 우뚝하게 솟은 어깨. 밤의 네 귀퉁이에 박은 기둥 같은 다리. 모난 바위덩어리를 솜씨 좋게 다듬질해놓은 듯 덩두렷한 머리. 불끈거리는 근육의 다발에서 한 가닥 힘의 폭포를 내지르듯 강파르게 꺾여 쏟아지다가, 이루 말할 수 없이 유연하고 우아한 동선(動線)으로 반원을 그리며 끝을 세운 꼬리…….

들것에 누워 죽어가는 남자를 지켜본 뒤 먼 길을 걸어온 그림자는 그렇게 밤과 산이 하나로 녹아든 자태를 유감없이 드러내며 그곳에 서 있었다.

"얘야!…… 얘야!"

불현듯 동굴 속 남자의 목소리가 크게 울렸다. 그림자는 남자가 자기를 부르기라도 한 듯 불빛을 향해 고개를 돌렸다.

동굴 속의 남자는 소리 죽여 울고 있었다.

남자가 두 손으로 이글거리는 숯불을 움켜쥐었다. 살이 타는 역한 냄새에 그림자가 얼굴을 돌렸다.

남자는 손으로 머리카락을 쓸어 모아 휘휘 똬리를 틀듯 상투를 올린 뒤 두건을 썼다. 남자는 누비저고리와 누비바지를 입고 가죽신에 새끼로 감발을 쳤다. 남자는 바닥에 깔고 앉았던 모포를 걷어 그 안에 자질구레한 물건들을 담은 뒤 끈으로 묶어 등에 졌다. 남자는 감발을 친 발에다 설피를 신었다. 동굴을 떠나기 전에 남자는 잠든 산토끼의 등을 가만히 쓰다듬어주었다.

*

남자의 걸음걸이는 흐트러짐이 없었다. 남자는 자신이 가야 할 곳이 어디인지 정확하게 알고 있는 듯했다. 골짜기를 가로질러 산등성이에 올라설 때면 별을 헤아려 길을 찾았다. 밤과 낮이 갈마들고 또 다른 밤이 찾아왔을 때, 남자는 군인들이 가고 있는 길을 몇 마장쯤 앞서 걷고 있었다. 군인들과의 거리가 충분히 확보되었다고 생각될 즈음, 남자는 두 갈래로 길이 나뉘는 골짜기에 들어섰다. 남자는 지체 없이 한쪽 길에 삭정이들을 쌓아 길을 은폐했다. 남자는 길의 모든 흔적을 지웠다. 길은 외길이 되었다. 그 길은 바윗골로 통했다. 벼락닫이처럼 내리꽂히는 암협(巖峽)엔 외나무다리가 걸쳐진 한 줄기 길이 이어졌다. 그 길을 따라 오르면, 깎아지른 벼랑을 따라 암벽을 안거나 등지고 비켜가야 하는 안돌이와 지돌이가 연이어 나타났다. 그 끝은 막다른 절벽이었다.

남자는 길의 처음과 끝을 속속들이 꿰고 있었다.

남자는 기다렸다. 날이 밝아올 무렵, 군인들이 도착했다. 군인들은 모두 다섯 명이었다. 추위에 푸르뎅뎅하게 언 얼굴을 천으로 친친 감고 총을 어깨에 걸고서 밤새 걸어온 군인들은 지쳐 있었다. 군인들은 게슴츠레한 눈으로 암협을 응시했다. 군인들 중 한 명은 자신들이 도달한 곳이 어쩌면 천문지곡일지도 모른다는 생각을 했다. 군인들은 일말의 의심도 없이 남자가 터놓은 외길로 들어섰다. 남자는 외떨어져서 지켜보다가 군인들의 뒤를 따라갔다. 협곡에 걸쳐진 외나무다리를 건너 군인들이 멀어지자, 남자도 다리를 건넜다. 그런 다음 하나씩 다리들을 골짜기 아래로 밀어뜨렸다.

남자는 아주 천천히 군인들의 뒤를 따라갔다.

그런데 언제부턴가 남자는 누군가 자기 뒤를 좇고 있다는 석연찮은 느낌에 시달리고 있었다. 자신의 그림자만큼이나 종적 없는 몸짓으로 자기 뒤를 미행하고 있는 자. 그런데 그 자는 미행만 하는 것이 아니라 자신의 동작 하나하나를 놓치지 않고 지켜보며, 그 동선과 의중마저 읽고 있는 것 같은 느낌이었다.

남자는 기분이 좋지 않았다. 사방이 거울로 에워싸인 곳에서 자신이 의도한 바 없는 연기를 행하는 기분이었다. 그러니 무얼 해도 자연스럽지 못했고, 충분히 만족스럽게 느껴지지 않았다. 남자는 이 일이 자신의 일이고, 오직 자기만이 그 과정과 결과를 지켜보고 싶었다. 오직 자기만이 이 일의 진실을 알길 원했다. 그러기 위해서는 산과 나무와 하늘, 아니 삼라만상 전체가 눈을 감고 귀를 막아주길 원했다.

그래야만 했다. 그래야만 지금 자신이 하려 하는 행동을 스스로 묵인할 수 있었다. 용서는 필요치 않았다. 남자는 자신이 행하고야 말 죄악과, 그에 따라야 마땅한 저주를 원했다. 그러기 위해서는 혼자여야 했다. 누구도 자기를 보고 있어서는 아니 되었다. 이제 마침내 도달한 분노와 증오와 복수의 끝에서 남자는 어떠한 주저나 회한도 갖고 싶지 않았다. 남자는 스스로를 돌아볼 아주 짧은 기회조차 갖고 싶지 않았다. 남자는 행할 것이고, 기꺼이 저주를 받아들일 것이고, 심판하고 또

심판당할 것이다. 그뿐이었다.

남자는 핏발 선 눈으로 주위를 돌아보았다.

산협 위를 짓누르듯 짙푸르게 열려오는 아침 하늘이 장막처럼 펄럭거렸다. 상고대로 덮인 산등성이를 뒤흔드는 높은 바람이 눈덩이들을 흩뿌렸다. 화살촉 같은 얼음막대들이 금속성을 내며 쏟아져 내렸다.

남자는 낭떠러지로 이어지는 벼랑길에서 어떤 행동도 취하지 않았다. 수십 길 높이의 벼랑은 한 발짝만 헛디뎌도 곧바로 죽음의 나락이었다. 바위츠렁을 타고 오르내려야 하는 길은 얼어붙어 있었다. 몇 번 그 길을 통과하려 애쓰던 군인들은 눈앞에 빤히 보이는 평탄한 길을 몇 발짝 앞에 두고 물러서야만 했다. 그러나 더욱 난감한 것은 협곡에 가로놓인 외나무다리들이 사라지고 없다는 사실이었다.

군인들은 퇴로가 끊겼음을 깨달았다. 군인들은 말없이 벼랑길을 타고 올라갔다. 남자는 군인들이 협곡 아래까지 내려갔다 다시 올라오는 모습을 바위봉우리 위에 앉아서 물끄러미 지켜보았다. 지칠 대로 지친 군인들은 얼마 떨어지지 않은 봉우리 위에 앉은 남자를 알아보지 못했다.

한낮이 되었다. 햇살은 화사했다. 녹은 눈이 바위를 타고 흘러내렸다. 지돌이의 빙판길도 반쯤 녹아 있었다. 군인 한 명이 벼랑길을 어렵사리 건너가 바위옹두라지에 밧줄을 묶어 반대편으로 던졌다. 절벽 위에 밧줄로 된 난간이 설치된 셈이었다. 시간이 많이 소요되긴 했지만, 군인들은 그런 식으로 하나하나 난관을 헤쳐 나갔다. 골짜기를 완전히 벗어나 산등성이에 올라섰을 때는 이미 해가 저물고 있었다. 두려워하지 않을 수 없는 밤이 오고 있었다. 그런데 설상가상으로, 군인들이 도달한 곳은 막다른 절벽이었다. 절벽 끝에서 기이한 물건 하나가 눈길을 끌었다. 늑대에게 뜯어 먹혀 죽은 부관의 인식표였다. 군번줄은 십자가 모양의 나뭇가지에 걸려 있었고, 나뭇가지가 박힌 땅바닥엔 서툰 글씨로 '야마모토 타자부로'라는 글자가 씌어 있었다.

군인들은 자신들이 누군가에 의해 치밀하게 짜인 시나리오 속에 영문도 모르는 채 끌려들었음을 깨달았다. 이 절망적인 파국의 낭떠러지 앞에서 엄청난 계략의 실체를 깨달은 군인들은 비통함과 더불어 어떤 통렬함이 전류처럼 온몸을 꿰찌르는 것을 느꼈다. 그것은 눈이 멀었음에 대한 때늦은 깨침이 주는 소름끼치는 희열과 같았다.

밤이 왔다. 군인들은 절벽 아래로 하나둘 점점이 떠오르는 마을의 불빛들을 보았다. 불빛들은 멀지 않았다. 절벽 위에서 몸을 날린다면 단박에 닿을 수 있을 것 같았다. 좀 더 어두워지자 이번엔 거대한 화톳불이 절벽 아래 들판에서 피어올랐다. 훨훨 타는 불 주위엔 헤드라이트를 밝힌 군용 트럭들이 집결해 있었다. 군인들은 그것이 자기들을 구조하러 온 지원부대임을 직감했다.

*

밤을 기다린 것은 남자만이 아니었다. 천문지곡의 밤을 열고 나타난 것은, 녹은 눈이 서릿발로 곧추서는 어둠과 구분되지 않는 그림자로 스치듯이 움직이는 한 마리의 호랑이였다.

호랑이는 제 왕국이 재림하는 월력(月曆)의 시간에 맞춰 날개 돋친 걸음으로 바위봉우리 위에 모습을 나타내었다.

군인들은 절벽 위에 불을 지피고 밤하늘을 향해 총을 쏘았다. 군인들은 쉴 새 없이 고함을 질렀다. 어떤 자는 큰소리로 노래를 불렀다. 어떤 자는 울부짖었다. 낯선 땅에서 죽음의 벼랑에 몰린 채 부르는 조국의 노래는 절규였다. 사무친 그리움이었고, 기도였다. 또한 그것은, 못다한, 이루지 못한, 어떤 일이 있어도 결코 고갈되지 않을 사랑이었다. 군인들은 어머니를, 아들딸을, 민들레와 강아지를, 모국어로 발음되는 별의 이름을 외치면서 울었다. 군인들은 식음도 전폐한 채, 천막을 쳐서 혹한의 밤을 날 생각도 하지 않고, 점점 더 크게 불을 지피고 막무가내로 총을 쏘아대면서 울부짖었다.

남자는 아주 천천히 움직였다. 죽기 살기로 격앙되어 있는, 한 발은 이미 죽음 쪽으로 건너가 있는 자들을 처리하는 것은 쉬운 일이었다. 자기 자신에 의해 스스로 멸하게 하는 것. 그것만이 최선의 방법이었다. 삶에 봉사하는 적당한 공포가 아닌 극도의 공포. 그것이 아니면, 그와 반대되는, 공포가 완전히 말소된 상태. 둘 중 하나를 부여하는 것이 남자가 할 일이었다. 어느 쪽이든 자멸과 자폭의 도화선으로 충분했다. 남자는 후자를 택했고, 이미 어느 정도는 성공한 셈이었다. 조금만 더 저 자들의 흥분과 탄식을 고조시키기만 하면 되었다.

남자가 어둠 속에서 나왔다. 몇 발짝 편안한 걸음으로 다가가더니, 불 그림자가 너울거리는 어름에서 멈추어 섰다. 남자의 형체가 앞과 뒤로 절묘하게 나뉘었다.

남자는 조금 망설이는 듯이 보였다. 남자가 마주하고 있는 불과 등지고 있는 어둠 사이의 단순한 떨림에 지나지 않는지도 몰랐다. 남자의 얼굴 위에서 불길이 기이한 웃음으로 실룩거렸다.

문득 남자가 얼굴을 돌렸다. 그러고는 자기로부터 대여섯 발짝 떨어진 곳에 있는 호랑이를 보았다. 남자가 흠칫 어깨를 떨었다.

두 발을 모으고 허리를 곧게 펴고 앉아 있던 호랑이가 기다렸다는 듯 침착하게 남자를 응시했다. 그 번뜩이는 시선을 남자 또한 피하지 않고 마주 보았다.

멀리서 사이렌이 울렸다. 군인들이 환호성을 지르기 시작했다. 또다시 총성이 울렸다. 총성은 절벽 아래서도 들렸다. 그 소란스러운 광경을 보다가 다시 눈을 돌린 남자는 호랑이가 여전히 자기에게서 눈을 떼지 않고 있는 것을 보았다. 남자가 물끄러미 호랑이를 응시하자, 호랑이가 가만히 고개를 돌렸다.

남자는 크넓은 이마에 왕(王) 자 무늬가 선명하고 온몸에 은빛이 도는 호랑이의 모습을 가슴에 새기듯 찬찬히 살펴보았다.

남자의 입 언저리로 미소가 번졌다.

호랑이가 몸을 일으켰다. 그러자 그 장엄하고 늠연한 자태가 고스란히 드러났다. 남자는 깊게 숨을 들이켰다. 그러고는 몸을 돌려 떠나는 호랑이의 뒷모습을 사무치는 눈길로 바라보았다.

남자의 두 눈에 눈물이 맺혔다.

남자는 사이렌이 울려 퍼지는 하늘을, 서로 부둥켜안고 울부짖는 군인들을, 끝으로, 호랑이가 사라진 어둠 속을 차례차례 돌아보았다. 그러고는 천천히 몸을 돌려, 호랑이가 사라진 곳과는 반대 방향으로 골짜기를 더듬어 내려가기 시작했다.

매화

연둣빛 도는 흰 꽃망울을 반쯤 연 매화 둘레에서 부풋하게 부푸는 봄볕이 몸속으로 스미는 것 같아 수연은 찌릿찌릿한 요의(尿意)를 느꼈다.

수연은 손바닥으로 조심스럽게 자신의 배를 어루만졌다.

매화 둘레에서 털 많은 짐승처럼 몸을 사린 봄볕은 손바닥 아래에서 동그마니 숨 쉬는 수연의 아랫배에도 자리 잡고 있었다.

매화나무를 짚고 섰던 다른 한 손을 떼어 수연은 몰라보게 굵어진 자신의 허리를 쓰다듬었다.

사람의 몸이 터가 될 수 있다는 사실, 집을 짓고 탑을 올리듯 생명을 품는 태(胎)가 될 수 있다는 사실이 수연으로선 믿기지 않게 놀라웠다.

수연은 자꾸만 안으로 향하는 시선을 몽롱하게 돌려 하늘을 올려다보았다.

"누나! 수연이 누나!"

행랑채 쪽에서 사내아이의 목소리가 들렸다. 민이였다.

민이가 쪽문을 발칵 밀어젖히고 수연에게로 달려왔다.

"누나, 꽃이에요!"

민이가 노란 꽃 한 송이를 내밀었다.

"어머, 민들레구나!"

"또 여기!"

민이가 다른 한 손을 내밀었다.

"어, 이건 제비꽃이네!"

민이의 얼굴이 발그레해졌다. 바람을 가르고 달려온 민이의 몸에서 물비린내가 났다.

"어디서 이 꽃들을 찾았어?"

"저기. 저 너머 뚝방에! 거기 가면 꽃이 무지 많아요."

여덟 살이 된 민이는 키가 훌쩍 자랐다. 떠꺼머리에 코를 질질 흘리며 껑충껑충 뛰어다니는 폼이 어렸을 때의 훈을 닮았다. 수줍음 많고 혼자 있길 좋아하는 석이와는 많이 달랐다.

"누나, 우리 언제 떠나요?"

"이제 곧. 어머니께서 나오시면."

수연은 민들레꽃을 민이의 층진 머리에 꽂아주었다.

"민이는 고향집에 가게 되어 좋아?"

"네, 좋아요. 강아지도 키우고 병아리도 키울 수 있잖아요? 난 송아지도 기를 거예요. 근데…… 훈이 형은 어디로 갔어요? 집에 가면 만날 수 있어요?"

수연은 대답을 하지 못했다.

"난 할아버지한테서 새 잡는 것도 배우고 토끼 잡는 것도 배울 거예요. 훈이 형처럼 사냥꾼이 될 거예요. 근데 있잖아요, 석이 형은 시골이 싫대요. 읍내에서 살고 싶대요. 시골은 무섭고 심심하고 지저분하대요."

수연은 아흐니골의 띳집을 떠올렸다.

이제 비로소 어머니를 뵐 수 있겠구나, 생각하자 눈물이 핑 돌았다. 돌아가신 아버지의 산소도 찾아보아야 할 터였다. 돌아갈 고향은 있으되 부재하는 것이 많은 그곳이 왠지 섧게만 느껴졌다.

쪽문이 열리면서 민이 어머니가 나왔다. 그 뒤를 바짝 붙어 따라온 석이가 칭얼거렸다.

"난 가기 싫은데. 시골이 싫은데."

열 살이 된 석이는 예배당에 나가면서 머리를 짧게 잘랐다.

지게꾼 장 서방이 자기 키 하나쯤 보탠 높직한 짐을 지고 쪽문을 빠져나왔다.

"자, 서둘러 떠나시게."

민이 어머니가 말했다.

"짐을 들여놓은 뒤엔 문고리를 걸어놓아야 하네. 설치는 짐승이 많은 곳이라."

지게에 실린 두 여인의 살림살이는 많지 않았다. 옷가지가 든 반닫이와 이불이 전부였다. 두 여인은 보퉁이를 하나씩 들었다. 반닫이 위에 올려놓은 이불보따리가 높아 장 서방은 솟을대문을 나가는데도 허리를 숙여야 했다.

안채에 딸린 옥매의 방에서는 기척이 없었다. 울어서 퉁퉁 부은 얼굴을 가리며 등 돌린 채 작별을 나눴던 옥매였다. 수연은 긴 이별이 싫었으므로 옥매 외엔 누구에게도 자신의 떠남을 알리지 않았다.

"언니, 저 그만……."

수연이 방 앞에 서서 말했다.

"건강하시고…… 부디……."

수연의 목소리가 떨렸다. 수연은 툇간의 반질반질한 우물마루를 물끄러미 바라보았다.

그때 민이가 다가와 수연의 손을 잡았다.

"누나, 가요."

"난 가기 싫은데. 시골이 싫은데."

석이가 칭얼거렸다.

"몸이 무겁겠구나."

민이 어머니가 말했다.

"무리하지 말고. 힘들면 얘기하렴."

"네. 어머니."

수연이 대답했다.

"참, 오늘 아침에 들었다만, 참판 댁 도령은 문전옥답을 헐값에 넘기고 간도로 떠났다더구나."

"네……."

문득 여닫이문 열리는 소리가 들리는 듯하여 수연은 뒤를 돌아보았다.

마당에 내려앉는 봄볕이 희부옇게 번졌다. 수연의 시선이 매화나무로 향했다. 언제 옮겨 심었는지 알 수 없는 매화나무는 해마다 가지 몇을 쳐내는 인고를 겪으면서도 올해도 어김없이 꽃망울을 준비하고 있었다.

"오늘 저녁엔 매화가 몽우리를 터뜨릴 것 같아요."

수연이 혼잣말처럼 말했다.

민이 어머니가 가다 말고 뒤를 돌아보았다. 늙은 여인의 시선은 매화나무를 비켜, 아지랑이가 피어오르는 좀 더 아득한 곳으로 향했다.

민이 어머니가 석이의 손을 끌어당겨 꽉 움켜잡았다.

"가자. 먼 길이다."

작가의 말

이 작품은 고베 출신의 일본인 사업가 야마모토 타자부로가 사재를 털어 '정호군(征虎軍)'이라는 호랑이 토벌대를 조직해 조선의 상징인 호랑이를 사냥했다는 역사적 사실에 바탕을 두고 있다.

백여 명으로 이루어진 정호군은 1917년 11월 15일에 원정을 시작해 12월 5일 조선호텔에서 해단식을 갖기까지 20일 동안 호랑이를 비롯해 표범과 곰 등 대형 포유류들을 마구잡이로 포획했다고 한다.

소설은 이 같은 1차 원정 이후에 해수구제라는 미명 아래 비밀리에 행해진 2차 원정이 있었음을 가정하고, 그 후에 정호군이 벌인, '백두'라는 백두대간의 전설적인 호랑이를 추적하는 과정을 담았다.

*

식인동물에 대한 인간의 두려움은 지상에 존재하지 않는 무수한 상상의 괴물들을 만들어내었다. 인간이 창조한 괴물들의 목록이 존재하는 것이다. 그러나 이 작품에서 내가 묻고 대답하려 한 것은 '신이 창조한 괴물, 과연 그는, 그것은 무엇인가?' 하는 문제이다.

호랑이를 사냥해 냉장 보관했다가 경성의 한 호텔에서 호랑이 요리라는 기상천외한 성찬을 벌이는 사람들. 그들의 풀코스 메뉴에 호랑이 사시미가 등장하는 것은 가히 요지경에 가깝다.

인간을 잡아먹는 동물과 식인동물을 잡아먹는 인간.

제사로 사용된 글귀들에서 볼 수 있듯이, 나는 이 작품에 등장하는 인물들에서 악마의 이미지들을 보았다. 악마는 때로는 군대의 형상으로 나타나고, 때로는 체념을 모르는 편집광의 모습으로 나타난다. 탐욕과 어리석음이 맞물릴 땐 천재지변과 같은 재앙을 불러오기도 한다.

성경에는 악마가 직접 등장하는 대목들이 있다. '게라사의 악령'으로 잘 알려진 이야기에서 악마는 스스로를 '군대'라고 밝힌다.

> 예수께서 "네 이름이 무엇이냐?"고 묻자 그는 "군대라고 합니다. 수효가 많아서 그렇습니다"라고 대답하였다. (마르코 5:9)

「욥기」에 등장하는 악마는 고독하고 은밀한 모습을 지녔다.

> 하루는 하늘의 영들이 야훼 앞에 모여들었다. 악마가 그들 사이에 끼어 있는 것을 보고 야훼께서 물으셨다. "너는 어디 갔다 오느냐?" 악마가 대답하였다. "땅 위를 이리저리 돌아다니다가 왔습니다." (욥기 1:6-8)

그렇다면 악마는 무엇을 찾으러 다니는 것일까? 어떤 목적에서 땅 위를 배회하는 것일까?

*

이 책은 '멸종 3부작'으로 집필되고 있는 작품들 중 두 번째 작품이다.

첫 번째 책 『오아후오오』는 백칠십 년 전에 사라졌다가 우연히 발견된 새를 찾아 파푸아뉴기니의 열대우림 속을 탐험하는 조류학자의 이야기를 담았다. 『신의 괴물』은 한반도에서 절멸된 호랑이에 관한 소설이다. 세 번째 작품에서 절멸의 위기에 몰린 것은 인간이다. 포악하고 탐욕스러운 침입자들에 의해 설 땅을 빼앗기고 자신들의 문화와 언어를 잃어버린 채 서서히 소멸되어가는 소수부족에 관한 이야기.

12년째 계속되고 있는 이 작업은 나를 몹시 곤궁하고 피폐하게 만들고 있다. 이 모든 절멸의 문제 중심에는 다름 아닌 인간이 자리하기 때문이다. '동물과 진짜 인간다운 인간 사이에 끼어 있는 종, 그것이 우리다'라는, 인류세의 인간에 대한 콘라트 로렌츠의 야유 섞인 정의도 내 마음을 가볍게 해주진 않는다.

가끔은 그 대답을 찾을 수 없는 사소한 물음에서 벗어나지 못하기도 한다. 나는 망연자실하게 자문한다. '우리가 바뀌는 만큼만 바뀌는 세상을 우리는 어느 세상에서 찾고 있는 것일까?'

*

이것은 백 년 전의 이야기다,

한 세기가 저물고, 한 왕조가 몰락하고, 망국지탄 속에서 민족 전체가 도탄에 빠진다. 국토가 유린되고, 그와 더불어 그 땅의 생물들이 위기에 처한다. 생태 제국주의자들, 생물 약탈자들은 식민지의 고유종과 핵심 종을 노린다. 우리는 그 중심에 무엇이 있는지 잘 알고 있다.

국내에선 회유와 거세와 멸족을 면치 못하다가 만주나 연해주로 터전을 옮겨 뿌리를 내리는 사람들. 호랑이의 삶도 다를 바 없다. 아니, 오히려 호랑이의 운명이야말로 조선의 운명을 보다 극명하게 보여준다고 할 수 있다.

나는 생각한다. 백두산호랑이의 길, 그것은 조선 민중의 길이었다고. 그리고 한반도 호랑이의 숙명은 어쩌면 우리 민족의 숙명인지도 모른다고.

자, 이제 백 년 전의 호랑이를 만나러 가자. 그를, 그들을 만나는 일은 이 땅의 척추를 다시 한 번 곧게 세우고, 정신의 백두대간을 복원하는 일이 될 것이다.

— 2016년 겨울 문턱에서

김영래